KB253548

천사를 위한 노래
Hymn to the Angel
이상혁 판타지 장편소설

천사를 위한 노래 8

이상혁 판타지 장편 소설

초판 1쇄 찍은 날 § 2008년 7월 16일
초판 1쇄 펴낸 날 § 2008년 7월 26일

지은이 § 이상혁
펴낸이 § 서경석

편집장 § 문혜영
편집책임 § 문정흠
편집 § 서지현

펴낸곳 § 도서출판 청어람
등록번호 § 제1081-1-89호
등록일자 § 1999. 5. 31
어람번호 § 제1-0976호

주소 § 경기도 부천시 원미구 심곡1동 350-1 남성B/D 3F (우) 420-011
전화 § 032-656-4452 팩스 § 032-656-4453
http://www.chungeoram.com
E-mail § eoram99@chollian.net

ⓒ 이상혁, 2007

ISBN 978-89-251-1399-9 04810
ISBN 978-89-251-0647-2 (세트)

천사를 위한 노래

Fantasy Frontier Spirit

[완결]

이상희 판타지 장편 소설

⑧

Hymn to the Angel

도서출판 청어람

Contents

Chapter 40

켈
―
브
래
큰

라휀은 카시카와 흑묘들이 있는 방으로 돌아가지 않
았다. 다들 천사님을 좋아하지 않다는 것을 라휀도
알고 있었다. 때문에 지금 듣고 싶은 이야기들과 그녀들이 해
줄 이야기는 같지 않을 듯했다.

거리로 나와 걸었다. 수많은 사람들이 걸어오고, 또 걸어가
고 있었다. 라휀은 사람들과 스쳐 지나며 거리의 풍경을 바라
보았다.

문득 머리에 한 사람을 떠올렸다.

"라프델을 만나야겠다."

중얼거리고는 왕성의 동쪽 거리로 걸음을 옮겼다.

라프델이 머물고 있는 곳은 로이아드 백작가의 카문 별장
이었다.

연노랑 담벽 너머로 2층짜리 저택이 눈에 들어왔다. 싱싱
하게 돋아난 담쟁이넝쿨이 저택의 벽을 타고 2층 창문에까지
닿아 있었다. 라휄은 창살로 된 정문 앞에 서서 안쪽을 두리
번거렸다.

"이 집이 맞던가?"

라휄은 이렇게 중얼거리며 창살을 잡았다. 그 순간 컹컹!
커다란 소리가 울려 라휄은 깜짝 놀라 창살에서 손을 놓았다.
털이 긴 개가 창살 너머에서 라휄을 노려보고 있었다. 하지만
겁먹은 눈에 귀는 폭 처지고, 꼬리도 사타구니 사이로 말아
넣은 채였다. 산만 한 덩치가 아까웠다.

"아이 참, 시끄럽네. 록시, 조용히 해!"

현관문을 열며 한 여자가 모습을 드러냈다.

"어, 칸센이다."

그녀는 아니에르 칸센. 라프델의 동료이자 세계 최고라 일
컬어지는 회복술사였다. 그녀는 민소매의 겉옷 아래로 수수
한 긴치마를 입고 있었는데, 라휄을 발견하고는 조금 놀란 듯
한 표정을 지었다.

"란스카 백작 나으리 아니신가요?"

여전히 가시 돋친 그녀의 말투였지만 라휄에게는 거의 통
하지 않는 방법이기도 했다.

“칸셴, 안녕? 라프델 집에 있어?”

아니에르는 창살벽 너머에서 라휄을 바라보았다. 너무 밝아 통통 튈 듯하던 그가 오늘은 조금 처져 있었다.

“어? 웅. 집에 있기는 한데…….”

“어디에 있어?”

아니에르는 라휄을 잠시 더 살펴보다가 문의 걸쇠를 열었다.

“따라오거라.”

아니에르를 따라 라휄이 도착한 곳은 저택의 응접실이었다. 전통 깊은 튜데일 후작 가문의 저택과는 비교할 수 없을 만큼 조촐한 곳이었지만, 푹신한 소파와 은은히 풍겨오는 마른 단풍목의 향기만큼은 일품이었다.

단출한 훈련복 차림으로 이마의 땀을 닦으며 라프델이 모습을 나타냈다. 시녀가 날라온 찻잔을 멀뚱하니 바라보던 라휄이 고개를 돌려 라프델을 쳐다보았다.

“무슨 바람이 불어 여기까지 온 거야?”

라프델의 물음에 라휄이 곧바로 물었다.

“라프델, 나는 어떻게 하면 좋아?”

장난기 섞인 표정을 지우며 라프델이 라휄을 바라보았다. 라휄이 라프델의 시선을 피하지 않자 그는 고개를 갸웃거리며 라휄의 건너편에 털썩 주저앉았다.

“있잖아, 라프델. 내 귀부인은 천사님이야.”

라프델이 고개를 끄덕거렸다.

“그건 알고 있어. 코넬리아 공작 전하시지. 하지만……”

라프델은 라휄의 눈동자를 들여다보았다. 하나 그것도 잠시, 곧 깊게 들이쉬었던 숨을 길게 내뱉었다.

“그 일 때문에 온 모양이구나.”

“라프델, 기사라는 게 뭐야? 귀부인이라는 건 뭐야?”

“기사라……”

라프델은 말끝을 흐렸다. 그 틈을 타고 라휄이 다시 말했다.

“나도 기사가 뭔지는 알아. 기사는 왕에게 충성을 바치는 사람들이잖아, 갑옷을 입고 적을 무찌르면서. 그치만 귀부인의 명예를 높여주는 것도 기사가 할 일이잖아. 신민을 보호하기도 해야 하고. 근데 지금은 귀부인이 어디로 갔는지도 몰라. 그리고 동룡의 나쁜 놈들이 쳐들어와서 신민을 보호하고 폐하에게 충성하는 일도 해야 하는데 어떻게 해야 할지 모르겠어.”

“왕에게 충성하는 일과 귀부인의 이름을 높이는 것이 일치하지 않을 때 어떻게 해야 하냐고?”

“응. 지금이라도 천사님을 찾아 떠나야 할까? 그치만 지금 폐하의 나라는 나쁜 놈들 때문에 위험하잖아.”

“그렇구나. 나는 그런 일을 겪은 적이 없어서 생각해 보지 못했지만 그건 정말 힘든 결정이겠다."

라프델의 말에 라휄은 고개를 끄덕거렸다. 그런 라휄을 바라보던 라프델은 무의식적으로 주위를 두리번거렸다. 어깨 뒤쪽까지 흡사 주위에 사람이 없다는 것을 확인이라도 하는 듯한 행동이었다.

"라휄, 그러고 보니 네게 한 번도 나의 귀부인에 대한 이야기를 해준 적이 없구나."

"응, 그렇구나. 라프델, 라프델의 귀부인은 누구야?"

라프델은 대답을 하기 전에 라휄에게 고개를 살짝 숙였다.

"미안해, 라휄. 모든 것을 이야기해 줄 수는 없어. 하지만 그건 너의 우정을 의심해서가 아니라 입밖에 내는 것만으로도 그분의 명예를 더럽힐지도 모르기 때문이야."

라프델은 늘 라휄의 눈높이에 맞추어 단어를 고르고 표현을 선택했기에 라휄이 그의 말을 이해 못하는 일은 없었다. 하지만 이 몇 마디의 말은 어쩐지 어렵게 느껴졌다.

"나의 귀부인은 고귀하신 분이야. 그분을 지키는 것과 왕국을 지키는 것, 그 두 가지는 내게 있어 동등한 가치를 가지고 있어. 하지만 라휄, 만약에 둘 중 하나를 선택해야 한다면 나는 주저 않고 나의 귀부인을 지키러 갈 거야."

라휄은 뚫어져라 라프델을 바라보았다. 그는 당당하고, 때로는 냉혹하기까지 했다. 그리고 대부분은 조용했고 부드러웠다. 그렇기 때문에 귀부인에 대해 이야기하는 라프델의 모습은 라휄에게 생소하기 이를 데 없었다.

"그러면 나도 천사님에게 가야 하는 거야?"

"그건 오히려 내가 묻고 싶어. 네게 있어 귀부인이란 누구지? 그녀는 정말 네게 가장 소중한 사람이야? 그녀를 위해 무엇이라도 할 수 있어? 그리고 그렇게 하고 싶어?"

라휄은 라프델의 물음에 곧바로 답하지 못했다.

"우웅, 천사님은 내 귀부인이야. 천사님을 위해서 무엇이든 하고 싶어. 그렇지만……."

대답을 하며 라휄은 어쩐지 자신이 품고 있는 고민의 원인을 알게 된 것 같았다.

"그런데 라프델, 나는 천사님도 소중하지만 흑묘랑 백묘랑 카시카도 소중해. 라프델, 너도 그렇고. 내가 세상에 나와서 만난 많은 사람들이 나한테는 모두 소중해. 그럼 천사님은 내 귀부인이 아닌 거야?"

라프델이 고개를 저었다.

"그건 세상의 그 어느 누구도 답해줄 수 없는 질문이야. 라휄, 네 스스로 답을 찾아보도록 해."

"그치만 모르겠는걸."

라휄은 볼을 부풀렸다.

"알게 될 거야, 언젠가는."

로이아드 저택에서 돌아온 직후, 체자렛들이 머물고 있는

방에 돌아가기도 전에 라휄은 제라흐가 자신을 찾는다는 말
에 집사의 뒤를 쫓아 제라흐의 집무실로 향했다.

"무슨 일이야, 제라흐?"

제라흐와 헤어진 지 반나절이 채 지나지 않았다. 아무리 라
휄이지만 제라흐가 자신을 부른 일이 평범하지 않다는 것을
알 수 있었다.

"라휄, 왕궁에서 밀사가 찾아왔었다."

"응? 무슨 일인데?"

"북쪽에서 또다시 대규모 군대의 움직임이 포착되었다고
하는구나."

"동룡의 나쁜 놈들이 또 쳐들어오는 거야?"

라휄의 말에 제라흐는 고개를 끄덕였다.

"그렇다고 보는 것이 타당하겠지."

"그렇지만 전에 왕국이 크게 이겼다고 했잖아. 그래서 당
분간 동룡이 공격해 오는 일이 없을 거라고 했는데……."

제라흐는 짤막하니 한숨을 내쉬었다.

"그야 우리 측의 바람에 가까운 예측이 아니었더냐."

라휄도 덩달아 한숨을 뱉었다. 천사님의 일에서부터 전쟁
까지… 고민들이 한꺼번에 터져 나오는 느낌이었다. 한편 제
라흐는 라휄의 한숨에 미소를 지었다. 이 순진무구한 꼬맹이
와 한숨만큼 어울리지 않는 것이 또 있을까.

"아직 그렇게까지 걱정할 정도는 아니란다. 북쪽의 적이라

고 해봐야 지난번 전쟁 때 쳐들어온 부대에 비해 절반 정도밖에 안 되는 규모라고 한다. 왕궁의 밀사도 라휄, 네가 군사령관으로 내정되어 있다는 사실을 통지하기 위해서 온 것이고. 조만간 소집될지도 모르니 왕궁에서 너무 멀리 떨어진 곳에는 가지 말라는 말과 함께."

"응, 그렇구나. 그럼 이번에도 이길 수 있는 거야?"

라휄의 물음에 제라흐는 웃으며 고개를 끄덕였다. "

"물론이지. 너 같은 어린아이도 나라를 걱정하는데 우리 왕국이 패할 이유가 어디 있겠느냐?"

"맞아. 지난번에 봤는데 왕국의 기사들은 정말 용감했어. 동룡에도 검사들이 있지만, 나랑 라프델이랑 같이 전부 무찌를 거야."

라휄은 가슴을 내밀며 이렇게 말하고는 곧바로 머리를 긁적였다.

"그치만 사람을 죽이는 건 싫으니까 지키는 전쟁을 할 거야."

"그래그래, 그 정도가 딱 좋다. 몇 달 전 네가 처음으로 이 집에서 지냈을 무렵, 너와 죽음에 대한 이야기를 나누었던 게 기억이 나는구나. 그래, 분별력을 이야기했었지. 이제 너도 어느 정도 사리에 대한 분별력이 생긴 모양이구나."

제라흐의 말에 라휄도 문득 그때의 일이 떠올랐다. 그때는 제라흐가 했던 말이 거의 이해가 가지 않았다. 하지만 그동안 검술 아카데미의 교사 일을 하면서 많은 사람들을 만나고, 또 많은 일을 겪다 보니 깨닫고, 또 알게 된 일이 정말이지 많았다.

"응, 이게 분별력이라는 거구나."

"앞으로도 결정해야만 할 수많은 일들이 라휄 네 앞에 펼쳐질 게다. 그때도 죽음에 대하여 고민하였듯 많은 생각을 통해 결정하도록 하거라. 그렇게만 한다면 크게 후회하는 일 없이 살아갈 수 있을 게야."

라휄은 고개를 끄덕거렸다.

2

긴터는 지붕에 누워 별이 가득한 하늘을 바라보고 있다 문득 헛웃음이 터져 나왔다.

"유난히도 지붕을 좋아하는가 보다, 나도."

마텔표트르 자작가의 작위 계승 2순위이자 열일곱 번째 반지의 주인인 그는 지금 낯선 하늘, 낯선 지붕에 몸을 누이고 있었다. 발아래 환히 밝혀진 저 아담한 저택에 살고 있는 주인 체자렛을 위하여.

그는 지금 자신이 누워 있는 지붕이 누구 소유의 저택인지조차 몰랐다. 다만 체자렛이 머물고 있는 곳이 한눈에 보인다는 이유로 제멋대로 자리 잡고 있을 뿐이었다.

무엇으로부터 지키려 하는 걸까.

이제 마텔표트르 가문은 더 이상 지킬 대상이 존재하지 않았다. 코넬리아 공작가라는 것은 이제 없다. 당사자가 실종되어 정식 재판이 열리지는 않았지만 체자렛은 코넬리아 공작의 좌로부터 파면당했다.

알 게 뭐람.

이제 와 새삼 살아가는 방법을 바꿀 수도 없었다. 그녀가 갓난아이일 때부터 아장아장 걷기 시작하고 어엿한 숙녀가 된 지금까지 그녀를 지켜야 한다고 배웠고, 또 그렇게 살아왔다.

잠시 머릿속을 채웠던 상념을 털어버리자 다시 눈 한가득 별이 들어왔다. 그 순간 느껴진 인기척에 긴터가 고개를 빼꼼 들었다.

밤의 지평선, 건물의 지붕을 따라 복잡하게 나뉘어진 그곳을 따라 사람의 그림자들이 보였다. 긴터는 벌써 몇 번이나 저런 모습을 보아왔기에 몸의 긴장을 조금 풀었다. 그들은 검사들이었다. 한눈에 보아도 흰 반지와 검은 반지 경계 언저리에 있는 실력있는 검사들이었다.

"듀피셸론 공작 가문이라……."

긴터는 야음을 틈타 어디론가 떠나가는 검사들을 보며 자신도 모르게 중얼거렸다. 코넬리아 성에 처박혀 온통 체자렛의 경호에만 관심을 두며 살아왔기에 다른 나라의 사정 같은 것은 잘 몰랐다. 하지만 처음 듀피셀론 성에 와 긴터가 받은 느낌은 그야말로 충격이었다. 수많은 병사들과 활기찬 거리. 소문에 듣자 하니 왕국에 보냈던 병사의 숫자가 십만여에 이른다고 한다. 코넬리아 가문으로서는 상상도 못하는 대군이었다.

별이 동에서 서로 흘렀다. 멀리 동쪽 하늘이 보랏빛으로 물들었다. 긴터는 그제야 자리를 털고 일어났다. 밝을 때에도 보란 듯이 남의 집 지붕에 올라 앉아 있을 수는 없었다.

숙소랍시고 얻은 것은 더러운 여관의 3층 구석방. 가구는 침대 하나뿐인데다 화장실과 세면장도 공용인 싸구려 여관이었지만, 오히려 그런 구석이 자신에겐 홀가분했다. 어차피 가문도 버려둔 채 홀홀단신으로 온 몸이라 가진 돈도 그다지 많지 않았지만.

곧바로 방으로 들어가려다가 문득 여관의 1층 홀에 딸려 있는 선술집으로 눈을 주었다. 언젠가 헤론과 한잔했던 낡은 바, 그곳과 어딘지 비슷한 냄새를 풍겼다. 그 헤론은 지금 어디로 갔는지 행방불명이었지만. 긴터는 조용히 바로 다가가 자리에 주저앉았다.

동틀 무렵의 술집에는 이것저것이 어지럽게 나뒹굴고 있었다. 음식이 반쯤 담긴 접시가 그러했고, 술병이 그러했으며, 술 취한 사람들이 그러했다. 아직까지도 지치지 않고 붓고 마시는 그룹이 하나에 바에는 바텐더가 꾸벅꾸벅 졸고 있었다.

계산대에 앉아 있던 주인인 듯한 남자가 하품 섞인 목소리로 바텐더의 이름을 불렀다.

"요한, 뭐 하나? 주문받지 않고. 하음."

바텐더는 깜짝 놀라며 긴터를 쳐다보았다.

"아, 아… 손님, 무얼 드릴까요."

긴터는 술이라고는 아는 것이 없어 머뭇머뭇거리다 옆에 퍼져 있는 남자의 앞에 놓여 있는 술잔을 가리켰다.

"이걸로 주게."

"예, 잠시만 기다리십시오."

바텐더는 이렇게 말하고는 몸을 돌려 술병이 잔뜩 놓여 있는 장식장으로 향했다. 힐끔 뒤를 돌아 긴터의 모습을 살피고는 미간을 찌푸렸다 펴기를 반복했다.

"자, 여기 있습니다."

"아, 고맙네."

긴터는 품에서 동전 주머니를 꺼냈다. 안에는 몇 닢의 금화와 은화, 동화가 제멋대로 뒤섞여 있었다. 어느 것을 꺼낼까 하다가 은화를 꺼내 테이블에 내려놓았다.

"하하, 손님. 손님은 저희 여관에 머무는 분이 아니십니까? 계산은 천천히 하셔도 됩니다."

멀쩡히 계산대를 놔두고 왜 나한테 돈을 주냐, 라는 말을 완곡히 돌려 말한 바텐더는 이내 바를 정리하기 시작했다.

긴터는 머쓱하니 은화를 다시 주머니에 넣으며 술을 입가
에 가져갔다. 씁쓰레한 맛이 입 안에 퍼지자 자신도 모르게
눈살을 찌푸렸다. 그 모습에 바텐더는 입가에 살짝 미소를 머
금었다.

"손님, 뭔지는 모르지만 일이 잘 안 풀리는 모양입니다. 매
일같이 밤에 나가 새벽녘에나 빈손으로 돌아오니."

말을 하며 그는 긴터의 행색을 다시 한 번 살폈다. 낡고 더
럽지만 움직이기 편한 검사들의 복장에, 두툼한 망토가 한
장. 두툼한 가죽 장갑이 한 쌍. 허리에 차고 있는 값비싸 보이
는 검만 아니었다면 영락없는 용병의 모습이었다. 그것도 어
지간히 실력이 없어 잘 안 팔리는.

"그런가? 글쎄, 나의 주인은 요즘 행복해 보인다네."

말을 하던 긴터는 미간에 검지를 가져갔다.

"예전에는 늘 여기에 주름을 잡고 다니고 내딛는 걸음에
화가 섞여 회랑이 쿵쿵 울렸지만 지금은 웃는 일이 더 많지.
걸음도 사뿐사뿐하고. 주인의 행복이 나의 행복이라 한다면
오히려 일이 잘 풀린다고 해도 괜찮지 않을까?"

바텐더는 이 차가운 얼굴의 손님이 무슨 용병 일이라도 구
하러 다니고 있나 하는 생각에 말을 걸었다가 전혀 다른 이야
기가 나오자 잠시 대꾸할 말을 찾지 못했다.

긴터는 다시 술을 한 모금 마셨다. 목줄을 타고 얼큰한 것
이 폐부로 내려갔다가 목의 혈관을 따라 머리 위로 화끈하니

솟아올랐다.

"전 또… 손님이 무슨 용병대라도 찾아다니나 했습니다. 그렇다면 좋은 곳을 소개시켜 드리려 했지요. 이곳에 자주 들르는 사람 중에 용병대의 십부장을 맡고 있는 사람이 있는데, 그 용병대에서 사람을 구한다는 이야기를 하더라구요."

바텐더가 흘리는 말에 긴터는 주위를 둘러보았다. 그러고 보니 주점 안에 뒹굴고 있는 사람들 중 절반가량이 용병인 듯했다.

"그러고 보니 유난히 용병들이 많이 보이긴 하는군. 이 여관에서 용병 소개소 일이라도 하는 건가?"

"그건 아니지만, 요즘 들어 듀피셀론 성에 용병만큼 흔한 직업도 없습니다그려. 덕분에 듀피셀론 성에 자리 잡은 술집치고 매상이 두 배 이상 오르지 않은 곳이 없습니다."

바텐더는 말을 하며 계산대 쪽을 흘끔거렸다. 주인은 계산대에 앉아 꾸벅꾸벅 졸고 있었다. 그 모습을 확인하고는 바텐더가 조그맣게 말했다.

"덕분에 술집에서 일하는 우리들은 죽을 맛이지만요."

"북쪽 야만인들과의 전쟁이 길어지고 있으니 그럴 만도 하지. 듀피셀론 공작가는 왕국에 많은 병사들을 보내고 있지 않은가? 그러니 용병에 대한 수요가 클 수밖에 없지."

바텐더는 고개를 저었다.

"그건 아닙니다요. 이런 모습이 된 지 벌써 1년 가까이 됐으니까요. 그전에는 공작가에서 세금을 한 배 반 넘게 올려 걷어서 다들 힘들었는데, 어느샌가 용병이니 하는 사람들이 성에 잔뜩 몰려들어 매상을 올려줘 다들 즐거운 비명을 지르고 있습니다. 뭐, 게다가 얼마 전에 코넬리아 공작가를 합병한 덕에 세금도 조금이나마 낮아졌죠."

긴터는 고개를 갸웃했다. 성 구석에 위치한 이런 작은 여관의 주점까지 매상이 뛸 정도로 용병이 늘었다는 건 전쟁 상황이 아니고서는 있을 수 없는 일이었다. 하지만 1년 전이라면 지금의 소란이 거짓말처럼 느껴질 정도로 왕국 전체가 평화로운 때였는데…….

긴터는 코넬리아 합병 때의 일이 다시금 떠올랐다.

공작의 독립 선언과 듀피셀론 가문의 개입, 아니, 그전으로 거슬러 올라가 코넬리아 공작가의 내분에 의한 듀피셀론 가문의 군사적 원조까지. 어떻게 하다 보니 지금에 이르렀지만 듀피셀론 가문은 기분 나쁠 정도로 자연스럽게 코넬리아 가문의 영토를 독식했다.

"뭐, 위에서 야만인들과 전쟁이 있는지 어떤지는 모르겠지만 이곳까지 피해가 있는 것도 아니고. 전반적으로 세금이 조금 높다 뿐이지, 적이라고는 코빼기도 찾아볼 수 없으니까요. 다들 그러는데 이게 다 듀피셀론 공작님, 특히 소공자님이 현명해서 그렇다고 합니다. 전쟁을 미리 예측해 용병들을 모으기 위한 자금을 융통하고, 코넬리아 사태에도 현명하게 개입하여 가장 큰 공을 세웠지요. 게다가 단지 소문뿐이지만 야만인들과의 전쟁에서 큰 명성을 얻은 짐승의 병대의 설립과도 관계가 있다고 합니다. 이 모든 것을 듀피셸론 소공자님이 주도하셨다니, 정말 대단하신 분 아니십니까?"

긴터는 연거푸 술잔을 들이켰다. 자신은 정치 같은 것은 모른다. 아니, 알고 싶지도 않다. 하지만 지금 붙잡은 의심의 끄트머리는 어딘지 심상치 않게 느껴졌다.

바텐더는 몇 마디 더 주절주절 이야기를 늘어놓다 긴터의 대꾸가 시원치 않자 입을 다물고 하던 일을 이어갔다. 긴터는 술잔을 마저 비우자마자 자리를 박차고 일어났다.

그는 은화 한 닢을 바텐더 앞에 내려놓고는 다시 여관 밖으로 향했다.

긴터는 곧바로 운송 조합으로 향했다. 편지를 보내기 위해서였다. 대도시와 대도시 사이에는 비록 값이 비싸긴 하지만 곧바로 문서를 전송해 주는 시스템도 존재하고 있었다. 그렇지만 긴터가 편지를 보내려는 곳은 그런 문명과는 거리가 먼 산골이었다.

배달처는 마텔표트르 가문의 은가(隱家)였다. 마텔표트르 가문이 검사 가문이긴 했지만 맡은 임무 덕분에 정보를 다루는 데에도 능숙했다. 주로 그런 업무를 볼 때 근거지로 삼는 곳이 바로 그 은가였다. 지금 그곳에 누가 있을지는 몰랐지만 일단 한번 보내보기로 한 것이다.

편지의 내용은 간단했다.

코넬리아 공작가의 몰락이 듀피셸론 가문에 의한 것이라 상정하였을 때, 그 가능성 여부를 타진 바람.

긴터 폰 마텔표트르.

긴터는 자신을 상징하는 문장으로 편지를 봉한 후, 운송 조합에 편지를 맡겼다. 언뜻 허술해 보이는 단순한 편지였지만 그 안에는 몇 겹이나 안전장치가 놓여 있었다. 편지지도 특별한 방법으로 봉인을 제거하지 않고 펼치려 하면 자동으로 폐기되는 마법의 종이를 사용했다. 편지를 봉한 문장은 가문 내에서만 통하는 은밀한 장식이었다.

운송 조합을 나선 긴터는 어느샌가 취기를 말끔히 털어버린 후였다. 자신의 숙식처인 낡은 여관의 구석방에 돌아와서는 곧바로 침대에 몸을 뉘였다. 푹 쉬어야 한다, 내일은 어제 같지 않을 듯하니.

3

라휄과 제라흐의 대화가 있은 지 채 닷새도 지나지 않아 왕도 카문은 군인들로 붐비기 시작했다.

북쪽 야만인들과의 세 번째 전쟁이 시작된 것이다. 이번의 행동은 그 어느 때보다도 빨랐다. 순식간에 8만여 토벌군이 조직되어 북쪽으로 행군을 시작했다.

몇 단계나 격상되어 제4토벌군을 맡게 된 백작 라휄은 1천의 기사와 2천의 전투 노예, 6천의 병사를 이끌고 북쪽으로 향했다. 이번에는 라휄의 일행 외에 제라흐도 함께였다.

라휄의 부관은 예전과 마찬가지로 르텔과 벨하르가 배속되었다. 워낙 까다로운(?) 지휘관인 터라 다른 적절한 인선을 찾기 힘들었던데다가 르텔과 벨하르가 직접 자청하기도 했다.

8만 명의 토벌군은 무장도 충실하고 사기 또한 드높았다. 하지만 철저한 준비에도 불구하고 장도에 오른 지휘관들의 마음은 편치 못했다.

말 머리를 나란히 해 제라흐가 라휄의 곁에 섰다. 그리고 한 걸음 뒤처져 르텔과 벨하르가 따라오고 있었다.

"듀피셸론 가문이 고작 2만의 병사를 보내오다니……."

르텔의 허탈하다는 듯한 이 한마디가 현 토벌군의 가장 큰 근심거리였다. 병사의 수가 모자랐다. 질이야 어떠하든 그동안 듀피셸론 가문에서 보내온 병사들의 숫자는 토벌군 전체의 삼분지 일에 육박할 정도였다.

"지난번 전쟁에서 손해가 너무 컸다는 불만이 있었다고 하지 않나? 코넬리아 공작령의 치안 유지를 위한 병사들도 필요하고."

벨하르의 대답에 르텔은 흘끗 앞서 가는 사령관—라휀—을 바라보았다. 라휀이 코넬리아 출신이라는 것은 모두가 알고 있는 사실이었다. 그런 그의 앞에서 합병이니 하는 말을 하는 것이 껄끄러워 자신도 모르게 눈치를 살피게 된 것이다. 말을 꺼낸 벨하르도 아차 싶었는지 입을 다물었다.

하지만 그런 그들의 걱정이 기우라도 되는 양 라휀은 경쾌하게 두 사람의 말에 대꾸했다.

"모두들 열심히 싸운다면 동룡의 나쁜 놈들을 무찌를 수 있을 거야. 이번에는 제라흐도 있잖아. 그리고 라프델도 검사들을 이끌고 조금 먼저 출발했고."

벨하르가 곧바로 라휀의 말을 받았다.

"각하의 말씀이 옳습니다. 괜한 말을 꺼내 죄송합니다."

"그런데 이번에는 왜 란스카 백작령에 병사를 안 보내?"

라휀이 묻자 르텔이 답했다.

"이번에는 왕국의 움직임이 훨씬 빨라서입니다. 각하께서도 잘 알고 계시겠지만, 란스카 영지에 가기 위해서는 우선 모헬 영지를 지난 후, 몬스터들이 많이 살고 있는 북쪽의 황무지를 가로질러야 합니다. 지난번에는 모헬 영지를 빼앗긴 상태였기 때문에 적들이 북쪽을 지나 직접 란스카 백작령에 다다를 수 있었지만, 이번에는 왕국의 대응이 재빨랐던 덕에 아직 전선이 상당히 북쪽에 있습니다."

라휈은 르텔의 말을 들으며 머릿속에서 지도를 그려보았다. 카시카에게서 몇 번이나 강의를 들은 덕분에 대략적인 지도 정도는 머릿속에 넣어놓고 있었다.

"아! 그렇구나."

"게다가 지난번의 전투로 적들도 깨닫게 되었을 것입니다. 북쪽의 황무지를 지나는 것이 군사적으로 얼마나 낭비가 심한 작전인지. 그렇게 손쉽게 적들을 무찌를 수 있던 것이 물론, 사령관 각하의 뛰어난 지휘 덕이긴 했지만, 몬스터들 사이를 통과해 오느라 적들이 지쳐 있던 것도 큰 원인 중 하나입니다."

라휈은 북쪽의 황무지를 떠올려 보았다. 예전에 비해 많이 줄었다고는 하지만 여전히 길로 이용하기에는 적합하지 않은 곳이었다.

"아우, 전쟁이 빨리 끝났으면 좋겠다."

라휈의 말에 르텔이 고개를 끄덕였다.

"말씀대로입니다. 우리 같은 무관 입장에서야 전쟁이 공을 세울 수 있는 유일한 기회지만, 그런 것이 없어도 괜찮으니 평화로운 세상이 되었으면 좋겠습니다."

르텔과 벨하르는 나이에 비해 상당히 높은 지위에 오른 사례였고, 그 점을 스스로도 의식하고 있다는 듯 이렇게 대꾸했다.

"그런데 각하께서는 전쟁이 끝나면 무엇을 하실 예정입

니까?"

르텔의 질문에 제라흐가 한마디하고 나섰다.

"전투를 하러 가면서 벌써 전쟁이 끝날 얘기부터 하는 겐가?"

르텔은 머쓱해져 어깨를 움츠렸다. 제라흐가 그 모습에 웃음을 터뜨리며 말했다.

"허허, 자네를 탓하려던 게 아니네."

제라흐에 이어 라휄이 말했다.

"나는 꼭 해야 할 일이 있어. 그걸 가장 먼저 할 거야."

라휄이 말하는 해야 할 일을 알고 있는 제라흐는 어쩔 수 없다는 듯 미소를 지었다. 이제는 정말로 라휄을 보내주어야 할 것 같다는 느낌을 지울 수가 없었다.

라휄이 이끄는 병사들은 꼬박 열흘을 행군해 모헬 영지에 도착할 수 있었다. 아직 적들의 적극적인 군사행동이 없었기에 전선은 고착되었다. 그러는 사이에 도착한 8만여의 추가 병력으로 모헬 북쪽 요새의 사기는 하늘을 찌를 듯했다.

본래 모헬의 북쪽 요새는 대규모의 군사를 상대하기 위한 것이 아닌, 북쪽에서 종종 몰려오던 몬스터를 막기 위해 지은 것이었다. 때문에 지금처럼 15만에 이르는 대군을 수용하기에는 턱없이 부족해 군사들의 태반이 요새의 남쪽 평야 지대에 진을 쳤다. 병사들이 머물 곳을 마련하는 사이, 열 명의 사령관과 그 부관들이 한자리에 모여 회의를 열었다.

이번에도 총사령관은 요제프 폰 켐벨이었다. 올해로 마흔여섯인 그는 체형부터가 장군감이었고, 쩌렁쩌렁 울리는 목소리는 사람을 압도하는 바가 있었다. 하지만 그런 그도 이 사람 앞에서는 어린아이 취급을 당할 뿐이었으니…….

"그래, 사령관 놀이는 할 만하냐?"

제라흐의 한마디에 요제프는 얼굴을 구겼다. 그러자 그의 곁에 앉아 있던 요새 방위 사령관 노팅험 폰 블랙웰이 웃으며 끼어들었다.

"나이 든 티 좀 내지 마십시오. 어찌 되었든 현재 이 자리의 총지휘관 아닙니까?"

후작 가문의 사람들로서 벌써 수십 년간이나 친분을 쌓아온 이들이었다. 게다가 워낙에 제라흐가 격식이니 하는 것을 우스개로 넘겨 버리는 터라 이런 공식적인 자리에서 그에게 놀림을 받는 일 정도는 다들 익숙했다.

세 사람의 말에 회의장의 분위기는 대뜸 웃음이 섞여 나왔다. 요제프는 헛기침을 하며 화제를 바꾸었다.

"모두들 무사히 이곳에 도착한 것을 축하하는 바이네."

그의 시선이 모두를 훑었다. 그중 검사 부대의 지휘관인 라프델과 제4토벌군 사령관 라휀 앞에서 조금 더 오래 눈을 멈추었다.

"현재 요새 밖에 주둔해 있는 적병의 숫자는 10만 명 남짓으로 추산되고 있네. 보급 부대의 숫자는 알려진 바가 없지만 훨씬 더 후방에 있을 것으로 보이고, 그를 감안한다면 우리와 거의 비슷한 규모의 군세일세. 비록 지난번보다 동원된 병사의 규모가 줄었다고 하지만 우리 왕국의 운명을 건 전쟁이라는 점에서는 다를 바가 없네.”

지휘관들은 조용히 그의 말을 경청했다.

“로이아드 경.”

요제프가 오른쪽을 돌아보며 라프델의 이름을 불렀다.

“말씀하십시오.”

“지금까지 치른 두 번의 큰 전쟁에서 검사 부대는 늘 최고의 모습을 보여주셨소. 이번 전쟁에도 잘 부탁드리오.”

라프델은 고개를 숙였다.

“과분하신 말씀입니다. 황제 폐하를 위해, 그리고 왕국을 위해 저를 비롯한 검사들은 목숨을 바칠 것입니다.”

“마음 든든해지는 말씀이시오.”

요제프의 주관하에 회의가 계속되었다. 지난 전쟁이 끝난 후 이곳에 주둔해 있던 3개 군, 7만여 병력과 새로 전장에 투입된 8만여 병력을 요새의 요충지에 배치하는 일, 그리고 전반적인 대응책에 대한 토의까지… 회의는 두 시간여나 계속되었다.

회의 결과, 라휄과 제4토벌군은 요새의 좌익 중간쯤에 배치되었다. 적병도 마침 아군의 증원군 도착을 눈치 챘는지 평소보다 병사를 1킬로미터쯤 후방으로 배치하기 시작했다.

길던 여름의 낮이 끝나며 서편에 노을이 지기 시작했다. 이제 곧 하늘과 땅을 피비린내로 가득 채울 큰 전쟁이 벌어질 터였지만, 다른 것은 아무것도 없었다. 숲은 푸르고, 노을 진 하늘은 붉었다.

하급 지휘관 둘이 초병들을 시찰하러 성벽 위에 올랐다. 그들은 하급 귀족들로, 서로 소근거리듯 군무에 관한 대화를 나누며 성벽의 망루 요소요소를 지나쳤다. 아직 첫날이기에 병사들은 부리부리한 눈으로 적진을 살피고 있었고, 지휘관들은 딱히 지적할 구석이 없음에 마음이 조금 풀어져 잡담을 나누기 시작했다.

"그나저나 왕국과 듀피셀론 공작가 사이에 불화가 있다는 이야기가 있던데 사실일까?"

"지난번보다 파병한 병사가 적어서 말인가? 그거라면 코넬리아 공작가의 합병 건 때문이라는 해명이 있지 않은가?"

"그건 밖으로 내놓은 이야기일 뿐이고, 지난 전쟁 때부터 듀피셀론 가문은 왕국에 탐탁지 않은 마음을 품고 있다는 소문이 있었다네. 왕국에서 병사들을 미숙하게 운용하여 거듭된 패배를 자초했다는 불만을 공공연히 표했지 않은가."

"그 먼 후방에서 무얼 알겠나? 자네도 나도 벌써 세 번째 전쟁에 참가하는 것 아닌가. 우리 왕국군이 몇 번이나 큰 패배를 당한 것이 아군의 잘못이라 할 수 있겠나? 그만큼 적이 강하단 말이네.”

“나도 그렇게 생각하네. 그렇지만 듀피셀론 가문은 특히 자신들이 파병한 병사들의 피해가 크다는 점을 부각하면서 왕국의 처사가 불공평하다고 하고 있지 않나?”

두 지휘관은 이런저런 이야기를 나누며 성벽을 지나다가 문득 성첩에 기대어 성밖으로 다리를 내놓고 앉은 세 사람을 발견했다.

“너희들은 뭐…….”

한 지휘관이 깜짝 놀라 이렇게 외치는 것을 다른 한 명이 팔을 끌어 막았다. 그제야 처음 소리를 친 지휘관이 상대를 알아보고는 경례를 올려붙였다.

“사령관 각하!”

상대는 라휄이었다. 라휄은 지금 좌우로 흑묘, 백묘와 함께 성벽에 앉아 먼 곳의 경치를 감상하고 있었다.

“근무 중 이상없습니다!”

다른 지휘관도 경례를 올리며 이렇게 말했다. 라휄은 고개를 돌려 두 하급 지휘관을 쳐다보았다. 낯선 얼굴인 것으로 보아 이번에 새로 자신에게 배속된 하급 군관인 듯했다.

“안녕?”

라휄의 인사에 두 지휘관이 어떻게 대응해야 할지 잠시 갈피를 잡지 못하자 라휄이 다시 말했다.

"듀피셸론이랑 왕국이 사이가 안 좋아?"

두 지휘관은 자신들의 잡담을 라휄이 모두 들은 듯하자 얼굴을 굳혔다.

"쓸데없는 이야기를 한 것 사죄드립니다. 부디 용서해 주십시오."

지휘관의 말에 라휄은 고개를 갸웃했다.

"쓸데없는 말이야? 그치만 듀피셸론은 공작의 나라잖아. 그런 큰 나라와 왕국이 사이가 나쁘다는 건 중요한 이야기 같은걸."

"그, 그게 아니라… 단지 소문일 뿐입니다. 사령관 각하 같으신 분께서 신경을 쓸 정도로 신빙성있는 말이 아니라는 이야기입니다."

흑묘가 곁에서 라휄에게 설명을 보탰다.

"주인님, 그 이야기가 사실인지 아닌지 모른다는 말이에요."

"아아, 그렇구나."

라휄은 고개를 끄덕이고는 잠시 말을 멈추었다가 다시 입을 열었다.

"그렇지만 사실이 아니었으면 좋겠다. 이렇게 자꾸 동룡의 나쁜 놈들이 쳐들어오는데 왕국과 공작 가문이 사이가 안 좋으면 안 되잖아."

한 지휘관이 답했다.

"옳으신 말씀입니다."

말을 하며 라휄의 눈치를 살펴보았다. 하지만 자신들의 사령관이 도대체 무슨 생각을 하고 있는지 전혀 알 수가 없었다. 그때 라휄이 다시 먼 곳으로 시선을 돌리며 손가락을 뻗었다.

"있잖아, 저기가 적들이 있는 곳이지?"

라휄의 손끝이 가리키고 있는 곳에는 막사로 보이는 뾰족한 물체들이 줄줄이 늘어서 있었다. 점으로밖에 보이지 않는 사람들의 움직임도 어렴풋하게나마 보였다.

"그렇습니다."

"그런데 연기가 많이 나. 불이라도 난 건가?"

라휄의 말에 지휘관이 다시 대답했다.

"아마도 저녁 식사 준비를 하는 것이 아닌가 싶습니다. 저들은 우리와는 다른 곡식을 먹는데, 그 곡식으로 요리를 하기 위해서는 마지막에 불을 꺼야 한다고 합니다. 그래서 저들이 식사를 준비할 때는 늘 저렇게 연기가 자욱합니다."

흑묘가 웃으며 말했다.

"쌀을 이야기하는 것 같아요. 소녀가 몇 번이나 주인님께 해드린 적이 있으니까 기억나실 거예요."

"응, 나도 쌀은 알아. 그렇구나. 저녁을 먹으려고 하는구나. 아우, 그러고 보니 나도 배가 고프다. 흑묘야, 백묘야, 저녁 먹으러 가자."

라휄은 두 소녀와 함께 성첩에서 내려와 성벽 아래로 향했다. 남겨진 두 명의 지휘관은 라휄의 모습이 완전히 사라질 때까지 그 자리에 꼿꼿이 서 있었다.

"후아!"

한 명이 한숨을 터뜨리듯 내뱉었다.

"어느 쪽으로 튈지 모르니 괜히 긴장되는구만."

그의 말에 다른 지휘관이 픽 하고 웃었다.

"란스카 백작이자 4위의 반지를 가진 사람이 아닌가? 긴장할 만도 하지 뭘 그러나. 흰소리 관두고 어서 일이나 마치고 우리도 저녁 먹으러 가세나."

지휘관 이렇게 말하며 조금 전 라휄이 손가락으로 가리켰던 적진으로 흘끗 눈을 돌렸다. 어쩐지 자꾸 불길한 느낌이 들었지만 애써 고개를 털어 그런 기분을 지우며 맡은바 임무를 위해 성벽을 따라 걷기 시작했다.

4

8만여의 병력이 도착한 바로 그 다음날, 첫 번째 전투가 벌어졌다. 십만에 이르는 적병들이 까맣게 몰려들어 성벽으로 다가왔다. 그 모습에 벌써 몇 번이나 커다란 전투를 치렀던 지휘관들마저 마른침을 삼켜야 했다.

라휄은 자신이 맡은 성벽의 망루에 서서 아래 상황을 지켜보았다. 아마도 오늘은 지상으로 나온 뒤 손에 꼽힐 정도로 많은 질문을 주위에 퍼부었을 것이다.

"저게 뭐야?"

"운제라고 부르는 성벽을 오르는 사다리예요, 주인님."

한 번은 흑묘에게 묻고,

"그럼 저건 뭐야?"

"공성추라고 해요. 이곳의 말로는 램이고요. 성문을 부술 때 쓰는 병기예요."

한 번은 백묘에게 묻기를 반복하며 그야말로 질문이 끊이지를 않았다.

"전 궁수는 화살을 쏴라!"

라휄의 부관인 르텔의 외침에 따라 제4토벌대 소속의 궁수들이 활시위를 놓았다. 화살을 쏜 것은 라휄의 부대뿐만이 아니었다. 수천, 수만 발의 화살이 적들을 향해 날아갔다.

아군 측이 쏘아보내는 화살에 맞아 거꾸러지는 기마대의 모습이 보였다. 그 뒤를 쫓던 병사들이 흙먼지를 뿌리며 나자빠졌다. 앞서 가던 보병들도 바닥을 뒹구는 말 잔등에 치여 바닥을 뒹굴었다. 그럼에도 적들은 전진을 멈추지 않았다.

마법사들의 불꽃이, 얼음이, 전격(電擊)이 적병을 집어삼킬 듯 솟아나고 내리꽂혔지만, 대부분은 마법은 적의 술법사들에 의해 가로막혔다. 그러는 사이 결국 적 부대의 선봉이 모헬 북쪽 요새의 성벽에 이르렀다.

병사들의 호위를 받으며 성벽 근처까지 진출한 운제가 움직이기 시작했다. 운제는 바퀴가 달린 사다리의 모양으로, 윗부분을 접을 수 있도록 만들어져 있었다. 성벽의 높이에 따라 각도를 바꿀 수 있게 하기 위해서였다.

덜컹, 쿵! 하며 사다리의 머리 부분이 성벽에 닿았고, 병사들이 하나둘 운제를 통해 성벽 위로 기어오르려 했다. 운제뿐 아니라 병사들 두셋이 짝지어 들고 온 무수한 사다리가 성벽에 걸렸다.

"사다리를 밀어라! 밑으로 떨어뜨려!"

벨하르의 외침에 따라 병사들이 긴 갈고리를 이용해 사다리를 성 밖으로 밀어냈다. 사다리의 아랫부분을 붙잡고 있는 적병의 병사들로 인해 그리 쉽지는 않았지만, 반대로 적들이 사다리를 쉽게 기어오를 수도 없었다.

궁병은 활을 쏘고 간간이 올라오는 병사들은 기사들이 상대했다. 금새 성벽과 성루 위쪽 모두가 적군과 아군으로 뒤엉켜 혼란스러워졌다.

"기어오르지 못하게 해라!"

다급한 목소리로 르텔이 외쳤다. 적은 정말이지 용감했다. 같은 편의 병사들이 창에 찔리고 활에 맞아 고깃덩이처럼 떨어져 내리는 것을 보면서도 사다리 위로 오르는 걸음을 결코 멈추지 않았다.

하지만 용맹함에서 아군이 밀리는 것은 결코 아니었다. 지휘관에서 기사, 평민 병사, 전투 노예 등 어느 누구 할 것 없이 성첩을 의지해 적병들을 무찔렀다. 순식간에 시체가 성 아래에 가득 쌓이고, 성채 위는 고인 피로 흥건했지만, 겁을 먹고 물러서는 자는 한 명도 없었다.

라휠은 르텔과 벨하르가 지휘하는 모습을 지켜만 보고 있다가 적병들이 하나둘 성 위로 기어오르자 자리에서 벌떡 일어났다. 그런 라휠의 어깨를 한 사람이 잡아 눌렀다.

"좀 더 기다리거라."

라휠의 어깨를 잡은 손의 주인은 제라흐였다.

"응? 그치만……."

"곧 너와 내가 나설 차례가 올 게다."

제라흐의 말이 끝나기가 무섭게 몇몇 사람들이 성벽 위로 뛰어올랐다. 사다리를 타고 시체의 산을 쌓으며 힘겹게 오르는 병사들을 비웃기라도 하듯 그 병사들의 어깨를 사뿐사뿐 차 밟으며 단번에 성벽에 오른 자들은 바로 동룡의 무사들이었다.

모두 다섯 명으로, 호랑이 가죽 조끼를 입은 그들은 등장하자마자 아군의 기사들을 마구잡이로 죽였다. 순식간에 그들 주위에 열댓 명의 주검이 나뒹굴었다.

제라흐가 먼저 나서 검으로 한 사람의 어깨를 베어갔다. 뒤처질세라 라휠이 나서고, 흑묘와 백묘가 그 뒤를 따랐다.

라휠은 사이클롭스의 뼈로 이뤄진 검을 뽑자마자 한 명의

허벅지를 베었다. 미처 반응을 하기도 전에 일어난 일이라 상
대는 피를 뿜으며 옆으로 고꾸라졌다. 제라흐의 상대도 어깨
밑으로 팔을 영영 잃어버리고 말았다.

"야만인 놈들이 여기가 어디라고 기어들어 오는 게냐!"

제라흐가 버럭 외치자 그 다섯 명의 무사는 움찔하며 뒤로
물러났다. 일반 기사나 병사들을 상대로 전쟁의 신과도 같은
무위를 보인 그들이지만, 제라흐나 라휄 같은 초일류 급들을
상대할 정도는 아니었다. 슬금슬금 눈치를 보는 것이 벌써부
터 몸을 뺄 생각을 하는 모양이었다.

그들에 이어 몇 명이 더해져 모두 열 명쯤 되는 무사가 라
휄과 제라흐 앞에 나타났다. 그러는 사이 라프델이 지휘하는
검사대 소속의 검사 셋이 그들의 등장을 눈치 채고는 제4토
벌군의 군세 안으로 섞여 들어왔다.

다섯 명 대 열 명, 왕국의 검사와 동룡의 무사들 사이에 한
바탕 혈전이 벌어졌다. 하지만 워낙에 실력 차이가 심해 싸움
은 그리 오래가지 못하였다.

한편, 카시카와 레티아는 뒤편에서 모두의 싸움을 지켜만
보고 있었다. 카시카는 돈이 안 된다는 이유로 한발을 뺀 채
였고, 레티아의 경우에는 다행히 아직 머리칼 한 가닥도 보라
색으로 변하지 않은 채 침착함을 유지하고 있었다.

바로 그때였다.

끼에에엑—

하늘에서 날카로운 비명 소리가 울려 퍼졌다.

공성 무기가 성벽을 두드리고 병사들이 끊임없이 함성을 지르는, 20만 이상의 사람들이 뒤엉켜 다툼을 벌이고 있는 이곳이었지만 짐승의 울음소리와도 같은 그 소리는 모두의 귓전을 찢을 듯 메아리쳤다.

사람들의 시선이 하나같이 하늘로 향했다. 저 멀리 북쪽 하늘의 구름을 따라 거뭇거뭇한 그림자들이 눈에 띄었다.

울음소리가 연달아 들려왔다. 끼에— 끼에— 흡사 무슨 새가 울부짖는 듯한 그 소리에 갑자기 동룡의 병사들이 환호성을 내지르기 시작했다.

"와아아아—!"

"적웅조대(赤鷹鵰隊)가 왔다!"

무슨 일인가 싶어 잠시 손을 멈춘 라휄의 귓전에 백묘와 흑묘의 탄성이 들렸다.

"아! 이럴 수가!"

라휄이 그녀들에게 물었다.

"저게 뭔지 알고 있는 거야?"

백묘가 고개를 끄덕이며 말했다.

"네, 주인님. 저건… 저희 남작의 근위부대였던 붉은 수리 부대랍니다."

어느덧 하늘의 그림자들이 성벽이 있는 곳 바로 근처까지 다가왔다. 날개 너비가 15미터는 족히 될 듯한 거대한 새들이었다. 깃털이 피처럼 붉은 독수리의 잔등에는 흡사 안장 같은 것이 놓여 그 위에 병사가 각기 한 명씩 매달려 있었다.

흑묘가 그 모습을 보며 분하다는 듯 입술을 깨물었다.

"새들은 우리 남작국의 지배하에 두도록 천제께서 정해주신 것인데, 동룡의 패악한 무리들의 손에 들어가다니! 선제 폐하께서 얼마나 원통해하실까!"

"혹시, 마마님의 부대야?"

"예전 남작국의 자랑거리였던 붉은 수리를 길들인 부대예요. 그렇지만 등에 동룡의 깃발을 달고 있는 것으로 보아 이제는 동룡이 그 붉은 수리들을 손에 넣은 듯해요."

백묘의 설명에 라휄은 고개를 끄덕이며 곧바로 카시카에게 말했다.

"카시카, 저 새들도 동룡의 병사래. 마법으로 쏘아 맞출 수 있어?"

카시카는 그제야 자신이 할 일이 생겼다는 듯 자리를 털고 일어났다.

"한번 해볼게, 낭군님. 하지만 저 새들은 상당히 빨라. 게다가 야생의 것이 아닌 군대에서 길들인 새라 조금 자신없는걸."

카시카는 말을 하며 우선 가장 간단한 마법을 눈앞에 만들어냈다. 어른의 주먹 크기만 한 불덩어리였다.

카시카의 손짓에 따라 불덩이가 하늘로 솟아올랐다. 화살처럼 빠른 움직임이었지만, 워낙 새들이 하늘 높이 날고 있어 닿는 데까지 시간이 꽤 걸렸다. 카시카의 마법이 날아오르는 것과 동시에 아군 진형 이곳저곳에서 마법이 수리들을 노리고 쏘아졌다. 하늘을 빼앗기는 것이 얼마나 위험한지 군문에 속한 사람이라면 누구나 알고 있을 테니까.

하지만 마법사들의 공격은 하나같이 무위로 돌아갔다. 수리들의 몸놀림이 재빠르고, 하늘 높이 떠 있어 맞추기 힘든데다가 무엇보다 수리를 조종하고 있는 자들이 하나같이 술법사였기 때문이다.

수리들은 모두 합쳐 스무 마리였다. 사실 거대한 새라고는 해도 이곳에 있는 병력의 규모에 비하면 보잘것없는 숫자였다. 다만 하늘 위에서 아군의 진형을 송두리째 적에게 전달할 수 있다는 점이 걸렸다. 게다가 틈이 날 때마다 지상으로 내려와 아군의 병사들이나 지휘관들을 채어 하늘로 올라가는 통에 지켜야 할 곳이 한 곳 더 늘게 된 셈이니, 작전을 수행하는 데 어려움이 많아졌다.

하늘이 어지러워지니 자연 전방에 대한 방어도 조금 느슨해졌다. 꾸역꾸역 적병들이 개미 떼처럼 성벽을 올라와 왕국의 군대는 죽을힘을 다해 그들을 막아냈다.

그러던 중 갑자기 새들이 방향을 바꿔 후방으로 물러나기 시작했다. 무슨 일인가 지휘관들이 생각을 하기도 전에 다시 수리 부대가 모습을 드러냈는데, 붉은 수리 한 마리 한 마리

마다 지름이 1미터는 족히 넘는 바윗덩어리를 움켜쥐고 날아
왔다.

그들이 무엇을 하려는 것인지를 아는 데는 그리 오랜 시간
이 걸리지 않았다. 각 부대의 지휘관들이 부대 안의 마법사와
궁수들에게 수리를 공격하라 외쳤다.

바윗덩이를 움켜쥔 붉은 수리들은 그만큼 기동성이 떨어
졌다. 그걸 잘 알고 있기에 기수들은 수리를 가능한 높은 곳
에 머무르게 하고는 성벽 위에 도착하자마자 바위를 땅으로
내던지도록 명령했다. 커다란 바위 20개가 동시에 땅으로 쏟
아져 내렸다.

갑작스러운 바위 세례에 대항해 왕국의 가디언들이 움직
이기 시작했다. 그들은 두셋씩 짝을 지어 무시무시한 속도
로 떨어져 내리는 바위를 자신들이 있는 곳으로 끌어당겼
다. 낙하 가속도까지 붙은 바위는 가디언의 중력 마법과 줄
다리기를 벌이며 끝끝내 땅에 떨어져 처박혔다. 가디언들의
활약으로 성벽이나 병사가 많은 곳으로 떨어져 아군에 큰
피해를 입히는 것만은 막았지만 부담이 더욱 커진 것은 사
실이었다.

붉은 수리의 공격은 끊이지 않고 이어졌다. 아군의 방어가
필사적인만큼 적들의 공격에도 용서가 없었다. 고작 반나절,
여섯 시간의 시간이 흘렀지만, 성을 지키던 병사 중 10퍼센트
가량이 죽거나 크게 다쳐 성 밖으로 실려 나갔다. 적의 피해

는 한층 심해, 언뜻 보아도 3만 명가량은 죽은 듯했다.

그렇다고 해서 전황이 왕국군에게 유리하게 흘러가느냐 하면 그건 결코 아니었다. 병사, 기사 어느 누구 할 것 없이 다들 지쳐 움직임이 처음만 못했다. 무엇보다 큰일은 가디언들과 마법사들의 마력이 크게 줄었다는 점이다. 하늘의 수리들을 견제하다 보니 필요 이상으로 마법을 남발했다. 그럼에도 불구하고 적의 공중 부대에 대한 어떠한 전과도 올리지 못했다. 무엇보다 경험이 없는 탓이었다.

그러다 보니 지상군의 우위를 전황의 유리함으로 이끌지 못한 채 질질 끌려가는 상황이었다.

총사령관 요제프는 참모진을 모아 하늘로부터의 공격을 막기 위한 수단을 강구해 보았다. 하지만 어느 것 하나도 이렇다 할 효과를 보지 못한 채 어느새 해가 저물어가기 시작했다.

다시금 적진에서 환호성이 들려오기 시작할 때 요제프 앞으로 전령 하나가 달려와 무릎을 꿇는다.

"총사령관 각하! 적군 5만 명이 추가로 전장에 도착하였습니다! 철갑을 두른 기마대라고 합니다!"

지금까지 반년 남짓 전투를 치러오며 수많은 기마 부대와 교전했지만 쇠로 된 갑옷을 입은 부대는 본 적이 없었다. 시기가 시기인만큼 북쪽 야만인들의 정예병일 가능성이 높았다.

또 한 명의 전령이 군진에 도착했다.

"제4토벌군 사령관 각하로부터의 전언입니다. 적의 부대는 야만인들과 동맹 관계에 있는 서호라는 나라의 정예 부대라고 합니다. 동룡의 활을 잘 쓰는 기마대와는 달리 대부분 창을 들고 있다 하며, 아군의 기마대와 같은 돌격보다는 각각의 병사들이 창을 다루는 기술이 뛰어나다고 합니다."

"경보병 같은 개념인가 보군."

요제프가 전령의 말에 이렇게 대꾸했다. 극히 일부 산악 지역에서 운용하고 있는 경보병대는 돌격용 장창 대신 장검과 방패로 무장하여 적진 안에 난입, 난전을 유도하는 군대였다.

적의 증원에 발맞추어 적진에도 커다란 변화가 일었다. 지금까지 전선 전체에 균등하게 병사를 배치하였다면, 이제는 노골적으로 동쪽에 병사들을 집중했다. 까다롭기 그지없는 붉은 수리들도 편대를 짜 동쪽 성벽에 바윗덩이를 던졌고, 공성 병기 중 램과 캐터펄트 등도 모두 동쪽으로 옮겨왔다.

요제프는 적진의 변화에 어떻게 대응해야 할지 일순 망설였다. 후방에 대기 중이던 예비대를 모두 동쪽으로 돌려 성벽이 뚫렸을 때를 대비하는 것까지는 고민할 바가 아니었지만, 주력 전부를 적에 맞춰 움직이기에는 부담이 컸다. 좌우로 길게 늘어선 모헬 북쪽 요새의 특성상 한번 동쪽에 집중 배치를 하고 나면 다시 서쪽으로 병사를 되돌리는 데 상당한 시간이 걸렸다.

그때, 갑자기 동쪽 벽에서 굉음이 울려 퍼졌다. 쿠웅! 하는 소리가 산벽에 메아리쳐 요새 전체를 뒤흔들고, 500여 미터나 떨어진 총사령관 막사에까지 땅울림이 전해졌다.

"무슨 일인지 알아봐라!"

요제프의 외침에 병사 둘이 동쪽으로 달렸다. 하지만 반도 채 가기 전에 또 한 번 폭발음이 들렸고, 전령 하나가 절망스러운 소식을 전해왔다.

"화약입니다! 적들이 바위를 대신하여 화약을 투하하고 있습니다. 그것을 막던 가디언 두 분이 중상을 입으셨습니다!"

요제프의 곁에 있던 참모 중 한 명이 말했다.

"화약이라면 마법사가 공중에서 폭발시킬 수 있지 않나?"

"예, 가능하다고 합니다. 그래서 지금은 그렇게 하고 있습니다. 하지만 마법사 분들도 현재 기진맥진한 상태라……."

쿠앙—

또 한 번 폭발음이 들렸다.

"요새를 버려야겠다."

요제프는 자리에서 벌떡 일어서며 이렇게 말했다. 오히려 좁은 요새에서 적들을 상대하다 보니 붉은 수리의 공격에 그대로 당하고 있는 터였다. 차라리 넓은 벌판으로 나간다면 어찌 되었든 병력의 우위가 있으니 상대하기 쉬울 듯했다.

하지만 이런 요제프의 결단은 살짝 늦은 감이 있었다. 곧바로 참모 진영에 등장한 전령의 입에서 이러한 보고가 흘러나왔다.

"성벽이… 성벽이 무너졌습니다! 거의 50미터에 가까운 폭으로 동쪽 성곽 하나가 완전히 주저앉았습니다."

요제프가 소리를 쳤다.

"전군, 요새를 버리고 남쪽의 평야에서 적들을 맞이한다!"

요제프의 명령이 채 전군에 퍼지기도 전에 또다시 전령이 나타났다.

"파괴된 동쪽 성벽을 넘어 적들의 기마대가 평야에 진출했습니다."

"후방의 제7, 8토벌단이 있지 않은가? 그들이 잠시 동안은 막아줄 수 있을 게다."

"그게… 적들은 아군과의 전투를 피해 곧바로 후방으로 난입하기 시작했다고 합니다."

몇 차례 더 보고가 오갔다. 최종적으로 성벽을 넘은 적병은 6만 남짓이었다.

그중에 기마대는 5만가량. 동일한 복식을 갖춰 입은 것으로 보아 5만 명 전체가 하나의 통일된 부대인 듯했다. 각 병사들이 한 필씩 여분의 말을 더 가지고 있어 기동력 또한 발군일 것으로 생각되었다.

들어오는 보고들을 들으며 요제프는 얼굴을 구겼다. 반년 전, 아니, 3개월 전만 하더라도 고작 몇 만의 기마대가 후방으로 돌아가는 것은 전혀 문제될 것이 없었다. 하지만 지난 몇 차례의 큰 전투로 각 제후국들의 군사력은 약화될 대로 약화된 상태였다. 왕궁까지 이르는 길에 그 어느 나라도 5만의 정예 기마대를 막을 수 없을 것이 불 보듯 뻔했다.

"서둘러 추격대를 편성하라! 나머지 병사들은 요새를 버리고 무너진 성벽으로 더 이상 적들이 쳐들어오지 못하도록 하라!"

요제프 이하 참모들이 바쁘게 움직였다. 각 부대마다 전령을 둘씩 보내어 요제프의 명령을 전달했다.

그때 요제프가 생각났다는 듯 한 참모에게 말했다.

"왕궁과 듀피셸론 공작가에 전황을 통보하라. 가까운 도시에서 연락 수정을 통해 가능하면 빨리 전달하도록 하라. 아직 왕국의 승인은 없지만 듀피셸론 가문에 병사를 요청하는 문서도 보내라."

참모는 고개를 숙이며 곧바로 남쪽으로 말을 달렸다.

"화약을 저런 식으로 쓰다니!"

르텔은 화약이 폭발한 동쪽 성곽에서 멀리 떨어진 서편에 있었지만, 전황이 어떻게 돌아가는지는 잘 알고 있었다. 그는 망연자실한 표정으로 파괴되는 성벽을 바라보고만 있었다.

상대적으로 적의 공세가 뜸해진 덕에 제4토벌군은 병사들을 다섯으로 나누어 차례대로 짤막한 휴식을 취하고 있던 중이었다.

"사화의 나라에서는 오래전부터 전쟁에 화약을 사용해 왔어요. 서호의 철갑호기(鐵鉀虎騎)에 남작의 적응조대까지… 이번에 동룡은 모든 전력을 투입할 생각인 것 같아요."

백묘의 말이 끝나자마자 제라흐가 라휄에게 말했다.

"이럴 때가 아니다. 어서 요새를 빠져나가 동쪽으로 가자."

제라흐의 말에 르텔이 쭈뼛거리며 끼어들었다.

"하지만 튜데일 각하, 아직 총사령관 각하의 명령이……."

"곧 내려올 거다. 이대로 적들을 방치해 두었다가는 왕궁까지 뚫릴지도 모른다. 서둘러라!"

제라흐의 말에 르텔과 벨하르는 곧바로 복명을 표하고는 병사들에 명령을 내렸다.

그보다 한발 앞서 라휄을 비롯한 일행들은 요새를 떠나 동쪽으로 달렸다. 그들의 눈에 보이는 것은 저 멀리 흙먼지를 일으키며 남쪽으로 치달리는 한 무리의 기마대였다.

"철갑호기예요, 주인님! 서쪽 초원의 특별한 품종의 말을 타고 있어서 하루에 천 리, 그러니까 이곳의 단위로 400킬로미터를 간다는 부대예요."

흑묘에 이어 제라흐가 말했다.

"정말로 왕궁을 노리는 모양이군!"

어떻게 해야 할지 제라흐로서도 얼른 결정이 서지 않는 모양이었다. 그러는 사이 제4토벌군이 요새에서 나와 라휄의 곁으로 모여들었다.

제라흐가 명령했다.

"이대로 동쪽으로 향한다! 부서진 성벽을 따라 방어진을 구축해 적들이 성을 넘지 못하도록 하라!"

르텔과 벨하르가 제라흐의 명령에 따라 병사들을 지휘해 성의 동쪽으로 진군했다. 그곳은 벌써 적군과 아군이 뒤엉켜 아비규환의 전장이 되었다.

요제프의 지휘로 성벽을 포기한 터라 적들은 비교적 쉽게 성을 넘어왔다. 하지만 요제프도 그리 만만한 사람은 아니라 적들이 반쯤 무너진 성벽을 타고 넘었을 때 일제히 공격을 시작했다. 덕분에 적들은 성벽에 허리가 낀 채 오도가도 못하며 아군의 공격을 맞아야 했다.

그마나 아군이 일부 병사를 떼어 기마대의 편성에 주력한 데다 하늘을 적군이 장악하고 있기에 망정이지, 그게 아니었다면 하루 만에 아군의 승리로 전쟁이 끝을 맞이했을지도 모를 일이었다.

라휄과 제라흐를 비롯한 아군의 검사들은 동룡의 무사들과 한바탕 칼부림을 하고 있었다. 숫자는 적 측이 두 배 가까이 많았지만, 아군 쪽 실력이 더 좋았다. 그러다 보니 어느 정도 균형이 맞아 어느 쪽도 다른 한쪽을 압도하지 못하는 상황이었다.

그때 라휄의 앞으로 말을 타고 지나치는 한 남자의 모습이 눈에 들어왔다.

"라프델이다!"

라프델이 미친 듯이 말채찍을 후려쳐 치달리자 금세 모두의 시야에서 사라졌다. 향하는 방향은 철갑 기마대의 뒤꽁무니였다.

"모헬의 남쪽에는 로이아드 백국이 있지. 가문이 걱정되는 모양이군."

제라흐의 말 그대로 라프델의 표정은 언뜻 스쳐 지나갔지만 상당히 심각해 보였다.

"라프델의 가족이 위험한 거야?"

라휄이 묻자 제라흐는 고개를 끄덕였다.

"로이아드 백국은 왕국에 대한 충성심이 아주 높은 편이다. 아마 결사적으로 왕궁으로 향하는 길을 방어하려 할 게다. 하지만… 과연 저 많은 기마병을 막을 힘이 있을지."

라휄은 제라흐의 이야기를 듣다 말고 조금 떨어진 곳에서 기마대 편성에 쓰이던 말에 올라탔다.

"제라흐, 나 라프델을 따라갈 테야."

제라흐는 곧바로 라휄의 말에 고개를 끄덕였다.

"이곳의 일은 내게 맡기거라. 아마 요제프가 곧바로 추격

대를 조직해 뒤를 쫓을 테니 그리 크게 걱정하지 않아도 될
거다."

제라흐의 대답을 듣는 둥 마는 둥 라휄은 벌써 저만치 남쪽
으로 달리고 있었다. 창졸지간에 일어난 일이라 흑묘와 백묘
조차 뒤를 쫓을 생각을 하지 못했다. 카시카가 그런 두 소녀
의 등을 살짝 떠밀었다.

"무얼 하고 있는 거야? 어서 마차를 준비해. 우리도 쫓아야
지."

흑묘는 그제야 아, 하며 마차를 주차해 놓은 장소로 달렸
다. 하지만 백묘는 흑묘와는 다른 방향으로 달려 네 필의 말
을 모아와서는 그중 한 마리에 뛰어올랐다.

"소녀는 먼저 주인님을 쫓겠어요."

말을 마친 후, 백묘는 다른 세 마리의 고삐를 끌며 남쪽으로
달리기 시작했다. 아무래도 갈아탈 말을 준비한 모양이었다.

그러는 사이 기마병으로 편성된 왕국 추적대의 준비가 모
두 끝이 났다. 2만여 기에 이르는 기마대가 일제히 남쪽으로
달리기 시작했다. 제4토벌군에서도 르텔이 2천의 기마대와
함께 추적대에 합류했다.

5

한 시간이 채 못 되어 라휄은 백묘에게 따라잡히고 말았다.

하지만 라프델의 행방은 내내 알 수가 없었다. 라휄의 말 타는 기술이 라프델에 비해 조금 처지는 탓이었다. 적의 기마대 역시 이미 멀리까지 내려간 듯했다. 한 시간 이상 지체되었으니 따라잡는 것은 요원한 일이었다.

"주인님!"

백묘의 부르는 소리에 라휄은 말을 잠시 멈추었다. 백묘는 반 시간에 한 번씩 달리는 말의 잔등에서 다른 말로 옮겨 타 말이 지치는 것을 막았기에 라휄을 따라잡을 수 있었다.

"백묘야!"

"주인님, 한 기의 말로는 그들을 쫓지 못할 거예요. 소녀가 갈아탈 말을 가지고 왔어요."

"아, 응. 아무리 달려도 라프델이 보이지 않아. 그치만 이 말발굽들을 봐. 분명 이쪽으로 갔을 거야."

라휄은 말을 하며 재빨리 백묘가 가져온 다른 말에 몸을 실었다. 하나같이 기사들의 군마여서 그런지 덩치도 크고 힘도 좋았다.

백묘와 함께 라휄은 다시 남쪽으로 달리기 시작했다. 그렇게 다시 한 시간여를 달리자 멀리 라프델의 뒷모습이 보이기 시작했다. 라휄은 잠시 멈춰서 다시 한 번 말을 바꿨고, 오래잖아 라프델을 따라잡을 수 있었다. 어느샌가 모헬 요새로부터 100킬로미터를 훌쩍 넘긴 남쪽의 어느 길가였다.

"라프델!"

라휄은 손을 뻗으면 라프델의 등을 잡을 만한 거리까지 다가가 그의 이름을 불렀다. 하지만 들리지 않는 듯 라프델은 대꾸하지 않았고, 라휄은 다시 한 번 그를 불렀다.

"라프델!"

그제야 라프델이 고개를 돌렸다.

"라휄! 백묘도 있구나."

백묘는 고개를 숙여 라프델에게 인사를 했다.

"갑자기 어디로 가는 거야? 제라흐가 그러는데 라프델은 로이아드 가문이 걱정되서 가는 거랬어. 그런 거면 나도 같이 싸울래. 라프델의 가족은 나한테도 가족이야."

라프델은 라휄의 말에 살짝 미소를 지었다. 하지만 유성처럼 순식간에 사그라들어 조금 전 지어 보였던 굳은 표정을 했다.

"라휄."

"응?"

"나는 지금부터 나의 귀부인을 지키러 갈 거야. 그분의, 그리고 나의 명예를 위해 달리고 있는 거야."

"귀부인을 위해서?"

라휄은 며칠 전 라프델과 나누었던 이야기를 떠올렸다. 마침 라프델도 그 대화를 기억해 냈는지 말을 꺼냈다.

"라휄, 네게도 말했지? 내게는 귀부인의 명예를 지키는 것이 가장 중요한 일이라고. 명령도 기다리지 않은 채 군대를

떠나왔으니 이미 기사로서 한 가지 불명예를 저지른 거야. 그
러니까 라휄, 너까지 그럴 필요는 없어."

"그치만 라프델은 서호의 철……."

이름이 생각나지 않는다는 듯 고개를 돌린 라휄에게 백묘
가 말했다.

"철갑호기예요, 주인님."

"웅, 그걸 쫓아서 가는 거잖아. 군대를 떠나왔지만 아무도
나쁘다고 하지는 않을 거야."

"나는 저들을 쫓아온 것이 아니야."

"웅? 그치만……."

"라휄."

라프델은 라휄의 이름을 부르고는 잠시 머뭇거렸다. 그러
다 무언가 결심한 듯한 표정으로 입을 열었다.

"나는 지금 카문으로 가고 있어."

"카문?"

"그래. 나의 귀부인이 계신 곳이지. 저들이 지금 카문으로
가는지, 아니면 다른 어느 곳으로 가는지 확언할 수는 없어.
정황으로 보아 수도를 노리고 있는 듯하지만 네 말대로 나의
가문인 로이아드 가문과 전투를 벌일지도 모르는 일이야. 그
렇지만 라휄, 나는 그렇다 하더라도 곧바로 카문으로 갈 거
야."

라프델은 이렇게 말하며 전방을 뚫어져라 응시했다.

"만에 하나 그분이 저들로 인해 조그마한 상처라도 입는
것을… 나는 원치 않으니까."

"나도 갈래."

라휄이 말했다.

"모헬 백국은 제라흐가 있으니까 괜찮을 거야. 나도 카문
이 걱정돼. 카문에는 에필하임이 있으니까. 에필하임은 내 친
구야."

라휄의 말에 라프델은 다시 한 번 짤막한 미소를 지었다.

"좋아, 그럼 같이 가자."

그사이 백묘가 말을 몰아 라프델의 곁, 라휄의 건너편으로
다가갔다. 그녀가 비교적 힘이 많이 남아 있는 말을 바로 옆
에 가져가자 라프델은 백묘에게 살짝 고개 숙여 감사를 표하
며 옮겨 탔다. 거의 전력 질주에 가까운 속도로 달리는 말 잔
등 사이를 뛰어넘었지만, 어찌나 자연스러웠던지 호흡 하나
흐트러지지 않았다.

라프델까지 새 말로 갈아타고 나자 세 사람의 추격에 한
층 속도가 붙었다. 하지만 그렇다고는 해도 적의 기마대와
는 30분 이상 차이가 있었고, 그 점이 라프델을 조급하게 만
들었다.

그러는 사이 시간은 어느덧 자정을 넘겼다. 말들도 지쳐 더
이상 속도가 나지 않았다. 모헬 영지를 벗어난 지도 한참이
지나 이제 곧 로이아드 영지에 이를 지경이었다.

　바로 그때, 지평선 근처에서 은은하게 발굽이 울리는 소리
가 들려왔다.

　"따라잡았다!"

　라프델이 환호성에 가까운 목소리로 외쳤다. 말채찍을 쥔
손에 힘이 더해지고, 라프델이 타고 있던 말은 죽을힘을 다해
앞으로 치달렸다. 라휄이 곧바로 라프델의 뒤를 쫓았다.

　앞뒤 재지 않고 라프델은 곧바로 적진으로 난입해 갔다. 가
장 후미에 있던 병사들이 창을 휘둘러 라프델에게 공격을 가
했다.

　단단한 철갑으로 신체의 약한 부분을 가린 그들은 마상 창
술에 특히 능한 듯했다. 제국의 기사들과 일대일로 근거리에
서 전투를 벌인다면 백이면 백, 그들의 승리가 점쳐질 정도였
다.

　하지만 상대는 라프델이었다.

　왕국이 자랑하는 최고의 검사가 이름도 없는 일반 병사에
게 패할 이유라고는 티끌만큼도 찾아볼 수가 없었다.

　창끝을 피하며 라프델이 검으로 목줄기를 베어가자 적은
비명 한 번 지르지 못하고 그대로 말에서 떨어져 바닥을 나뒹
굴었다. 그 주검은 퉁퉁, 흡사 고무공이 튕기듯 저 멀리 어두
운 밤의 거리 사이로 사라져 버렸다.

　곧바로 라휄이 적 병사들 사이로 뛰어들었다. 라휄은 라프
델처럼 상대를 즉사시키기보다는 어딘가 한 군데 큰 상처를

입혀 전투 불능에 빠지기를 기도했다. 하지만 말 타는 것이 어색한데다가 그런 조심스러움까지 더해지자 라프델에 비해 위력이 한 수쯤 처졌다. 그럼에도 적병을 무찌르는 데에는 오히려 차고 넘칠 정도였다.

순식간에 30여 명의 적병이 죽거나 크게 다치자 각 소부대의 지휘관들은 자신들을 추적해 온 자들이 평범한 병사가 아니라는 것을 알아차렸다. 지휘관들은 적이 뒤에서 나타났다는 사실을 뿔피리 신호로 부대 전체에 전달했다.

곧바로 적 사령관의 명령이 내려졌다. 그러자 천 명가량의 병사들이 본진에서 떨어져 나와 라휄과 라프델을 포위하기 시작했다.

라프델은 적의 포위망을 단숨에 뚫어버리려 전방에 맹공을 퍼부었다.

고속으로 치달리는 마상의 전투는 그야말로 아슬아슬했다. 창이 찔러오고 그것을 막아 흘리며 다시 검으로 반격하기를 잠시, 십여 명의 적병이 낙마해 뒤따라오는 병사들의 말발굽에 짓이겨졌다. 그 때문에 말이 다리를 다쳐 또다시 바닥을 뒹구는 적 병사들도 있었다.

그렇지만 천 명은 결코 적은 숫자가 아니었다. 무엇보다 라프델이 실력있는 무사라는 것을 눈치 챈 지휘관이 라프델보다는 그의 말을 노리라고 병사들에게 명령함에 따라 한층 더 전진하기가 어려워졌다.

"라휄! 더 이상은 손에 사정을 두지 마!"

어느새 밤의 장막 덕택에 먼저 간 적병이 보이지 않자 라프델은 마음이 급해져 라휄에게 이렇게 외쳤다. 그 소리를 들은 라휄은 적의 병기를 얽어 막다가 손을 잠시 멈추었다.

"그렇지만……."

"왕국을 지키고 신민을 지키는 일이야."

"그렇지만 엘로한님은 사람을 죽이면 안 된다고 그랬어."

"라휄!"

라프델이 라휄의 이름을 크게 외치자 라휄은 다시 한 번 어깨를 움찔했다. 사실 라휄도 지금 상황이 얼마나 심각한지, 그리고 라프델과 자신의 역할이 결코 가볍지 않다는 것을 알고 있었다. 그렇지만 한번 사람을 죽이고 나면 또 그 분별력이라는 것을 잃어버리고 말 것 같았다.

문득 제라흐가 해준 말이 떠올랐다. 고민해 보라는, 또다시 선택해야 할 상황이 생긴다면 생각을 해보라는 말이.

라휄은 기억을 더듬으며 문득 고개를 돌려 백묘를 바라보았다. 그러고 보니 아주 오래전 백묘와 함께 카시카의 탈옥을 도왔을 때의 일이 있었다. 그때는 적이 아니기 때문이었지만 자신을 막는 병사들을 다치지 않게 하면서 동시에 물러나게 해야 했다.

그때 흑묘와 백묘는 적의 무기만을 파괴하는 게 어떻느냐 제안했었다.

라휄은 그 일을 떠올리며 적을 상하지 않게 하면서 동시에 제압할 방법을 떠올려 보았다. 무기를 깨뜨린다는 것은 이를 테면 싸울 힘을 잃게 하는 것이다. 그리고 그것은 상대를 겁 먹게 만드는 것이었다.

사람은 어떨 때 겁을 먹을까?

라휄은 어느 순간 사람이 용기를 잃는지, 그리고 겁을 먹고 뒷걸음질치는지 아주 잘 알고 있었다. 그건 지하에서 몇백, 몇천 번이나 보아온 것이었으니까.

압도적인 힘. 사람의 목숨을 너무나도 손쉽게 앗아갈 듯한 무력. 너무센이를 보았을 때와 같은 그 감각. 즉, 공포였다.

라휄은 자신의 손에 들려 있는 검을 보았다. 검사니, 세계 에서 몇 손에 꼽히느니… 칭송받아 온 자신이지만, 큰 위력을 보인 적은 없었다, 너무센이처럼 무언가를 압도하는 힘을.

아, 하지만 딱 한 번 그런 힘을 느낀 적이 있었다. 그건 자 신에 의해서가 아닌 지하 최고의 겁쟁이인 파드셀로부터 비 롯된 감각이었다.

그때 파드셀이 검끝에 맺었던 그 힘, 만약 그게 지금 있다 면…….

어쩐지 가능할 것만 같았다, 빛의 힘을 손에 넣는 것이.

라휄은 검을 사선으로 하여 자신의 앞에 두었다. 찔러오는 창은 피하고, 또 왼손의 검으로 튕겨냈다. 동시에 빛이라는 것을 이미지화해 보았다.

　이미 원소의 검을 쓰는 법은 알고 있었다. 이번엔 그 원소가 바람이나 불이 아니라 빛으로 바뀐 것뿐. 그렇지만 실체화시키기 위해서는 빛, 그 자체를 이해하는 것이 필요했다.

　빛이란 뭐지?

　내게 있어 빛이란? 그리고 세계에 있어서 빛이란…….

　아니, 그저 순수하게 빛이란 도대체 뭘까.

　라휄은 자신에게 물었다.

　동굴을 갓 빠져나왔을 때가 생각났다. 그 온통 파란 하늘이, 눈부시게 쏟아져 내려오는 태양이 떠올랐다.

　지하에 있을 때, 틈과 틈을 지나 바위 면과 바위 면에 반사되어 흘끗흘끗 보이던 빛과는 다른, 그야말로 세상을 온통 가득 채우는 듯한 빛이었다.

　따듯했다. 그리고 밝았다.

　그리고…….

　문득 한 얼굴이 떠올랐다. 온갖 고통으로 사물이 일그러져 보일 만큼의 통증을 느낄 때, 한낮의 햇살을 후광 삼아 나타난 한 여자의 얼굴이.

　천사.

　라휄에게 있어 빛이란 그녀, 그 자체였다.

　그 순간, 라휄의 검이 찬란하게 빛났다. 라휄이 반짝반짝 검이라 부르던 윈든이 빛나는 검이라면, 지금의 빛은 검뿐만 아니라 주위 전체를 환하게 물들이고 있었다.

따듯하고 온화하지만 엄숙한, 그래서 한층 사람을 압도하는 그 빛에 기마대는 깜짝 놀랐다. 그들은 자신도 모르게 라휀의 주위에서 물러났다. 그 빛은 위엄이었다. 절대적인 위엄 앞에서 병사들은 고개를 차마 들지 못했다.

라프델은 갑작스럽게 등장한 환한 빛에 탄성을 내질렀다. 라휀, 이 조그마한 자신의 친구가 무슨 일을 저지른 것인가! 아니, 무엇을 이룩한 것인가!

"엘—라이튼!"

라프델이 입을 열어 그 빛의 정체를 외쳤다. 바로 그 순간,

돌연 라휀의 검에 맺혀 있던 빛에 균열이 일었다. 그 균열의 틈새에서 솟아난 것은 어둠이었다. '검다' 의 정의 그 자체라도 되는 양 지금 이 시간대가 달과 별로 환하게 빛나는 만큼 잃어버린 어둠의 순수를 몸소 증명이라도 하는 듯한, 그런 흑색이 빛을 깨뜨리며 자라났다.

"어?"

라휀은 고개를 갸웃했다. 이건 처음 느껴보는 감각이었다. 파드셀이 만들었던 불완전한 빛의 검과도 전혀 달랐다. 그렇지만 라휀은 처음 느껴보는 이 감각이 결코 낯설지 않았다. 아니, 낯설지 않은 정도가 아니라 너무나도 익숙했다.

기억이 있던 그 순간부터 숨쉬는 것과 마찬가지로 몸에 익어 있는 것.

바로 어둠이었다.

검을 빛내던 '빛' 은 완전히 사라졌다. 그를 대신해 라휄의 검을 어둠이 휘감았다.

"켈—브래큰……."

어째서 빛을 깨닫는 데 실패했는지, 그리고 지금 갑자기 어둠의 깨달음을 얻었는지 당사자가 아닌 라프델로서는 알 수 없었다. 다만 지금 라휄의 검이 내뿜는 음침하면서도 으슬으슬한 느낌에 소름이 돋는 것은 막을 수 없었다.

라휄의 검에서 솟아난 검은 힘은 심장 박동에 맞추어 커졌다 작아지길 반복했다. 그리고 커질 때마다 그 어둠은 주위의 어둠에 스며들었다. 그건 달의 그림자였고, 갑옷의 그늘진 부분이었다. 주변의 어둠이라는 어둠은 모두 라휄의 검에 잠식되었고, 이내 어둠 자체가 생명을 갖기 시작했다.

라휄의 시선이 닿는 곳에 어둠이 있다면, 그 어둠은 칼날이 되었다. 옷의 주름과 주름 사이 빛이 닿지 않은 곳에서 새까만 칼날이 솟아 나왔다. 살을 베고, 핏줄을 갈라 죽음에 이르게 하는 칼날들이.

백 명 가까운 사람들이 갑작스럽게 죽음을 맞이했다. 말도, 그 위에 타고 있던 병사도 돌연 따듯한 숨결을 잃은 채 바닥에 처박혔다. 그 갑작스러운 죽음들은 라휄과 라프델의 주위를 감싸고 있던 병사들 전원에게 큰 혼란을 안겨주었다. 단번에 포위망이 와해되자 라프델은 다시 한 번 앞으로 달려

나갔다.

그의 머릿속에는 라휄이 이루고 행한 일에 경탄하는 마음이 일었다. 좀 더 알고 싶었다. 검사가 이룩할 수 있는 그 끝에 도착한 라휄에게 어떻게 한 것인지 묻고 싶었다.

그렇지만… 그것만큼이나… 아니, 그것 이상으로 머릿속을 뒤엉키게 하는 일이 남아 있었다. 바로 왕도 카문에 적들보다 먼저 도착해야 한다는 것이었다.

한편 라휄은 멍한 표정으로 자신의 손을 바라보았다. 백묘는 포위망이 풀리자 필사적으로 적 사이를 달려 라휄 곁으로 다가왔다. 꽤 멀리 떨어져 라휄의 뒤를 쫓던 터라 백묘는 정확히 어떤 일이 벌어진 것인지 알지 못했다. 다만 주인이 멍한 얼굴로 검은 기운을 내뿜는 검을 바라보고 있는 것이 어딘지 걱정되어 그를 불렀다.

"주인님."

"어, 응?"

"무슨 일이세요? 표정이 좋지 않으세요."

라휄은 아, 하고 짤막한 탄성을 내며 자신의 검을 보았다. 하지만 어느샌가 사라진 검에 깃들어 있던 어둠은 흔적조차 찾아볼 수 없었다.

"아, 그게……."

어떻게 설명해야 할지 라휄은 갈피를 잡지 못했다. 그러는

사이, 라프델이 앞으로 달려나가기 시작했고, 라휄은 짤막하
니 백묘에게 말했다.

"잘 모르겠어. 아무튼 백묘야, 우리도 어서 앞으로 가자."

백묘는 고개를 살짝 갸웃하고는 라휄에게 말했다.

"네, 주인님."

Chapter 41

카문 함락

기 마병을 대부분 추격병으로 차출해 남쪽으로 보낸 후, 모헬 영지 북쪽 성의 공방은 왕국 군에게 썩 유리하지 못한 방향으로 전개되고 있었다. 처음 적들을 성벽 사이에 가두고 몰아붙일 때만 해도 좋았는데, 라휄과 라프델이라는 두 검사의 부재가 곧바로 악영향을 미치기 시작했다.

한 번은 밀어붙이고, 또 한 번은 뒤로 밀리기를 반복하는 사이, 서쪽에 진을 치고 있던 왕국군들이 전열을 정비했다. 적들도 아군의 그런 상황을 눈치 챈 듯 점차 공격의 강도를 줄이기 시작했다. 어둠이 깃들기 시작하자 누가 먼저랄 것도 없이 전선에서 물러나 휴식을 취하기 시작했다.

첫날의 전투가 이제야 막을 내린 것이다.

병사들에게 휴식을 명한 직후, 요제프는 각 사령부의 참모들을 불러모았다. 이 짧은 전투에서 제3토벌군 사령관이 전사했다. 제4토벌군 사령관, 즉 라휄은 검사 부대의 지휘관인 라프델과 함께 적병을 추적해 갔고, 그밖에도 부상 등으로 공석이 된 사령관 자리가 몇 있었다.

요제프는 각 부대의 부관 등을 임시로 사령관에 임명했다. 제4토벌군은 벨하르가 맡게 되었다. 한편 임시로 제4토벌군을 지휘하던 제라흐는 검사 부대의 지휘관 자리를 받았다.

한편, 요제프를 비롯한 최전방의 사령관들이 하늘의 적에 대하여 고민하고 있을 때, 왕궁 또한 야만인의 철갑기마대에 대한 소식을 전해 들었다.

문관, 무관 어느 누구 할 것 없이 회의장에 모여들었다. 주로 백작 가문 이상의 귀족들로 구성된, 이 나라 최고위층의 관료들이었다.

가장 상석에 앉아 있는 것은 어린 황제였다. 그 뒤로 커튼을 드리운 한 여인의 실루엣도 보였다.

"폐하, 듀피셸론 가문의 대표가 도착했습니다."

관료 귀족인 후작가를 제외한 백작 이상의 가문은 이곳 수도 카문에 관리를 상주시키고 있었다. 일종의 영사관이나 외교관 같은 역할을 하고 있는 곳으로, 지금 회의실에 들어오는 자는 듀피셸론 가문에서 파견한 관료였다.

그는 회의실에 들어서며 무릎을 꿇어 황제에게 예를 올렸
다. 황제 에필하임은 손을 들며 예를 받았다.

"그대는 고개를 들라."

"황송하옵니다, 폐하."

이어 왕실의 대변인 격인 왕실 예전부의 수장이 회의를 주
관하였다.

"군정 대신은 발언하라."

"예, 감사합니다."

수염이 허연 군정 대신은 듀피셀론의 관료에게 말했다.

"현재 5만여 명에 이르는 적병이 모헬 영지를 벗어나 이곳
왕도 카문으로 진격해 오고 있다는 이야기는 어젯밤 다들 전
해 들었으리라 생각되네. 그에 우리 왕실은 예의를 다해 그대
듀피셀론 가문에 지원군을 요청하였다. 하나 듀피셀론 가문
은 이를 완곡히 거절하여 따로 할 말이 있다는 대답을 가져왔
다. 그에 대한 해명의 기회를 지금 이곳에서 주려 하니 이야
기해 보라."

듀피셀론 가문의 사신은 허리를 굽혀 다시 한 번 회의장의
모든 사람들에게 경례를 했다.

"신은 듀피셀론 가문으로부터 왕도에서 일어나는 일에 대
한 전권을 위임받은 사람입니다. 하나, 모든 것은 듀피셀론
공작가 본가와의 긴밀한 연락을 통해 명령을 받을 뿐, 스스로
결정할 수 있는 것은 단 한 가지도 없습니다. 이 점을 먼저 모

든 높으신 분들께 다시 한 번 강조드리고 싶습니다."

그는 이렇게 서두를 꺼낸 후, 다시 말을 이었다.

"듀피셀론은 지난 몇 번의 전쟁에서 가장 많은 병력을 보내 왕실을 도왔습니다. 한 달이 채 지나지 않은 직전의 전투에서는 6만에 가까운 보병을 지원했습니다."

뭇 귀족들이 그의 말에 고개를 끄덕였다. 듀피셀론의 충성심을 의심하는 귀족은 단 한 사람도 없었다.

"하지만 지난번 전쟁은 치열했고, 그 6만의 보병 중 살아남은 자가 채 절반에 미치지 못하였습니다. 공작가는 우선 그 점에 대하여 왕실에 항의를 하고 싶습니다. 가장 많은 지원을 한 가문임에도 어째서 다른 어떠한 가문보다도 큰 피해를 입었는지, 그에 대한 적절한 왕실의 해명이 없었습니다."

이야기가 갑자기 군무에 대한 항의로 나오자 군무 대신은 얼굴을 조금 붉혔다. 곧 헛기침을 하며 군무 대신이 입을 열었다.

"그 점에 있어서는 비록 사석이었으나 이미 해명을 한 것으로 알고 있네. 전쟁터의 상황이란 전방도 후방도 따로 나뉘어 있지 아니하네. 게다가 듀피셀론이 보내온 병사들은 용병과 전투 노예의 비율이 높아 전투에 익숙하였고, 그 때문에 위험한 전장에 투입된 일이 많은 것도 사실이나, 이는 어떠한 이유가 있어서라기보다는 그만큼 전장의 상황이 치열했다는 것을 반증하는 것일세."

"적절한 해명 감사드립니다. 공작가에도 그와 같은 내용의 해명서를 보내 드렸으나 공작 전하께서는 만족하지 못하셨는지 제게 다시 한 번 그 점을 언급하셨습니다."

귀족들이 술렁였다. 나라가 위급한 상황에 그 점을 따지고 드는 것이 야속하게 느껴졌으나, 지난 전쟁으로 듀피셸론 공작가가 유난히 큰 피해를 입은 것도 사실이었기에 나쁘다 몰아붙이기는 힘들었다.

듀피셸론 측 사신이 다시 입을 열었다.

"하나 그렇다고 해서 듀피셸론 공작가가 일부러 병사를 보내지 아니하는 것은 아니라고 공작 전하께서 확실히 못 박으셨습니다. 현재 듀피셸론 공작가는 구 코넬리아 공작령을 토벌하는 과정에서 많은 군사적인 피해를 입었고, 또 지금은 그곳의 치안을 유지하기 위하여 많은 병사를 파견하였습니다. 본래 이 일은 카문 왕실에서 맡아주어야 할 일이지만, 듀피셸론 공작가가 대신해 그 일을 수행하고 있습니다. 또한 지난번보다는 적다고 하지만, 2만 명이 넘는 병력을 현재 전선에 투입하고 있습니다. 더 이상 듀피셸론 가문은 왕실을 도와 야만인 무리를 막아낼 여유가 없다는 것이 공작 전하의 뜻입니다."

"하나 코넬리아 공작령을 토벌할 때 별다른 무력의 충돌이 있었다는 소식은 듣지 못하였네. 게다가 토벌전 자체도 이미 지난번 야만인과의 전쟁과 같은 시기에 이루어지지 않았는

가? 오히려 토벌전이 끝난 지금, 병력의 여유가 없다는 것은
이해하기 힘든 일일세."

군무 대신의 반박에 듀피셀론 가의 사신은 고개를 조아릴
뿐이었다.

"이는 공작 전하의 말씀으로, 신은 카문에만 머물러 있었
기에 듀피셀론 공작가의 군무에 대하여는 아는 바가 없습니
다."

"그렇지만……."

그 순간 군무 대신의 말을 높고 낭랑한 목소리가 가로막았
다.

"그만 하라."

회의장의 귀족들이 고개를 돌려 황제가 있는 쪽을 바라보
았다. 에필하임은 뚫어버릴 듯한 시선으로 듀피셀론의 사신
을 쏘아보았다. 사신은 처음에는 살짝 고개를 숙인 채 에필하
임의 시선을 잘 견뎌내는 듯싶더니, 어느새 그의 이마에 식은
땀이 고이기 시작했다.

"그만 물러가도록 하라. 듀피셀론 공작가의 뜻은 잘 알았
도다. 왕실의 일은 본래 왕실 스스로가 해결함을 원칙으로 삼
아야 할 것이다. 이로 인해 듀피셀론 공작가와 군신의 신의가
어그러지지 않도록 현명하게 처신하길 바란다."

모든 귀족들이 고개를 조아리며 에필하임의 말에 칭송의
말을 늘어놓았다. 하지만 정작 카문으로 진격해 오는 적들을

막을 방법에 대하여는 어느 누구도 뾰족한 수를 내놓지 못하였다.

카문이 가지고 있는 병사라고는 치안 유지군 5천에 근위기사단 500명이 다였다.

지리멸렬하는 회의 내용을 지켜보며 에필하임은 오른쪽 다리를 꼬아 왼쪽 무릎에 올리며 의자의 팔걸이에 몸을 기대었다. 그때, 등 뒤에 있던 여인의 속삭임이 들렸다.

"폐하, 더 이상은 쓸 만한 회의 내용이 나올 것 같지는 않사옵니다. 우선 성 밖의 평민들을 대피시키고 싸울 수 있는 남자들을 모두 동원해 성을 지키는 전략을 세우는 것이 좋을 듯합니다. 요제프 경은 현명하신 분이니 분명 이 카문을 지킬 방도를 세우셨을 것입니다."

그 작은 목소리는 에필하임의 어머니, 선왕후의 것이었다. 에필하임은 고개를 한번 끄덕이고는 귀족들에게 외쳤다.

"더 이상 이곳 회의장에서 허비할 시간이 없다. 우선 성 밖의 사람들에게 대피령을 내려 먼 곳으로 달아나거나 성안에 숨을 수 있도록 조치하라. 그리고 싸울 능력과 의지가 있는 이를 모아 민병대를 조직하고 지휘관들을 배치하여 성을 지키는 데 투입하라!"

귀족들은 에필하임의 외침에 고개를 조아렸다. 귀족들이 토론으로 내린 결론도 이것과 대동소이하였기에 어느 누구의 반대도 없이 일을 진행하기 시작했다.

　수도에서 50여 킬로미터쯤 떨어진 한 작은 숲은 이름조차 없었지만, 이날 유난히도 소란스러웠다. 천 명에 가까운 중무장한 병사들과 세 명의 남녀가 싸우고 있는 탓이었다.

　야만족 철기병대를 쫓아온 지도 벌써 열두 시간 이상이 흘렀다. 밤을 꼴딱 샌 추격이었지만, 피곤함은 느껴지지 않았다. 적의 꼬리를 놓칠 수 없다는 긴장감이 몸을 후끈 달궈놓은 것이다.

　적은 5만 명에 가까운 대군에 철갑을 두른 정예 기병이었다. 하지만 고작 세 명의 추적자를 따돌리지 못하고 이렇게 병사를 나누어 길을 막을 뿐이었다. 흡사 적의 수도로 진군하고 있는 첨병이 아니라 도망이라도 치고 있는 듯.

　라휄은 밤사이 어둠의 검, 켈―브래큰에 상당히 익숙해졌다. 한낮이라고는 하지만 인간인 이상 그림자가 없을 수는 없다. 그런 적들의 그림자 한 조각 한 조각은 모두 라휄의 훌륭한 조력자였다. 시야가 미치는 곳에 있는 병사들은 라휄의 공격을 제대로 막아보지도 못하고 큰 상처를 입었다.

　처음 라휄은 속절없이 죽어가는 적병을 보며 켈―브래큰의 사용을 자제했다. 그러한 그의 고민을 깨달은 듯 라프델이 길을 이끌어주었고, 지금은 상당히 정밀하게 어둠을 조종할 수 있게 되었다.

　그리고 그 덕분에 적들의 공포는 한층 더해졌다. 더 이상

어느 누구도 라휄과 눈을 마주치려 하지 않았다. 눈이 마주치
기는커녕 라휄이 바라보는 방향으로부터 달아나려 우왕좌왕
할 정도였다.

어둠의 검은 라휄이 노렸던 바, 즉 공포를 심어주기에는 충
분한 위력을 가지고 있었다.

한차례 교전이 있은 후 라휄과 라프델, 백묘는 적의 포위망
을 뚫고 다시 추격에 나설 수 있었다. 방금 전까지 라휄들을
포위했던 적병은 태반이 바닥에 널브러져 피를 흘리고, 나머
지도 할 말을 잃은 채 멍하니 서 라휄들의 뒤를 쫓을 수 없게
되었다.

라휄과 라프델이 타고 있는 말들은 추격 도중 가까운 귀족
의 성에 들러 벌써 세 번째로 교체한 것이었다. 그러지 않았
다면 이런 식으로 적의 공격에 발목을 잡혀 영영 철기병대를
쫓지 못하게 될 뻔했다.

"정말 켈—브래큰은 무섭구나."

말 머리를 나란히 한 채 라프델이 중얼거렸다.

"응, 지금까지의 반짝반짝 검 같은 것과는 완전히 달라."

"하하, 라휄. 이번 전쟁이 끝나면 나는 다시 수련장으로 향
할 거야. 인간은 불가능하다. 이 말에 너무 얽매여 엘—라이
튼과 켈—브래큰은 손에 넣으려는 생각조차 하지 않았다. 하
지만 라휄 너를 보고 있자니 그것이 얼마나 바보 같은 생각이
었는지 알 것 같아."

라프델은 지금 자신의 가슴에서 뛰놀고 있는 감정에 너무나도 기쁜 마음이 들었다. 어제까지만 해도 가슴을 한가득 차지하고 있던 왕도 카문과 그곳에 있는 귀부인에 대한 걱정을 일순간이나마 잊게 만든 그 감정에. 질투며, 부러움이었고, 기쁨이기도 했다. 호승심이라 일컬어지는, 정말 오래간만에 다시 찾아온 울림이었다.

오래잖아 다시 철기병대 무리가 보이는 곳에 도착했고, 적들도 그 점을 눈치 챘는지 다시 천 명가량의 병사를 나누어 후방으로 보냈다. 이미 적들의 말은 지칠 대로 지친 터라 달린다기보다는 빠른 걸음으로 라휄과 라프델이 있는 곳으로 다가왔다.

라휄의 검이 다시 검게 물들었고, 다가오는 부대의 말 그림자에서 불쑥 칼날이 솟아올라 말들의 발목을 베었다. 십여 기의 기마병이 그 자리에서 고꾸라졌다.

2

저녁 무렵, 적의 기병대가 카문 서쪽 성에 도착했다. 수가 조금 줄어 4만 5천 명쯤 되었지만, 지금 카문의 방어력에 비해 결코 적은 숫자가 아니었다.

그들은 곧바로 성을 넘을 준비를 했다. 성 위에서 드문드문 화살들이 쏟아져 왔지만 철로 만든 투구와 갑옷을 뚫을 수는 없었다.

카문 외성의 성벽 위에는 지금 민병대로 가득했다. 활이니 하는 변변한 장거리 무기가 없는 대신, 그동안 준비한 돌덩이 따위를 하나 가득 쌓아두고 있었다. 하지만 문화의 차이에서 오는 전술의 차이로 인해 그러한 도구들은 전혀 빛을 발하지 못했다.

철기병대는 성벽이 아닌 성문으로 향했다. 천 명가량의 병사가 준비해 온 방패를 하늘로 치켜들어 위로부터의 공격을 막고는, 몇몇 병사가 성문에 폭약을 설치했다. 고작 10여 미터 폭의 성문에만 진을 짜고 있었기에, 성벽을 따라 민병대를 넓게 배치해 둔 카문 성으로서는 방어의 집적도가 매우 낮을 수밖에 없었다.

뒤늦게 사람들을 성문 쪽으로 대거 모아왔지만 철기병대는 이미 성문에서 철수한 후였다.

콰앙—!

폭음이 들리고 성문 발치로부터 자욱히 흙먼지가 피어올랐다. 두툼한 성문이 파괴되며 나뭇조각이 사방에 날렸다.

성벽 위에 있던 사람들이 비명을 질렀다. 너무나도 간단히 성문이 뚫려 버리자 집단으로 공포에 질린 것이다. 일부 노련한 병사들과 호전적인 성주민들이 성벽 위로 이어진 계단으로 뛰어가 창을 내밀었다. 이제 곧 적들이 성벽 위로 오를 테니 그에 대항하기 위해서였다.

하지만 말에 올라탄 그들 철기마대는 성벽 위에 가득한 병사들과 민병대를 내버려 둔 채 성안으로 달려들어 갔다.

성 안쪽에는 목책을 얼기설기 세워 일종의 방어선을 구축해 놓았었다. 목책 뒤에는 만 명가량의 민병대로 이루어진 병사와 천 명 정도의 치안 유지군이 창을 움켜쥐고 있었다. 하지만 민병대들은 적의 모습에 겁을 먹고는 골목으로 뿔뿔이 달아났다.

야만족의 철기병대는 성문 안쪽에 세워둔 목책을 단숨에 부숴 버리고, 남아 있는 천여 명가량의 병사들을 흩었다. 그리고는 큰길을 따라 똑바로 왕궁이 있는 쪽으로 말을 몰았다.

"쫓아라!"

성벽 위의 왕성 치안대장이 외치자 우르르, 병사들과 민병대가 성 아래로 뛰어내려 갔지만, 기마대를 쫓는 것은 무리였다. 성안에는 수십만의 주민이 숨어 있었지만, 대부분 노인과 여자, 아이들이었다. 집밖으로 나와 그 흉악한 야만인들과 맞서 싸울 사람은 거의 없었다.

더러는 마법사들이 보이지 않는 곳에서 적을 노리고 마법을 쏘아 보냈다. 하지만 고작 대여섯 기의 기마병을 죽일 수 있을 뿐이었다.

모헬 영지의 국경에 뚫린 구멍을 통해 적들이 국경을 넘은 것이 고작 어제저녁의 일이었다. 마법을 사용한 전송기를 통해 그 일이 일어난 후 한두 시간 만에 수도에 소식을 알릴 수는 있었지만, 만 하루라는 시간이 준비를 하기에 충분한 시간은 아니었다.

무엇보다 전쟁을 위해 바닥의 바닥까지 긁어내 병사를 국경 지대에 보낸 것이 가장 큰 패착이었다. 덕분에 국경에서 수도에 이르는 곳까지, 적의 기병과 맞서 싸울 만한 기마대가 전무했다. 카문 성에서 가장 가까운 영지만 해도 보병이 꼬박 이틀은 걸려야 도착할 만한 거리였기에 수도에는 치안 유지군을 제외하고 병사라곤 없었다.

만약 하다못해 적과 비슷한 숫자의 병사들만 있었다면 과감히 성 밖에 방어진을 펼칠 수 있었을 것이다. 하지만 그것이 불가능했기에 성에 의지해 적을 막아보려 했다. 하지만 본래 카문 외성은 전쟁의 방어 용도로 지어진 성이 아니었던데다가 화약을 이용해 성벽을 파괴하는 방법 역시 이곳에서는 한 번도 경험해 본 적 없는 전법이었다.

철기마대는 이미 카문 성안의 구조를 속속들이 알고 있다는 듯 말을 몰아 카문 내성을 향해 직선으로 달렸다. 늘 붐비던 카문 성의 거리는 지금 인기척이라고는 전혀 느낄 수 없었다. 또각또각, 말발굽 소리가 건물 벽에 메아리쳐 들려올 뿐.

멀리서 물의 내음이 풍겨왔다. 카문 성이 위치한 호수의 물 냄새였다.

"시작하라."

철기마대를 지휘하던 사령관이 짤막히 명령을 내렸다. 그러자 좌우 양쪽 끝에서 달리던 병사들이 품에서 주먹만 한 자루를 꺼내어 불을 붙이기 시작했다. 그건 다름 아닌 화약 주머니로, 도화선을 길게 늘여 폭발까지 조금 시간이 걸리게 조작해 놓은 것이었다.

화약의 도화선에 불을 붙이자마자 병사들은 길의 좌우로 늘어서 있는 집을 향해 힘껏 내던졌다. 어떤 것은 지붕에, 어떤 것은 마당에 떨어져 오래잖아 굉음을 내며 폭발했다.

폭발한 곳에서는 삽시간에 불길이 일며 나무로 된 집을 태우기 시작했다. 지금 기마대가 달리고 있는 곳은 수도 카문의 남쪽으로 이어지는 중앙 대로에서 한 블럭 안쪽에 있는 중하층민들의 거주지였다. 귀족들의 저택이 근사한 석조 건물이라면 이들의 집은 대부분이 나무로 지어진 것이었다.

어둑어둑한 카문의 밤거리가 붉게 타오르기 시작했다. 철기대는 그렇게 세 블럭 가까운 주택들에 불을 지르고는 곧바로 카문 왕궁이 있는 곳으로 향했다. 멀리 커다란 도개교가 눈에 들어오기 시작하자 사령관은 다시 한 번 명령을 내려 철기마대를 넓게 산개시켰다.

100명가량의 철기마대가 무리에서 이탈해 앞으로 나온 것도 이 순간이었다. 그들은 앞뒤 재지 않고 곧바로 부교 앞쪽에 있는 경비 초소로 뛰어들었다. 하지만 그 경비 초소에 있

는 것은 솜씨 좋은 검사들로 이뤄진 왕궁 수비대의 인원이었
고 100명의 기마대는 순식간에 도륙되어 바닥에 널브러졌다.

그렇다고 해서 철기병대가 위축되거나 하는 일은 없었다.
이미 예상하고 있었다는 듯, 사령관은 쉴 새 없이 병사들을
부교 앞 경비 초소로 들여보냈다.

아무리 검사가 네 명이나 있고 그밖에도 100여 명의 병사
가 초소를 지키고 있다고는 하지만, 쉴 새 없이 들이닥치는
적들의 숫자는 당해낼 도리가 없었다. 결국 철기병대는 다리
의 남쪽 끝단을 점거할 수 있었다.

바로 그때, 카문 왕궁이 위치한 섬과 경비 초소를 연결하는
부교를 고정시켜 둔 끈이 끊어졌다. 적들의 진입을 일순간이
라도 저지하기 위한 고육지책이었다. 카문 왕성은 그 덕에 명
실공히 섬이 되었다.

철기대를 지휘하던 사령관은 그럼에도 불구하고 조금도
당황하는 기색이 아니었다. 이미 적이 어떤 식으로 나올지 완
전히 파악하고 있다는 듯 자연스럽게 병사들에게 명령을 내
렸다.

그들은 갑옷을 벗어 말 잔등에 얹었다. 말의 등에 있던 다
른 짐들—야영 도구라던가 식품 따위—을 모두 땅에 버리고는,
말과 함께 호수 안으로 걸어 들어갔다. 철 갑옷이 무겁다고는
하지만 말이 헤엄칠 수 없을 정도는 아니었다. 4만여에 이르
는 병사들이 차례차례 호수로 헤엄쳐 들어갔고, 곧 100여 미

터쯤 떨어진 왕궁이 있는 섬에 도착할 수 있었다.

"여기가 어디라고 감히!"

그런 그들을 기다렸다는 듯, 한 사내의 외침이 밤공기를 타고 쩌렁쩌렁 울렸다. 큰 키에 단단한 몸매, 그리고 불을 뿜을 것 같은 눈빛. 엔라드 폰 레망, 왕실 근위단장이자 2위의 반지를 가진 검사가 호반에서 적들을 맞이했다.

엔라드는 커다란 검을 휘둘러 가장 앞에서 강을 건넌 야만인 철기대의 목을 베었다. 잘려진 머리통이 밤하늘을 날아 호수 한가운데 풍덩 하고 빠졌다. 이 으스스한 광경에 상륙하려던 병사들은 일순 겁을 집어먹고 움직임을 멈추었다.

그러자 그들의 뒤쪽에서 철기병대 사령관의 목소리가 울렸다. 어서 가라는 듯한 그 말에 병사들은 '으아아!' 비명과도 같은 함성을 지르며 하나둘 뭍으로 올랐다.

지금 이 자리에 엔라드의 검을 막을 수 있는 병사는 없었다. 하지만 순식간에 천 명, 만 명으로 불어난 적병을 엔라드가 모두 상대할 수는 없었다. 특히 적들 중 몇몇은 단순한 기마병이 아닌, 병기술을 익힌 무사인 듯했다. 그런 자들 십여 명이 엔라드를 둘러싸자 더 이상 엔라드 혼자 병사들을 학살하는 풍경은 펼쳐지지 않게 되었다.

카문 성의 왕실 기사단은 더할 나위 없이 용맹했다. 어깨와 어깨를 서로 맞대고 검을 휘둘러 적을 막았다. 개중에는 검은 반지의 검사들도 여럿 있었고, 그들의 활약으로 적병은 순식간에 수백 명이나 죽임을 당했다.

그렇지만 겨우 400명가량의 기사가 막기에 4만이라는 적은 너무나도 많았다. 용감했던 기사들이지만 하나둘 목숨을 잃고 차가운 주검이 되어갔다.

엔라드는 죽어가는 부하들의 모습에 눈을 질끈 감으며 두 손에 쥔 검을 무지막지하게 휘둘렀다. 주위를 둘러싼 야만인의 무사 중 세 명이 엔라드의 검풍에 휘말려 분쇄되다시피 죽어갔다. 그렇지만 그 자리는 곧바로 다른 무사들에 의해 메워졌다.

라휄과 라프델이 카문성에 도착한 것은 적들이 성문을 부순 지 꼭 한 시간이 지난 후였다.

마지막으로 라휄과 라프델을 막아섰던 적의 병사들은 이전과는 비교할 수 없을 정도로 집요했다. 동료가 죽든 말에서 떨어져 짓이겨지든 전혀 신경 쓰지 않았다. 결사대, 그 이름이 뜻하는 바를 그대로 보여주는 듯했다.

그들에게 발이 묶여 한 시간가량이나 엎치락뒤치락했고, 결국 적들보다 한발 늦게 카문에 도착하게 된 것이다.

"주인님, 카문 성이… 불타고 있어요."

화약으로 부서져 엉망진창이 된 카문 성의 서문과 붉은빛으로 물든 카문의 하늘.

라휄은 백묘의 목소리가 귀에 윙윙 울리는 듯했다.

“가자, 라휄.”

라프델이 등자를 걷어찼다. 라휄은 곧바로 라프델의 뒤를 쫓았다. 성안은 불을 끄기 위한 사람들로 그야말로 아비규환의 풍경이었다. 적병이 무서워 집안에 숨어 있던 사람들이 화재로 인해 거리로 뛰쳐나온 것이다. 하지만 어느 정도 힘을 쓴다 하는 사람들은 하나같이 카문 왕궁으로 적을 물리치러 나간 터라 화재 작업은 지지부진 전혀 진행되지 않고 있었다.

화마는 벌써 카문 성의 사분지 일가량을 휩쓴 후였다. 처음 불이 났던 지역은 이미 완전히 잿더미가 되어 붉은 불티만을 하늘로 토해내고 있었다.

매캐한 연기로 성안은 자욱했다. 말을 달려 나아가는 라프델과 라휄을 알아보는 사람도 거의 없었다. 거리를 달려 카문 왕성에 이르는 길에 도착한 라휄과 라프델, 흑묘는 수많은 사람들이 부교를 다시 잇기 위한 작업을 하고 있는 것을 발견했다.

“적들은 어디 있나?!”

라프델이 한 남자의 앞을 가로막으며 외쳐 물었다. 그는 군복을 입고 있는 무관으로, 처음에는 웬 말을 탄 남자가 자신에게 대뜸 하대를 하자 눈쌀을 찌푸렸지만 이내 상대를 알아보고는 고개를 숙였다.

“로이아드님! 적들은 이미 왕궁 안으로 쳐들어갔습니다!”

바로 그때, 왕성에서 붉은 불꽃이 솟아올랐다. 왕성에 불을 지른 모양이었다. 사람들이 질러대는 비명에 라프델은 이를 악물었다.

"이브……."

라프델은 짤막한 이름을 뇌까리고는 그대로 말을 탄 채 물속으로 뛰어들었다. 라휄과 백묘도 그 뒤를 따랐다.

말과 함께 헤엄쳐 도착한 호수 저편은 이미 '물가'란 것이 완전히 사라져 있었다. 물과 뭍이 닿는 곳을 따라 시체가 즐비해 있었다. 흡사 호숫물이 아니라 피의 웅덩이인 양 비린내로 머리가 지끈거릴 정도였다.

시체를 밟아 넘어 왕궁의 섬에 도착했을 때, 가장 먼저 라휄과 라프델의 눈에 들어온 것은 한 남자의 싸움이었다. 지친 듯 헉헉대는 그는 십여 명의 적에게 둘러싸여 있었다.

"엔라드다!"

라휄이 먼저 그를 알아보고는 이름을 불렀다. 그리고는 부른 이름의 메아리가 채 끝나기도 전에 라프델과 함께 적 사이로 뛰어들었다.

정리는 순식간에 끝이 났다. 엔라드가 그 정도로 지쳐 있을 때 적들이라고 멀쩡할 리는 없었다. 엔라드는 라휄 등과 눈이 마주치자마자 입가에 미소를 머금었다. 벌어진 입가로 실낱 같은 핏줄기가 주르륵 흘러내린다.

“레망 경!”

라프델이 외쳤다. 엔라드는 바닥에 닿아 있는 검끝을 들어 왕궁 안쪽을 향해 뻗었다. 몸을 돌려 한 걸음 내딛어보았지만 이내 푹 꺾여 바닥에 주저앉고 말았다.

“백묘야, 레망 경의 상처를 어떻게든 해줘.”

백묘는 라휄의 말에 고개를 끄덕이고는 상처를 하나하나 자신의 몸에 옮겼다. 하지만 레망의 상태가 워낙 쇠약해진데다 백묘 자신도 만 하루 동안의 강행군으로 그리 건강한 편은 못 되었다. 백묘는 자신의 입가에서 흘러내리는 핏줄기를 소매로 닦으며 라휄에게 말했다.

“주인님, 급한 상처는 모두 치료했어요.”

하지만 엔라드는 눈을 꼭 감은 채 쌔액, 쌔액, 가는 숨을 내쉬고 있었다. 통증 때문이 아니라 지쳐서 기절한 모양이었다.

라프델은 그런 엔라드를 버려둔 채 성안으로 달려들어 갔다.

“라휄, 이제부터 나는 내 마음대로 움직일 생각이야. 분명 너와는 다른 길을 가게 될 거야. 라휄, 부탁이야. 부디 폐하를, 그분을 지켜줘.”

“웅, 알았어.”

라휄은 고개를 끄덕였다. 그리고는 백묘에게 명령했다.

“백묘야, 엔라드를 잠시 지켜줘. 그치만 네가 위험할 것 같으면 도망쳐야 해. 꼭. 알았지?”

백묘는 고개를 끄덕거렸다.

"걱정 마세요, 주인님. 소녀도 무문의 사람이랍니다."

백묘는 이렇게 말하고는 엔라드를 끌어 조금 떨어진 수풀 사이로 몸을 숨겼다. 라휄은 이미 라프델의 뒤를 쫓아 성안으로 사라진 후였다.

왕성은 이미 완전히 불길에 먹혀 있었다.

곳곳마다 수십, 수백 명의 병사들이 진을 치고 있었다. 하나같이 철갑을 몸에 두른 창병이었다.

라프델은 애써 마음을 가라앉혔다. 흥분해서는 안 된다. 얼마나 오래전의 일일까. 분노에 마음을 빼앗겨 버린 채 날뛰어 지킬 수 있는 생명까지 지키지 못했다. 그 상대가 얼마나 악독한 녀석들이었는지, 그렇기 때문에 하나하나 모두 그 심장에 칼을 박아주었다든지 하는 것은 모두 부질없는 행동이었다.

지키지 못하였고, 목숨을 잃었다.

라프델은 모여 있는 병사들에게서 몸을 숨기며 성안 더욱 깊은 곳으로 향했다. 이곳은 카문 왕국의 주인이 살고 있는 성이었다. 방은 수천 개나 있다. 암살자를 피하기 위해 황제는 늘 잠잘 곳을 바꾼다. 그건 황제뿐이 아니었다. 수렴청정하고 있는 선왕후 역시 마찬가지였다.

라프델은 동쪽 건물에 숨어들었다. 입구를 지키던 병사 둘은 라프델이 건물 안에 들어간 지 수초가 지난 후에야 바닥으로 허물어졌다. 눈에 보일 듯 말 듯한 검상을 통해 피가 흘러 가슴을 붉게 적셨다.

복도를 달리다 갑자기 멈춰 선 라프델은 양팔로 얼굴을 가렸다. 퍼엉! 몇 걸음 앞 복도, 그 옆에 달려 있는 쪽문이 폭발하며 불꽃이 사방으로 퍼졌다. 검사로서의 감각, 예지력에 가까운 위험 감지 능력 덕에 저 폭발에 말려들지 않은 것이다. 라프델은 불꽃이 잠잠해지는 것조차 기다리지 않고 앞으로 달려나갔다.

아, 왜 이때 그 모습이 떠오르는 것일까.

자신보다 세 살 많던 소녀가, 검술과 검사의 길에 미쳐 아무것도 보지도, 듣지도 않던 자신이 돌아볼 수밖에 없었던 미소의 그녀가.

"선왕후 전하!"

라프델은 늘 그녀를 부르던 이름이 아닌 공적인 명칭으로 불렀다. 이제는 그 이름을 부를 수 없었기에. 에반젤린 폰 툴가드, 이브.

일층에서 이층으로 이르는 길에서도 그녀의 모습은 발견할 수 없었다. 그때 복도에서 갑자기 벽이 뚫리며 한 자루의 검이 불쑥 솟아 나왔다.

라프델은 여유롭게 공격을 받으며 다시 반격해 찔러 들어 갔다. 하지만 검끝이 상대의 목줄기에 이르기 직전에 멈추었다.

"검림의 왕?!"

상대가 외쳤다. 이제 고작 서른 살쯤 되었을까 한 여자였
다.

"당신은……."

라프델은 그녀의 이름은 기억하지 못했다. 하지만 어떤 일
을 하고 있는 사람인지는 알고 있었다.

"전 람니아예요. 검술 아카데미의 교사죠. 저를 비롯한 아
카데미의 검사들은 지금 모두 이 왕궁 안에 들어와 있어요.
황제 폐하를 찾기 위해서요. 하지만 아직까지……."

라프델이 그녀의 말을 끊었다.

"선왕후 전하는 뵙지 못하였습니까?"

람니아는 곧바로 고개를 저었다.

"아니요. 하지만 이 건물에 안 계신다는 것은 확실해요. 가
장 위쪽 방까지 확인하고 내려오던 중에 인기척이 느껴져 이
방에 매복해 있었으니까요."

라프델은 고개를 꾸벅 숙였다.

"계속해 폐하를 찾아주십시오. 라휄도 도착해 있으니 큰
도움이 될 것입니다. 전 다른 볼일이 있어 이만 실례하겠습니
다."

라프델은 말을 마치고는 곧바로 창문을 통해 뛰어내렸다.
'누구냐!' 하는 외침과 동시에 털썩 하고 무언가 땅에 쓰러지

는 듯한 소리가 세 번 들렸다. 람니아는 라프델이 뛰어내린 창문으로 고개를 내밀었으나 이미 그의 모습은 사라진 후였다. 그녀는 혀를 내두르며 고개를 저었다.

라프델이 궁 안을 헤매고 다닐 때, 라휄 역시 비슷한 과정을 밟고 있었다. 하지만 라프델과는 달리 왕궁 안의 일을 완전히 몰랐기에 우선 익숙한 길을 따라 걸어갔다.

왕궁의 후원이자 언제나 에필하임을 만났던 그곳에 도착한 라휄은 주위를 빙빙 둘러보았다.

"아우, 누가 있으면 물어라도 보겠는데……."

그때 숲에서 열 명쯤 되는 병사들이 뛰쳐나왔다. 그들은 북쪽, 사화의 언어로 무어라 떠들어댔다.

"여기 어린아이가 있다!"

"남쪽 야만인들의 황제는 열서너 살짜리 어린아이라 했다! 이 아이일지도 모른다!"

"어서 잡아라!"

라는 대화였지만 라휄로서는 전혀 이해할 수 없는 음성의 조합에 불과했다. 곧바로 라휄은 정원의 동쪽에 있는 건물로 달리기 시작했다. 그 병사들을 죽이는 것 정도는 일도 아니었지만, 지금은 우선 에필하임과 만나고 싶었다. 게다가 라프델의 말로는 적의 숫자가 5만 명에 이른다고 했다. 열 명을 죽여봤자 달라질 게 없으니 괜한 시간을 지체하고 싶지 않았다.

병사들은 라휄이 달아나자 호각을 불며 동료들에게 신호를 보냈다. 사방으로 흩어져 카문의 황제를 찾고 있던 적병들이 신호를 듣고는 라휄이 들어간 건물을 포위했다. 그런 사실을 아는지 모르는지 라휄은 여기저기 불길이 솟아나고 있는 건물 안을 종횡무진 헤매고 있었다.

그때 라휄의 귓가에 자그마한 목소리가 들렸다. 신음성에 가까운 소리였다. 소리가 들려온 방문을 벌컥 열어젖히며 라휄이 안으로 들어갔다. 그곳에는 한 여인이 쓰러져 있었다.

"어? 너는……."

라휄은 그녀의 얼굴을 잘 알고 있었다. 늘 라휄이 에필하임을 만날 때마다 길 안내를 해주던 시녀였다. 라휄은 그녀의 상체를 끌어안아 일으켰다. 기절해 있던 그녀는 서서히 눈을 뜨며 라휄을 바라보았다.

"아! 란스카 백작 각하……."

"에필하임은 어디에 있어?!"

"폐하께서는 지금 북쪽 별관에 숨어 계셔요. 백작 각하, 폐하를 구해주세요."

"응, 그러려고 온 거야. 아우, 근데 어떻게 하지? 너도 여기에 있으면 죽을지도 몰라."

라휄은 자신의 품에 안긴 시녀를 어떻게 해야 할지 잠시 머뭇거렸다. 그러다 인기척에 고개를 돌려 뒤를 보았다.

"그녀는 내게 맡기시게나."

상대는 캇셀벨그였다. 흰 반지의 검사이자 검술 아카데미의 초등부 교사이기도 한 그는 라휄에게 굳은 표정으로 말을 걸었다. 원래부터 딱딱한 얼굴의 소유자였지만.

"응, 부탁해."

라휄은 시녀를 캇셀벨그에게 맡기고는 곧바로 창가로 다가갔다. 그러다 갑자기 멈춰서 물었다.

"그런데 북쪽이 어디야?"

캇셀벨그가 대답을 하는 대신 손가락을 뻗어 한 방향을 가리키자 라휄은 곧바로 창밖으로 뛰어내렸다.

"여기에 있다!"

적병이 외쳤다. 순식간에 수백 명이나 되는 병사들이 라휄을 겹겹이 에워쌌다. 그 모습을 보며 라휄은 검에 어둠의 힘을 불러냈다.

"미안, 그치만 오늘은 이럴 수밖에 없어."

라휄의 짤막한 한마디와 함께 북쪽으로 이어진 길에 있던 병사 수십 명이 바닥으로 고꾸라졌다. 그 모습을 보며 한 병사가 외쳤다.

"이, 이 녀석은 황제가 아니다! 사술을 쓰던, 우리를 쫓던 귀, 귀신이다!"

그는 말까지 더듬으며 뒷걸음질쳤다. 만 하루 동안의 추격전으로 라휄의 얼굴을 기억하는 병사들이 꽤 늘어난 모양이었다.

라휄은 병사들이 왜 뒤로 물러나는지, 무슨 말을 하는지 이해할 수 없었다. 애초에 알고 싶지도 않았지만. 그저 북쪽의 건물로 달려갈 뿐이었다.

3

라프델은 벌써 세 번째 건물을 뒤지고 있는 중이었다. 어느 건물은 이제 막 불을 지른 듯, 막 타오르는 복도를 따라 적병이 가득했다. 하나가 보이면 하나를 죽이고, 둘이 보이면 둘을 죽이며 라프델은 건물 안을 뒤지고 다녔다.

얼마를 죽였는지도 기억나지 않았다. 조금은 죄책감을 느낄 만도 하건만, 라프델의 머릿속에는 선왕후에 대한 걱정만으로 가득 차 있었다.

백 명에 가까운 병사를 차례로 베어버린 직후, 사화의 말로 누군가 외치는 소리가 들려왔다.

"여기다! 이쪽으로 와라!"

라프델은 꽤 오랫동안 전방에서 적들과 싸운 덕에 간단한 사화의 말을 알아듣게 되었다. 그리고 그들이 외치는 말이 이쪽이라는 지시어와 오라는 동사가 합쳐진 것이라는 것을 이해할 수 있었다.

아아! 만약 자신이 지금 어둠의 검을 쓸 수 있었다면! 라휄이 보여주었던 그 엄청난 위력의 검을 지금 손에 넣을 수 있다면. 저기 첩첩이 쌓여 있는 적들의 목을 단숨에 베어버리고 그녀의 앞에 이를 수 있었을 텐데.

그렇지만 라프델은 라휄만큼 완전하게 어둠을 이해하지 못하였다. 미친 듯이 검을 휘두르고 또 휘둘러 한 발 한 발 앞으로 나아갈 수 있을 뿐이었다.

라프델이 이른 곳은 백 명이 넘는 병사가 도열해 있는 넓은 홀이었다. 그곳의 병사들은 라프델을 보자마자 고래고래 소리를 지르며 창으로 찔러왔다.

라프델은 가장 앞에 있는 병사를 베었다. 그리고 그가 채 쓰러지기도 전에 어깨를 짓쳐 밟고는 공중으로 뛰어올랐다. 일고여덟 열의 병사들을 단번에 뛰어넘고는 적병들이 꾸역꾸역 몰려들어 가고 있는 방의 입구에 내려섰다.

돌풍처럼 라프델의 검이 사방을 휩쓸었다. 어중간하게 라프델을 저지하려던 병사들 십여 명이 그 자리에서 즉사해 뒤로 넘어갔다. 원형으로 쓰러져 있는 모습은 흡사 꽃잎이 활짝 열린 듯 보였다.

"여기가 어디라고 감히!"

라프델의 귓가에 한 여인의 목소리가 울렸다. 그리고 그 순간 라프델은 한줄기 가늘게 남아 있던 이성의 끈을 완전히 놓쳤다.

어째서 그가 현 검림의 왕인 것인가? 평생 검술의 완성을 목표로 달리는 자들의 정점에 선 자의 몸놀림이란 이렇게나

현란한가? 그리고 아름다운가.

죽어가면서도 적의 병사들은 한편으론 인정할 수밖에 없었다, 지금의 그를 막을 수 있는 것은 이 세상에 존재하지 않으리라는 것을.

"로이아드 경!"

엷은 가운을 걸친, 이브닝 드레스 차림의 여인이 그의 이름을 불렀다. 라프델은 조용히 검을 검집에 갈무리해 그녀의 앞에 무릎 꿇었다. 그녀가 손을 내밀자 라프델은 그녀의 손등에 입을 맞추었다.

"나의 귀부인이여."

이곳, 왕궁 가장 깊은 곳에 있는 넓은 방에 살아서 숨쉬는 것이라곤 라프델과 선왕후 에반젤린뿐이었다.

선왕후는 손을 뻗어 라프델의 뺨을 어루만졌다. 어느샌가 입은 한줄기 상처가 그곳에 있었고, 그녀의 손바닥은 금세 피로 붉게 물들었다. 라프델은 자신의 뺨에 닿은 그녀의 손에 자신의 손을 포개었다. 이 순간을 위해 수백 킬로미터의 길을 달리고, 수천 명의 목숨을 앗았다. 그 마음에 가득하던 근심이며 괴로움은 이 짧은 희열을 위한 복선이었던가.

라프델은 자신도 모르게 눈에 눈물이 고였고, 선황후 에반젤린은 그의 눈물을 닦아주었다.

"로이아드 경, 이제 일어나세요. 나는 검림의 왕을 무릎 꿇게 할 정도로 대단한 여자가 아니랍니다."

"선왕후 전하, 그런 말씀은 거두시옵소서."

라프델은 천천히 자리에서 일어났다. 두 사람의 거리는 고작 30여 센티미터. 그렇지만 거기서 단 반걸음도 서로에게 다가설 수 없었다. 에반젤린은 빙긋 미소를 지었다.

"그대가 이곳에 온 것만으로도 나는 더 이상 바랄 것이 없답니다. 그러니 이제는 다시 왕국의 위대한 기사로 돌아가 주세요. 폐하께서 위험하시답니다. 북쪽의 궁으로 가주세요."

우당탕— 쿵탕—! 군홧발 소리가 멀리 복도를 따라 이곳 에반젤린의 침실에까지 울려 퍼졌다. 호각 소리와 외침 소리가 끊임없이 들렸다. 라프델도, 그리고 에반젤린도 알고 있었다. 만약 이 자리에서 라프델이 떠난다면 그녀에게는 더 이상 내일이란 것이 없을 것이다.

"가세요, 나의 기사여."

라프델은 한참이나 에반젤린의 눈을 응시했다. 떨어지지 않는 시선을 억지로 떼어 몸을 돌렸다. 아아, 그녀가 옳다. 그녀의 말은 항상 옳다.

그 순간 라프델이 다시 몸을 돌려 에반젤린의 곁으로 돌아왔다. 그녀의 어깨를 감싸 안고, 무릎에 팔을 끼웠다. 그렇게 그녀를 번쩍 들어 올리고는 말했다.

"선왕후 전하, 라프델 폰 로이아드는 폐하의 기사가 아닌 당신의 기사입니다. 폐하께서 태어나시기도 전에 한 맹세이며, 전하께서 아직 나의 이브였을 때 했던 약속입니다."

병사들이 방에 들이닥쳤다. 라프델은 에반젤린을 안은 채 병사들 사이로 뛰어들었다. 에반젤린은 처음에는 자신의 목을 받친 라프델의 팔을 꼭 움켜쥐었다가 그가 갑작스럽게 달리기 시작하자 그의 목에 팔을 얽었다.

라프델은 두 팔로 에반젤린을 안아 들고 있느라 고작 손목을 깨작깨작 움직일 수밖에 없었다. 하지만 그게 무슨 상관일까.

검림의 왕은 복도를 따라 건물 밖으로 달려나갔다.

그곳은 검의 숲, 살아 있는 것이란 일체 없는 곳이다.

라휄이 에필하임을 만난 것도 바로 그 즈음이었다.

나뭇가지를 밟고 단숨에 삼층으로 뛰어올라 그곳에서 다시 발코니의 난간을 딛고 건물의 옥상에 올랐다. 성벽 타기는 나름 조예가 깊어 북쪽 별관을 포위하고 있던 병사들은 멍하니 라휄의 움직임을 지켜만 볼 뿐이었다.

사실 라휄과 라프델이 이렇게까지 손쉽게 움직일 수 있던 것에는 엔라드의 공이 컸다. 적들 중 검사에 해당하는 무사들이 모두 엔라드를 막기 위해 동원되었고, 지금 왕궁을 뒤덮고 있는 적병은 대부분 '보통' 정예 병사들이거나 무술을 익혔다고 해도 졸렬한 수준에 머무른 이들이었다. 제국으로 치면 반지의 서열 안에 들지도 못한 검사 지망생 정도에 불과했다.

게다가 몰래 잠입해 온 검술 아카데미의 교수들도 한몫 단단히 했다. 비록 라휄이나 라프델처럼 대놓고 적병을 휘저을 정도의 실력은 되지 못했지만, 몰래 움직여 정탐하거나 적의 위병 몇을 처리하는 것 정도는 일도 아니었다.

"에필하임!"

라휄이 옥상에서 가장 윗층의 복도로 뛰어들며 외쳤다. 이곳 북쪽 별관에는 왕궁 내 위병이 모두 모여 있었기에 적들도 단시간 내에 진입하지 못하고 있는 터였다. 에필하임은 적습을 느끼자마자 가장 수수한 이곳 북쪽 별관에 몸을 숨기고는 위병들에게는 일부러 적을 자극하지 못하도록 모습을 감추라 명했다. 그러한 작전이 주효해 지금까지 적들이 북쪽 별관에 큰 관심을 두지 않았는데, 위병들이 건물 안에까지 들어온 수색조를 하나둘 처치하던 중 결국 위치를 발각당해 많은 병사들이 이곳에 몰려오게 되었다.

위병들은 고작해야 300명이 채 되지 않았다. 그중 절반은 벌써 죽임을 당한 후였고, 나머지 150명이 좁은 복도에 의지해 적의 진입을 차단하고 있는 중이었다.

그러던 중 갑자기 한 소년이 창문을 깨고 복도로 뛰어들자 위병 넷이 깜짝 놀라 창을 내밀었다. 라휄은 검을 휘두르려다가 복장이 카문의 것임을 확인하고는 창끝을 피하는 것으로 공격을 무력화시켰다.

"에필하임은 어디에 있어?!"

라휄은 급한 마음에 폐하라고 부르는 것을 완전히 잊고 있었다. 근위병들은 소년의 갑작스러운 등장에 깜짝 놀랐지만 이내 그가 누구인지를 알아봤다.

"란스카 백작 각하!"

한 위병이 라휄의 이름을 불렀다. 그러자 그의 뒤쪽에 있던 문이 벌컥 열리며 한 여자가 모습을 드러냈다. 그녀는 에필하임의 개인 시녀였다. 시녀가 연 문 뒤쪽으로 잠옷 차림의 소년이 보였다. 라휄은 두 팔을 번쩍 들어 올리며 방 안으로 뛰어들어 갔다.

"에필하임! 무사하구나!"

"무엄하다! 짐의 이름을 함부로 부르다니!"

에필하임이 버럭 소리를 지른다. 하지만 입가에는 미소가 가득했다. 라휄의 포옹을 정면으로 맞이했고, 두 소년은 서로의 등을 힘껏 부여안았다.

"라휄, 라휄. 약속을 지키러 와주었구나."

"응, 에필하임이 걱정되서 라프델이랑 같이 하루 종일 말을 타고 왔어. 그래서 아직까지도 엉덩이가 얼얼해."

두 소년의 주고받는 말에 위병들까지도 자신도 모르게 웃음을 머금고 말았다. 저 미덥지 못한 꼬마는 4위의 반지를 끼고 있었다. 그의 등장이 얼마나 큰 위안이 되는지는 더 말할 것도 없었다.

"라휄, 그런데 혹시 오는 도중에 어머님의 소식은 듣지 못했어? 그분은 나와 다른 궁에 머물고 계신데… 아! 로이아드 경도 이곳에 왔다고 했지?"

"응, 라프델도 왔어. 그리고 선왕후 전하는 어디 있는지 잘 몰라. 그리고 또, 라프델은 나한테 에필하임을 찾아서 꼭 지켜달라고 하고는 어디론가 갔어."

"그는 나의 어머님을 지키러 갔을 거야."

"응? 왜?"

에필하임은 라휄의 귓가에 속삭이듯 대답해 주었다. 처음 만났을 때 여장을 했을 정도로 곱게 생긴 황제였다. 이렇게 라휄을 안고 속삭이는 모습은 황제와 신하의 포옹이라기보다는 어린 연인의 모습처럼 보일 정도였다.

"그야, 어머님의 기사니까."

라휄은 고개를 갸웃했다가 이내 아! 하고 탄성을 내질렀다.

"아, 그렇구나! 라프델……."

"쉬잇, 이건 비밀이야. 이제 이 세상에 나와 너, 어머님과 라프델, 네 사람만이 알고 있는 거야."

에필하임은 이렇게 속삭이고는 라휄을 안았던 팔을 풀었다. 그리고는 위병들에게 외쳤다.

"적은 많고, 아군은 적다. 하지만 란스카 백작이 짐에 대한 충성의 맹약을 지키러 적진을 뚫고 이곳까지 왔다!"

위병들은 에필하임의 외침에 와! 함성을 내질렀다.

"하지만 더 이상 이곳에 머물러 있는 것은 모두의 목숨을 헛되이 내버리는 것. 나 카문의 왕이자 제국의 황제 에필하임이 명령한다! 성을 버리고 카문을 떠난다!"

이미 에필하임은 전령에게서 성 밖의 상황을 전해 들었다. 곧 원군이 들이닥칠 테지만 적어도 지금 당장 이 카문 성에는 적의 세력이 훨씬 강했다. 게다가 왕성이 위치한 이 섬만으로 한정하자면, 상황은 훨씬 좋지 않았다.

라휄이니 라프델 같은 든든한 조력자가 있지만, 황제 자신과 선왕후를 지켜가면서 하는 싸움이라면 이야기가 달라진다. 자신은 그저 평범한 어린아이에 불과했고, 선왕후 역시 태어나 한 번도 책 이상의 무거운 것은 들어본 적이 없는 보통의 여인에 불과했다.

차라리 성을 버리고 믿을 만한 곳으로 피해 있는 것이 지금으로서는 자신뿐 아니라 나라를 위해 올바른 선택이리라.

"이 사실을 성안의 주민에게 알리도록 할 것이다. 짐은 결코 카문 성과 카문 성의 신민들을 버리려는 것이 아니다! 다만 상황이 좋지 않아 잠시 피하는 것뿐이다."

위병들은 허리를 굽혀 황제의 말에 복명했다.

"폐하, 폐하의 앞길은 우리들 하찮은 병사들이 뚫겠습니다."

위병들이 창을 꼬나 쥐고 복도를 따라 아래층으로 뛰어내려 갔다. 라휄도 에필하임과 함께 병사의 뒤를 쫓았다. 이미 아래층은 적의 병사들에 의해 완전히 점거당해 발 디딜 틈 없이 빼곡하게 적병이 차 있었다.

뭐, 그래 봤자 시체를 늘릴 뿐이었지만.

라휄의 '요술' 에 위병도, 황제 에필하임조차도 입을 쩍 벌렸고, 라휄은 병사들을 뚫어 북쪽 별관에서 에필하임을 탈출시키는 데 성공했다.

4

"폐하! 무사하셨군요."

에반젤린은 라휄과 함께 모습을 드러낸 에필하임을 품에 힘껏 안았다. 라휄은 오늘에서야 처음으로 선왕후의 모습을 보았다. 에필하임과 마찬가지로 탐스러운 금발을 길게 기른 그녀는 가히 한 나라의 왕비가 될 만한 절색이었다. 물론 라휄에게 그런 심미안 같은 것은 애당초 없었고 다만 에필하임과 꽤 닮았다는 것 정도만을 느끼고 있었다.

"어머님, 당신이 안전하시단 사실에 엘로한님의 무한한 축복을 느낍니다."

두 모자가 잠시 동안 재회의 정을 나누는 사이에도 적병은 속속들이 이쪽으로 모여들고 있었다. 에필하임은 라프델에게, 그리고 에반젤린은 라휄에게 고개를 살짝 숙였다. 어머니를, 그리고 아들을 살려준 것에 대하여 감사를 표하는 인사였다.

"폐하, 서두르셔야 합니다."

라프델은 에필하임에게 무릎 꿇어 절을 하고는 곧바로 말했다.

"알고 있다. 로이아드 경, 그대가 이곳에 있는 사람들을 이끌어 짐을 카문에서 벗어날 수 있게 하라. 무도한 적병들이 카문에서 완전히 사라질 때까지 짐은 충성스런 신하인 아인스할 백국으로 잠시 피신해 있도록 하겠다."

상황이 어떻게 돌아가는지 정확히 알지는 못했지만, 적어도 왕궁의 서쪽은 안전하지 못하다고 봐야 했다. 자연 에필하임은 동쪽의 나라를 떠올렸고, 가장 가까운 아인스할 백국으로 가야겠다 마음을 정했다.

게다가 아직 입 밖에 낼 수는 없었지만, 어쩐지 오늘의 위기에는 뭔가 석연찮은 부분이 있었다. 아인스할 백국조차 믿을 수 없다는 어떠한 의심이 황제의 뇌리에 떠올랐고, 여차하면 정말로 믿을 수 있는 몇 안 되는 사람, 즉 라휄의 영지인 란스카 백작령으로 도망칠 생각까지 계산에 넣었다. 아인스할 백국에서 란스카 백국까지는 불과 40킬로미터가 채 되지 않았으니 말이다.

그때, 라휄의 머릿속에 한 여자의 목소리가 울렸다.

[낭군님! 지금 어디에 있는 거야?!]

"어? 카시카다."

동시에 백묘의 목소리도 들렸다.

[주인님, 소녀는 지금 처음 엔라드님을 만났던 곳에서 서쪽

으로 조금 떨어진 수풀에 숨어 있어요. 방금 엔라드님도 깨어나셨으니 소녀는 걱정하지 않으셔도 될 것 같아요.]

바로 동료의 마법이 작동하기 시작한 것이다. 동료의 마법의 주관자인 카시카가 근처에 도착했다는 것을 의미하기도 했다.

라휄은 두 사람에게 차례로 대답을 했다.

[카시카, 지금 왕궁에 있어. 카문 성을 떠날 생각이니까 왕궁으로 오는 다리 아래에서 기다려 줘. 마차도 가지고 왔지?]

[물론이야. 너무 나를 기다리게 하지 마, 다~알링.]

카시카에 이어 백묘에게 말했다.

[폐하는 무사히 구출했어. 그러니까 엔라드랑 같이 이 섬을 벗어나. 다리 바로 아래에 카시카가 기다리고 있는다고 했으니까 거기서 만나자.]

[네, 주인님.]

백묘에게까지 말을 마친 후, 라휄은 주위에 상황을 설명했다. 라프델은 뒤쪽에서, 라휄은 가장 앞에서 길을 만들고, 또 추격병을 막으며 황제의 일행은 남쪽으로 향했다. 중간중간에 몇 번이나 위험한 고비를 맞이했지만, 어느샌가 하나둘 마법 아카데미의 교수들까지 가세하여 모두들 무사히 카문 왕성의 섬에서 빠져나올 수 있었다. 그사이 도시의 사람들이 부교까지 수리해 두어 한층 더 편하게 섬을 벗어났다.

섬을 빠져나오자마자 위병들은 에필하임의 명을 받들어

성안 곳곳에 소식을 알렸다. 황제가 카문 성을 떠난다는 소식이었다.

한편 다리를 건너자마자 라프델은 경비대에 명령해 다시 한 번 부교를 부수었다. 적들의 추격을 뿌리칠 시간을 벌기 위해서였다.

황제는 라휄과 라프델의 호위하에 카시카의 마차에 올랐다. 왕실의 마차보다 큰 카시카의 마차였다. 하지만 그 안에 그녀의 옷이 가득 차 있어 사람이 앉을 공간이 협소했다. 그래서 카시카와 레티아가 앞쪽에, 그리고 건너편에 황제와 선왕후가 자리를 잡았다. 흑묘와 백묘는 마부석, 라프델과 라휄은 각기 말에 올라 마차의 좌우를 지켰다.

흐이랴! 하는 흑묘의 경쾌한 외침과 함께 마차는 카문 성을 빠져나가기 시작했다.

어느덧 시간은 자정을 훌쩍 넘겼다. 그동안 황제를 태운 마차는 쉴 새 없이 서북쪽으로 달렸다. 하지만 어째서인지 추격해 오는 병사가 한 명도 없었다. 아무리 다시 부표를 끊었다 하더라도 카문 왕성에는 수만의 적병이 남아 있을 터였다. 그에 비해 카문 성의 자경단은 오합지졸에 그 숫자도 적보다 적으니, 그들을 헤치고 추격해 오는 것은 그리 어렵지는 않을 터인데…….

그 이유를 알게 된 것은 그로부터 꼬박 한 시간이 지난 후였다. 2천여 기의 기마대가 라휄과 라프델의 마차를 향해 빛으로 신호를 하며 달려왔다. 빛은 카문 군의 전통적인 부호였고, 그들은 다름 아닌 요제프가 보낸 기마대였다.

모두 3만에 이르는 기마대는 도중에 3천여 명이 낙오되고, 2만 7천 중 2만 5천이 카문 성에 남아 철기병들을 상대하는 중이었다. 그리고 2천은 지금 황제를 호위하기 위해 이렇게 달려온 것이다.

2천여 명의 기마대를 지휘하고 있는 지휘관은 라휄도 익히 알고 있는 인물이었다.

"사령관 각하! 무사하셨군요."

"어, 르텔이었구나. 르텔이 기마대를 이끌고 여기까지 온 거야?"

"예, 그렇습니다. 폐하께옵서도 무사히 왕성을 벗어났다 들었습니다."

르텔의 말에 마차의 커튼이 빼꼼 열렸고, 그 틈으로 르텔은 황제의 모습을 볼 수 있었다.

주먹을 오른 가슴에 대며 르텔이 고개를 깊이 숙여 예를 표하자 에필하임은 근엄한 표정으로 고개를 끄덕거려 그의 인사를 받았다.

2천 명의 호위병까지 생기자 라휄 일행의 움직임에는 한층 여유가 깃들었다. 그렇지만 안심하기는 일렀기에 휴식을 취할 정도는 되지 못하였다. 마차 안의 사람들은 며칠간의 강행군에 꾸벅꾸벅 졸기 시작했고, 마부석에 있던 백묘도 흑묘의 어깨에 기대어 잠을 청했다.

별과 이슬을 맞으며 라휄과 라프텔은 묵묵히 마차의 좌우를 달렸다.

다음날, 수도에서 전령이 날아왔다. 지금 적들은 카문 왕성을 근거로 농성전을 펼치고 있다는 소식이었다. 적병의 숫자는 3만 5천여 명으로 추정되며, 왕성 안에 먹을 것이나 마실 것이 워낙 풍부한데다가 지형까지 까다로워 지금 왕성을 포위하고 있는 2만여 기병만으로는 쉽사리 토벌할 수 없을 듯하다는 내용이었다.

그 소식에 모두들 우선은 적의 추격이 없을 것이라는 점에서 안심을 하면서 한편으로는 카문 왕실의 체면이 땅에 떨어졌다 개탄하는 반응을 보였다. 에필하임도 속이 편치 않은지 애꿎은 머리칼을 비비 꼬며 미간을 찌푸렸다.

점심 무렵, 드디어 일행은 휴식을 취할 만한 마을에 도착할 수 있었다. 수도 카문에서 서북쪽으로 40킬로미터쯤 떨어진 곳에 위치한 상업 도시 제핏에 도착한 것이다.

르텔이 이끄는 기마대는 한 개의 여관을 통째로 빌려 황제가 머물 곳을 마련했다. 르텔은 군인으로서도 뛰어났지만, 귀족으로서도 흠잡을 곳이 없었다. 황제를 어떻게 모셔야 하는지 완벽하게 알고 있었다.

그곳에서 한발 늦게 왕실의 시녀들과 함께 왕실 기사단장 엔라드가 도착해 합류하게 되었다. 언제나 호쾌하게 웃던 엔라드는 굳은 얼굴로 라휄과 백묘에게 감사를 표했다. 부하 500명을 모두 잃어버렸으니 참담한 심경이리라.

라휄과 라프델, 그리고 백묘는 그곳에서 꼬박 열여섯 시간 동안 잠들었다. 그들보다는 덜했다지만 역시 며칠간의 강행군에 지친 카시카와 흑묘, 레티아도 죽은 듯이 잠이 들었다.

그리고 다음날 아침, 라휄과 라프델은 황제의 조찬에 초대받았다. 물론 라휄의 일행 모두와 함께. 다만 그 자리는 귀족으로 한정되어 흑묘와 백묘, 그리고 레티아는 낄 수 없었다. 그 때문에 에필하임은 그 세 사람을 위해 따로 조찬 연회를 준비해 주는 성의를 보였다.

긴 테이블의 최상석에 에필하임이 앉고, 그 오른편으로 에반젤린이 자리를 잡았다. 라프델과 라휄은 황제의 왼편에, 그리고 카시카는 의자 몇 칸쯤 떨어진 곳에 자리가 배정되었다.

연회석에는 왕궁의 시녀를 제외하고는 외부인은 단 한 사람도 없었다. 라프델이 대표로 황제 폐하의 은총에 감사하느니 하는 인사의 말을 했지만, 라휄은 만 하루 반나절의 공복으로 입가에 고이는 침을 닦느라 인사하는 법까지 잊고 말았다.

어느 정도 식사 분위기가 무르익자 에반젤린이 카시카에게 말을 건넸다.

“그대가 진홍의 카시카인가요?”

카시카는 오래간만에 지어 보이는 '귀족스러운' 미소를 입가에 띠며 에반젤린의 말에 답했다.

"선왕후 폐하께서 말씀하신 그대로입니다."

"하루 가까이 같은 마차를 탔지만 제대로 인사도 나누지 못했네요."

"귀족의 말석에 있는 이런 미천한 여인에게 모습을 보이시는 것만으로도 황송하옵니다."

카시카의 말 그대로였다. 전 제국을 통틀어 에반젤린의 얼굴을 아는 사람이 몇이나 될까. 하긴, 다른 의미에서였지만 카시카의 맨 얼굴을 아는 사람도 거의 없었으니 세계 최고급 비밀의 여인이 서로 마주한 셈이다.

이어서 에필하임이 라휄과 라프델에게 말했다.

"라프델 로이아드, 그리고 라휄 란스카. 두 사람은 짐의 목숨을 구했도다."

라프델이 고개를 숙였다.

"황송하신 말씀입니다."

그리고 라휄도 어색하니 따라서 고개를 꾸벅했다.

"그대들은 사적으로도 짐이 가장 믿을 수 있는 사람들이다. 그렇기에 의논할 것이 있어 이렇게 이 자리에 부른 것이다."

라프델은 에필하임의 말에 조금 긴장한 듯 침을 삼켰다. 사실 라프델도 현재 한 가지 의문이 마음에 걸려 목끝이 간질거릴 지경이었다. 아마도 에필하임, 이 현명한 어린 황제가 생각하고 있는 것도 같은 내용일 것이다.

"짐은 우리 제국 내에 배반자가 있다고 생각한다. 적들은 카문 성의 지형과 취약점을 낱낱이 알고 있었다. 처음 카문에 도착한, 그것도 밤에 도착한 그들이 어떻게 카문 성의 위치를 단번에 알아챌 수 있었을까. 반년간의 전쟁 동안 물론 첩자를 심었을 거란 생각도 해보았지만 카문 함락 건에 대하여는 배신자를 먼저 떠올릴 수밖에 없다. 그렇기 때문에 짐은 안전한 장소로 잠시 피해 있으려는 것이다."

라프델이 에필하임의 말을 받았다.

"신 또한 같은 생각을 하고 있습니다. 이것이 기우라면 좋겠지만 전장의 최전방에서 카문에 이를 때까지 적들은 아군의 상황을 모두 파악하고 있었다고밖에는 생각할 수가 없습니다. 최정예의 기마대를 5만이나, 그것도 적국 한가운데로 돌격하게 만드는 전법은 도저히 생각할 수 없습니다. 후방의 사정을, 쓸 만한 기마대는 모두 전방으로 차출되어 있다는 우리 제국의 사정을 알고 있지 않고는 쓸 수 없는 전법입니다."

"으음……."

에필하임은 신음을 삼키자 라프델의 지적이 이어졌다.

"게다가 적들은 단 하루의 전투에서 전 병력의 삼분지 일을 잃을 정도로 무리한 공격을 퍼부었습니다. 단지 그 5만 명의 기마대를 후방에 침투시키겠다는 목적만으로 병력을 운영하였다고밖에는 생각할 수가 없습니다. 그런 점들과 폐하의 지적을 종합해 보았을 때, 우리 군의 사정을 잘 알고 있는 누군가가 정보를 흘렸다고 의심하는 것은 결코 무리한 억측이 아닙니다."

에필하임은 크게 고개를 끄덕였다.

"라프델, 짐이 그대에게 명령을 내리겠다."

라프델은 식탁에서 일어나 에필하임 옆에 한쪽 무릎을 꿇었다. 라휄도 입에 먹을 것을 잔뜩 머금은 채 깜짝 놀라 자리에서 일어나 라프델의 옆에 무릎을 꿇었다. 에반젤린은 라휄의 그런 모습에 웃음을 참느라 고개를 돌렸고, 또 카시카는 그런 에반젤린의 모습에 웃음이 터져 나오려 해 라휄을 외면하고 말았다.

"지금부터 그대는 짐의 밀명으로 배신자를 색출하는 데 전력을 다해주길 바란다. 검림의 왕으로서 그대가 전쟁터에서 큰 힘이 된다는 점은 짐도 잘 알고 있다. 하나 지금은 내부의 적을 찾는 것이 더 큰 일. 믿을 수 있기에 그대에게 이 일을 맡기는 것이다."

"폐하의 명을 받아 이 한 목숨 다할 때까지 임무를 수행하겠습니다."

라프델은 고개를 숙이며 이렇게 답했다.

너무나 진지한 라프델의 모습에 라휄은 자신도 모르게 꿀꺽 침을 삼키다가 턱하니 목에 고깃덩어리가 걸리고 말았다.

컥컥거리며 목을 움켜쥐고 가슴을 치며 라휄이 길길이 날뛰자 결국엔 에반젤린이 참지 못하고 웃음을 터뜨렸다. 카시카는 물잔을 라휄에게 내밀었고, 시녀들도 깜짝 놀라 라휄을 보살피기 위해 모였다.

에필하임이 이마에 손을 얹으며 라휄을 째려보았다.

"하여간 라휄, 너는 검술 말고는 광대 짓밖에 소질이 없는 거야?"

라프델마저 고개를 살짝 들며 빙긋 미소를 지었다.

"신은 공평하시니까요."

Chapter 42

네 번째 드래곤

문 함락 소식은 하루가 채 지나지 않아 최전방에 전해졌다. 요제프를 비롯한 왕국의 군대는 그 소식에 크게 술렁였다. 전방의 상황이 전혀 나아지지 않는 가운데 들려온 비보였기에 충격이 한층 더했다. 다만, 현재는 카문 왕궁에 적을 가두어두었으며, 황제도, 선황후도 무사하다는 점만큼은 위안이라면 위안거리였다.

하지만 요제프로서는 상황을 어떻게 풀어가야 할지 난감할 뿐이었다. 카문 성의 적을 토벌하려면 얼마간의 병사가 더 필요할 터였다. 교착 상황인 전선에서 병사를 뺀다는 것은 난망했고, 그렇다고 후방에 따로 병력을 남겨둔 것도 아니었다.

각 백국에서 차출할 수 있는 병사야 뻔했다. 그렇다고 공작가들에 손을 벌리자니 왕국의 위신 문제가 걸려 있었다. 물론 이미 그 위신이란 게 땅에 떨어질 대로 떨어진 상황이지만 굳이 지하까지 파고들 일은 아니니 말이다.

게다가 이곳의 상황도 문제였다. 기마대를 뽑아 후방으로 돌려보낸 것까지는 좋은데, 정작 현재 이곳 전선에 기마대가 하나도 남지 않다 보니 전술에 크게 제약을 받고 있는 터였다.

그뿐 아니라 난점은 또 있었다.

10위 이내의 검사 둘이 현재 부재중이라는 것이었다.

그런 전방의 고생을 아는지 모르는지, 비교적 평화롭게 라휄 일행은 아인스할 백국에 도착할 수 있었다. 가는 도중 1천 명가량의 병사가 황제 폐하의 호위를 위해 파견되어 나와 모두 3천여에 이르는 위풍당당한 행렬이었다.

아인스할 백작은 자신이 기거하고 있던 영주성을 황제에게 바치고 자신은 영빈관으로 자리를 옮겼다. 주객전도라는 말 그대로였지만 황제도, 백작도 그 점에 대해서는 당연하게 여기고 있었다.

황제 에필하임이 아인스할 백국에 도착하자마자 카문의 고위 귀족들이 하나둘, 아인스할 백작령으로 찾아들었다. 덕분에 도시의 고급 여관들은 때아닌 호황을 누릴 수 있었다.

카문이 함락된 지도 벌써 열흘 가까운 시간이 흘렀다. 하지만 이날까지 모헬 영지 북쪽의 전선도, 카문 성도 이렇다 할 변화 없이 지리한 전투가 이어지고 있었다. 절묘하다면 절묘할 정도로 전선에 균형이 맞아들어 가 교착 상태가 지루하게 계속되었다.

어느 정도 급한 불을 끄고 나자 에필하임은 라휄을 불러냈다. 그나마 다행인 것은 에필하임이 라휄의 복장(!)을 보내오지 않았다는 점이었다. 라휄이 도착한 곳에는 에필하임과 그녀의 어머니 에반젤린, 두 사람만이 있었다. 두 사람 중 선왕후는 다시 커튼 속으로 모습을 감추고 있었다.

"폐하의 충성스러운 신하 라휄이 인사드립니다."

오래간만에 귀족다운 인사를 하는 라휄에게 에필하임이 손을 뻗었다.

"여긴 사적인 자리이니 그렇게까지 할 것 없어."

라휄은 한쪽 무릎을 꿇은 채 고개를 빼꼼 들어 올렸다.

"이곳에 망명하는 터에 쌓여 있던 일처리가 오늘에서야 끝이 났어. 너와 한번 만나야겠다고 계속 생각은 했는데 시간이 없었지 뭐야."

"아, 그렇구나. 그치만 나도 바빴는걸. 내가 여기에 왔다는 소문을 들었는지 란스카 영지에서 사람들이 많이 찾아왔었어."

"란스카 백작령의 영주민들 말이냐?"

“응. 거핸도 왔었는데, 겨우 석 달밖에 안 됐는데 인구가 열 배 넘게 늘어났대. 지금 란스카 영지에 살고 있는 사람은 만 명이 넘어.”

“그래? 그것참 잘되었구나. 네 영지가 발전한다는 건 나의 왕국이 발전한다는 뜻이기도 하니까. 그리고 라휄, 내일 정식으로 문서가 도착하겠지만, 이제 너는 후작이야.”

라휄이 눈을 동그랗게 떴다.

“후작? 백작, 후작 하는 후작 말이야?”

“그래.”

“그치만…….”

“나의 목숨을 구하는 것 이상으로 큰 공이 어디에 있을까? 귀족 회의에서 만장일치로 결정한 일이다. 다만 지금까지 후작 가문은 전통적으로 수도의 고위 관료 가문이 맡는 일이 많았지만 네 경우에는 지금처럼 지방의 귀족으로 남아 있도록 해라. 영지는 지금의 란스카 백작령 서쪽 끝에서 다시 50킬로미터까지를 추가로 네게 봉할 예정이다.”

“우와! 그럼 나 이제는 후작이야?”

에필하임은 라휄의 놀라는 모습을 보며 고개를 저었다.

“이거 원, 지금의 너를 보자면 소꿉놀이를 하는 것 같단 말이야.”

라휄은 빙긋 웃었다.

“아참, 그럼 라프델은? 라프델도 에필하임이랑 에필하임의 엄마랑 구했잖아."

"현재 코넬리아 공작령은 왕국에 환수된 참이다. 어차피 새로운 공작을 뽑아야 하니 그를 후보에 넣고 있다."

"코넬리아 공작령을……."

라휄은 말꼬리를 흐렸다. 라프델이 더 높은 사람이 되는 것이야 기뻐할 일이지만, 코넬리아 공작령의 주인이 된다니 조금 복잡한 기분이었다. 에필하임은 그런 라휄의 마음을 알았지만 섣불리 위로를 할 수도 없는 일이라 곧바로 화제를 돌렸다.

"그보다 라휄, 너를 부른 것은 다름이 아니라 짐승의 병대에 대한 일 때문이다."

"웅? 짐승의 병대? 왜?"

"짐승의 병대는 아직까지도 이번 전투에 참가하지 않고 있다. 지난번 전쟁에서 그들이 보인 활약으로 미루어볼 때, 이번에도 그들이 참가한다면 우리 제국이 확실하게 승리할 수 있을 것이다. 라휄, 너는 그들을 찾아 그들의 도움을 얻을 수 있는지 한번 알아보도록 해라. 너와 짐승의 병대 지휘관과는 잘 아는 사이라 하지 않았더냐."

공적인 명령이다 보니 에필하임의 말투가 조금 딱딱해졌다.

"으웅, 그러고 보니 그렇구나. 파드셀은 지금 어디에 있는 거지?"

"그것을 알아내는 것도 네 임무 중 하나이다. 그리고 전쟁에 참가하는 대가로 그들이 무엇을 원하는지도 알아보도록 하라."

라휄은 에필하임의 말에 눈을 반짝였다. 무엇을 원하는지는 이미 알고 있었다. 그렇지 않아도 에필하임에게 그 이야기를 한번 꺼내볼 생각이라 이때다 하고 입을 열었다.

"파드셀이랑 쿤은 고통없는 세상을 만들고 싶다고 했어."

에필하임은 고개를 갸웃했다.

"그게 무슨 말이냐?"

"그러니까, 쿤은 실력이 좋은데도 어떤 사람은 평민이고, 노예이고 하는 게 이상하다고 했어. 나도 노예였지만 지금은 백작… 아참, 이제는 후작이구나. 그렇잖아. 그래서 그런 게 없는 세상을 만든다고 했어."

에필하임은 미간을 찌푸렸다.

"그러니까… 노예와 귀족 사이의 구별을 없애겠다는 말이야?"

"응."

"말도 안 되는 소리!"

에필하임은 소리치듯 외쳤다.

"만약 그들이 귀족의 작위를 원한다면 그건 줄 수 있다. 이미 그러려고 했으니까. 그들 중 전투 노예들을 평민으로 방면하는 것도 가능하다. 하지만 신분의 구별을 없애다니, 그건 있을 수 없는 이야기야."

"왜?"

라휄이 물었다.

"왜 안 되는 거야? 나는 노예였지만 지금은 높은 귀족이 됐는걸?"

"그야 너는 숲 안쪽의 검사니까. 게다가 실제로 공을 세워 작위가 오른 것이잖아. 작위에 대해서는 내가 주고 싶다고 마음대로 줄 수 있는 것이 아니야. 다른 귀족들이 전원 찬성했기 때문에 줄 수 있었던 거라고. 즉, 너는 그럴 실력이 되었고, 실력에 걸맞는 충성심을 보였으니까 후작이라는 높은 귀족이 될 수 있었던 거야. 그렇지만 모든 노예가 그렇게 될 수는 없는 일이잖아?"

"그럼 노예들은 검술을 잘 못해서 노예로 남아 있는 거야?"

"네 식대로 표현하자면 그렇다고 할 수 있겠지."

라휄이 고개를 저었다.

"그치만 그건 이상하잖아. 귀족 중에 검술을 못하는 사람도 있는걸."

"그야 그들은 귀족의 자식으로 태어났으니까."

"그게 이상하다는 거야. 그럼 귀족이랑 평민이랑 노예는 다른 인간이야? 말이랑 고양이랑 물고기처럼 다른 거야? 흑묘나 백묘 같은 묘족이랑 인간이 다른 것처럼?"

에필하임은 끄응, 신음을 삼켰다.

"그건 아니지만… 이를테면 그건 오랜 전통이야."

그때, 잠자코 듣고 있던 에반젤린이 라휄에게 말했다.

"란스카 경, 신분은 신께서 점지해 주신 것이랍니다."

"엘로한님이?"

"예. 누구의 아이로 태어날지는 신께서 정한 일이라 인간이 함부로 바꿀 수 있는 것이 아니에요. 어떤 아이는 부유하고 신분 높은 집에서 태어나 어렸을 때부터 온갖 즐거움을 누리고, 또 다른 아이는 가난한 노예 집안에서 태어나 평생 동안 일만 하다 죽게 되지요. 그렇지만 그건 어느 누구도 아닌 신께서 정한 섭리예요. 다만, 어떤 신분에 있든 자신의 일에 최선을 다하고 더 나아가 노력한다면 훨씬 나은 삶을 손에 쥘 수 있어요. 란스카 경이 노예로 태어났지만 지금은 높은 귀족이 된 것처럼요."

에필하임이 고개를 끄덕이며 말했다.

"그래, 어머님 말씀 그대로야. 나는 왕이지만 지금은 수도를 빼앗겼잖아. 어딘가 나에게 부족한 부분이 있기 때문일 거야. 그렇기 때문에 더욱 노력해서 선친께서 이룩하신 카문보다 훨씬 강한 나라를 만들 거야. 자신의 신분이 어쨌느니 하는 건 노력하지 않는 사람의 말일 뿐이야."

라휄은 에필하임의 말에 쉽사리 수긍할 수 없었다.

"그치만, 똑같은 인간인걸. 내가 지하에 있었을 때에는 죽는 것과 사는 것 두 가지밖에 없었어. 그래서 힘이 세거나 약하거나, 마법을 잘하거나 못하거나 서로 차별하지 않았어. 한 명이라도 더 살아남아 곁에 있어주는 게 가장 좋았으니까. 그래서 우리들은 모두 사이가 좋았어.”

라휄은 이야기를 하며 지하의 아이들과 지상의 사람들을 떠올려 보았다.

“이곳의 사람들은 매일매일 죽을지도 모른다는 괴로움도 없잖아. 음식도 맛있고, 또 하늘도 있고, 햇님도 매일매일 볼 수 있잖아. 이렇게 행복한 곳인데도 사람들은 전혀 행복해 보이지 않아. 전쟁터에서도 그래. 지하의 아이들이 괴물들과 싸우는 것처럼 죽는 것이 싫어서 나쁜 놈들과 싸우는 거잖아. 근데 왜 누구는 뒤쪽에서 남들에게 나가서 싸우라고 명령하면서 위험하면 가장 먼저 도망치고, 다른 사람들은 죽으라는 명령을 듣기만 하는 거야? 모두 힘을 합쳐 싸우면 되잖아. 모두 같이 농사를 짓고, 모두 같이 집을 짓고, 괴물이 나오면 함께 싸우고, 먹을 것이 생기면 나누어 먹으면 되잖아. 귀족이나 평민이나 노예가 왜 다른 거야? 태어날 때부터 그런 거라면 그 엄마의 엄마의 엄마의 엄마… 전부 다 노예인 거야? 그럼 그전에는? 엘로한님이 세상을 만들 때부터 그런 거야?”

“그건…….”

에필하임은 말문이 막혔다. 사실 신분이라는 것에 대해 그는 고민해 본 적이 없었다. 세상에서 가장 높은 신분을 가지고 있는 사람이 신분제의 어느 부분에서 모순을 느낄 수 있을까? 그것이 가능한 사람은 정말 신이 내린 사자(使者) 정도뿐일 것이다.

에필하임은 자리에서 일어나 원을 그리며 걸었다. 한 손은 다른쪽 팔꿈치를 감싸 안고, 안긴 팔은 위로 들어 그 손에 턱을 괴었다.

만약 에필하임이 지금보다 열 살쯤 더 나이가 많았더라면 라휄의 발언에 화를 냈을 것이다. 어쩌면 그 몇 마디 말만으로 위험인물로 낙인찍어 제거하려 노력했을지도 모른다.

하지만 에필하임은 아직 어렸다. 정쟁과 음모, 왕실의 가장 더러운 부분은 그의 어머니 에반젤린이 커튼 뒤에서 모두 해결해 주었고, 덕분에 비교적 평온하게 지금에 이를 수 있었다. 그렇기에 순수했다. 라휄과 잘 어울릴 수 있는 것도 그 때문일 것이다.

에필하임이 걸음을 멈추었다.

"생각해 보겠어."

"웅?"

"네가 한 이야기 말이야. 생각해 보겠어. 네 말에 따르겠다는 것은 아니야. 다만 정말로 노예 제도에 문제가 없는지 생각해 볼 테야. 라휄, 그러니까 너는 우선 내가 명령한 일을 수행하도록 해."

라휄은 고개를 끄덕였다.

"응, 알았어. 그럼 나는 파드셀을 찾아볼게."

2

숙소로 돌아온 라휄은 황제와 한 이야기를 카시카들에게
보고했다.

"그 얘기를 정말 폐하 앞에서 직접 한 거야?"

이야기를 들은 카시카의 첫마디였다.

"응."

"하여간 낭군님은 진짜……."

"아참, 그리고 나 이제 후작이 될 거래."

대수롭지 않게 한 이 말에 카시카를 비롯한 라휄의 동료들
은 입을 쩍 벌렸다.

"이번 일로 무슨 상이 있을 거라고 생각은 했지만… 후작
이라니!"

카시카는 멍한 표정으로 이렇게 말했다. 이 나라에 있는 고
위 귀족은 공작 넷에 후작 열셋이 전부였다. 그중 코넬리아
공작은 폐위당한 것이나 마찬가지고, 후작 중 라프델은 명예
후작으로 후대에 전해지는 작위가 아니었다. 다시 말해 라휄
은 현재 이 나라 안에서 스무 명 안에 드는 지위를 가진 인물
이 된 것이다.

"그래서 땅도 더 준다고 했는데… 그치만 전부 괴물들이

잔뜩 사는 황무지라서 쓸모는 많이 없을 거야."

카시카는 라휄을 덥썩 끌어안았다.

"역시 낭군님이라니까. 이제 나는 후작 부인이 되는 건가?"

"누가 후작 부인이라는 거예요? 주인님, 축하드려요."

흑묘는 카시카를 한번 흘겨보고는 라휄에게 고개를 숙였다. 백묘와 레티아도 뒤따라 축하의 말을 건넸다.

"그런데 폐하가 나한테 파드셀을 만나고 오라고 했어."

"짐승의 병대 말이야?"

라휄을 꼭 껴안은 채 카시카가 물었다.

"응. 그치만 지금 파드셀이 어디 있는지는 잘 모르겠어. 어떻게 찾아야 하지?"

카시카는 라휄의 물음에 음, 하며 잠시 생각에 잠기었다가 고개를 끄덕끄덕했다.

"그거라면 대충 알 것도 같아."

"정말로?"

"그럼. 낭군님은 이 아내가 얼마나 현명한 여자인지 잊어버린 거야?"

"카시카가 아는 게 많기는 하지만……."

카시카는 라휄을 껴안은 팔을 풀며 종이를 한 장 꺼내 지도를 그렸다. 다음으로 점을 콕콕, 세 군데 찍었는데, 라휄은 그런 모양의 지도를 어디선가 본 듯 느껴져 아, 하는 소리를 냈다.

"전에 제라흐가 그렸던 그림이구나!"

라휄의 말에 카시카는 고개를 끄덕이고는 점과 점을 십자가 모양으로 연결했다. 십자가의 중심점은 왕도 카문이었다.

"여기와 여기, 그리고 여기의 드래곤은 모두 낭군님이 죽였지? 그리고 그걸 통해 생각해 봤을 때 이쪽의 연결 선상에 드래곤이 한 마리 더 살고 있다는 것은 예상할 수 있을 거야."

백묘가 고개를 끄덕이며 말했다.

"그럴 법해요. 그래야 네 점과 그 점들을 연결한 십자상에 왕도가 위치하게 되는 형태가 나오니까요."

흑묘가 끼어들었다.

"그렇지만 정확하게 어디에 있다는 건가요? 지도상으로야 한 뼘도 안 되는 선이지만, 실제로는 엄청난 거리 아닌가요?"

"그렇지. 하지만 잘 생각해 봐. 지금까지 드래곤이 있던 곳에는 한 가지 특징이 있었잖아? 그레이트 홀, 모헬 영지 북쪽의 숲, 그리고 현재의 란스카 후국의 영지."

카시카의 물음에 라휄이 답했다.

"전부 다 괴물이 많았어."

조용히 지도를 바라보던 레티아가 손가락을 뻗어 한 지점을 가리켰다.

"이곳, 엔되거 반도 역시 이상할 정도로 괴물이 많은 지역이에요."

"바로 그거야. 듀피셀론과 즈볼렌, 두 공작가 사이의 국경
선이 되는 괴물의 숲 우루트. 거기에 드래곤이 없다면 이제
대륙 안에 드래곤이 있을 만한 장소는 없어."

"그럼 거기로 가보자."

라휄의 말에 카시카는 길게 기지개를 켰다.

"그동안 푹 쉬었으니 또 움직여 볼까? 여기서 가자면 남쪽
의 레그니 공작령을 지나 즈볼란 공작령을 통해 가는 게 빠르
겠는걸."

"얼마나 걸려?"

"글쎄, 조금 서두른다면 보름쯤 걸리겠지. 유람하듯이 가
자면 한 달도 더 걸릴 테고."

"시간이 없으니까 빨리 가자."

라휄의 서두르는 말에 일행은 곧바로 마차를 준비해 출발
하였다.

"카밀레, 이 옷은 어떨까?"

녹옥색 머리칼을 쓸어넘기며 그녀는 드레스를 목에 가져
갔다. 짙은 보랏빛 이브닝 드레스였다.

"몹시 잘 어울리십니다, 코넬리아 공작 전하."

카밀레라 불린 여인은 고개를 조아리며 이렇게 말했다. 상
대는 다름 아닌 체자렛 폰 코넬리아, 전 코넬리아 공작이었
다. 그녀가 이곳, 듀피셀론 성에 온 지도 한 달 남짓 흘렀다.

전에 함께 지내던 개인 시녀조차도 코넬리아 성에 내버려 둔
채 홀홀단신으로 이곳에 왔다. 밖으로 산책을 나갈 수도 없고
찾아오는 사람도 거의 없었다. 감금에 가까운 생활이었지만
그녀는 오히려 공작의 자리에 있을 때보다 훨씬 자주 웃었다.
지금 그녀가 가지고 있는 유일한 불만이라면 바로 지척에 살
고 있는 헤크토가 자주 찾아오지 않는다는 것뿐이었다.

그런 그가 오늘 그녀를 찾는다. 그동안 줄기차게 사람을 보
내 찾아와 달라고 애원하고 또 원망한 결과였지만.

헤크토가 그녀의 저택을 찾은 것은 꽤 늦은 저녁 시간이었
다. 처음에는 만찬을 약속하고는 공무를 핑계로 간소한 다과
로 격을 낮추었다. 그것도 약속 시간을 반 시간가량 어겨서
도착했고, 그 덕에 체자렛은 불만이 표정에까지 드러나고 말
았다.

"아아, 야속하신 분, 왜 이리 늦게 오셨나요?"

현관에서 자신을 보자마자 책망의 말부터 꺼내는 체자렛
을 보며 헤크토는 잠시 어떤 표정을 지을까 고민하는 듯 눈가
를 살짝 찡그렸다. 그리고는 그 직후 환한 미소를 지었다.

"그대가 나의 결례를 꾸짖는다면 그저 반성의 표정을 보일
수밖에 없겠군요. 미안합니다. 하지만 허락하신다면 나의 실
례를 꼭 설명하고 싶습니다."

체자렛은 헤크토의 미소에 조금 전까지 가슴에 가득 차 있
던 초조함과 불쾌감을 하늘로 날려 보낸 지 오래였다. 현관을

막아서고 있던 몸을 비키며 말했다.

"그 설명, 꼭 듣고 싶네요. 안으로 들어오세요."

헤크토는 고개를 살짝 숙이고는 그녀가 만들어준 길을 따라 저택 안으로 들어갔다.

응접실은 세 방향이 유리창으로 되어 있어 해질녘의 석양에 물든 정원이 붉게 빛났다. 체자렛은 그윽하게 퍼지는 차의 향기에 오히려 기분이 들떴다.

그녀는 이곳에 앉아 정원을 바라볼 때마다 드높이 솟아 있는 벽돌 담장이 거슬리곤 했다. 그 안쪽, 푸르른 정원은 더할 나위 없이 좋았지만 바로 그 너머에 답답하니 서 있는 벽은 도저히 좋아할 수가 없었다. 하지만 오늘 이 순간만큼은 벽도, 그밖의 세상도 신경 쓰이지 않았다.

찻잔과 그것을 쥐고 있는 자신의 손을 내려다보던 체자렛은 흘끗 눈을 들어 눈앞에 앉아 있는 남자를 보았다. 매처럼 날카로운 눈빛, 예리하면서도 섬세하게 뻗어 있는 턱 선, 아니, 그런 겉모습 같은 것은 아무래도 좋았다. 중저음의 어딘지 사람을 압도하는 목소리. 공작가의 아들이지만 그에 머무르지 않고 훨씬 먼 곳을 바라보는 그의 꿈, 이상까지.

"지금 먼 북쪽은 야만인들과의 전쟁으로 한창입니다."

헤크토가 먼저 말을 꺼냈다.

"아, 네?"

그의 외모를 곁눈질해 훔쳐보던 체자렛은 얼굴을 붉히며

그의 말에 대꾸했다.

"또 전쟁… 인가요?"

"그렇습니다. 지금 본국은 전쟁으로 말이 아닙니다. 며칠 전, 왕도 카문에까지 적의 침입을 허용하여 폐하께선 지금 아인스할 백작의 성으로 피신해 계십니다."

체자렛은 듀피셀론의 말에 뒤통수를 한 대 얻어맞은 듯한 충격을 받았다. 전쟁이 심각하다, 심각하다 이야기는 계속 들었지만 그리 실감할 수는 없었다. 불과 얼마 전까지만 해도 자신의 나라—코넬리아—의 사정이 급박하게 돌아갔기에 그녀는 다른 곳의 사정까지 보살필 여유가 없었다.

"카문까지… 그렇다면 벌써 야만인의 군대가 카문 본국까지 점령한 것인가요?"

듀피셀론은 고개를 저었다.

"그건 아닙니다. 난입한 적의 병력을 막지 못하여 후방에 적의 침입을 허용한 것뿐입니다. 하지만 지금의 왕국은 그 힘이 현저히 약해져 고작 3만 명 남짓의 병사들마저 수도에서 쫓아내지 못하고 있습니다."

"그런!"

"우매한 왕과 허약한 나라의 최후지요."

코넬리아는 헤크토의 독설에 자신도 모르게 고개를 끄덕였다. 카문 왕국은 그녀에게 있어 분노의 대상일 뿐이었다.

"하지만 카문 왕국이 어떠하든 그로 인해 고통받는 신민들까지 내버려 둘 수는 없기에 듀피셀론은 이번에 북쪽으로 출정을 나서게 됩니다.”

“좋은 생각이세요. 신민을 위하는 것이야말로 통치자의 첫 번째 덕목이지요.”

헤크토는 살짝 웃었다. 체자렛의 눈엔 은은한 미소로 비쳐졌지만 누가 보아도 조소에 훨씬 가까운 느낌이었다. 웃음을 거두며 그가 말했다.

“앞으로도 제가 이곳에 자주 찾아오는 것은 힘들 듯합니다. 국내외의 상황이 저를 한가롭게 놔두지 않고 있으니까요.”

체자렛의 눈에 실망의 빛이 떠올랐다.

“그런…….”

숨을 한번 크게 들이쉬고는 한숨처럼 느껴지지 않도록 천천히 내쉬었다. 그녀는 눈을 들어 헤크토를 보았다.

“그건 우리들의 나라를 위해서 하는 일이겠지요? 그렇다면 참을 수 있어요.”

헤크토는 체자렛을 물끄러미 바라보다 더는 참지 못하겠다는 듯 풋, 하고 웃음을 터뜨렸다.

“뭐가 우스운가요?”

갑작스러운 웃음에 체자렛이 고개를 갸웃했다.

“아, 아닙니다. 이거 실례했습니다. 그럼 이곳에서 푹 쉬십시오. 필요하다면 제 쪽에서 먼저 접견을 신청하겠습니다.”

헤크토는 이렇게 말하고는 자리에서 일어났다.

"벌써 가시려는 건가요?"

"죄송합니다. 아직도 처리해야 할 일이 산더미같이 쌓여 있는 터라."

헤크토는 이렇게 말하며 체자렛을 향해 고개를 살짝 숙였다. 체자렛도 반사적으로 치마 끝을 잡고 그의 인사를 받았다.

이런 것을 원한 게 아닌데.

이 짧은 만남이, 이 만남을 기다리며 보내온 기간이 한 달여인데 오히려 기다림보다 큰 실망을 자신에게 안겨줄 줄이야. 차라리 만나지 않았을 때 그는 자신에게 훨씬 많은 달콤한 말을 했다. 그녀 자신도 그를 기쁘게 해줄 말들을 너무나 쉽게 떠올렸다. 오가는 말, 그리고 동작, 세세한 부분까지 상상해 준비를 했는데, 그중 이 자리에서 할 수 있었던 것은 단 한가지도 없었다.

"헤크토님!"

현관을 벗어나려는 그를 불러 세우는 그녀.

헤크토는 고개를 돌려 체자렛을 바라보았다. 체자렛은 꺼내려던 말을 몇 번이나 입 안에서 바꾸었다. 무엇을 말할까? 그래야 그가 잠시 잠깐이라도 이곳에 더 머물까. 그 순간 그녀의 머릿속에 떠오른 것은 조금 전의 그가 보인 헛웃음이었다. 묘하게 뇌리에 남아 기분 나쁠 정도로 지워지지 않았다.

"말씀하십시오."

헤크토의 재촉에 체자렛은 시선을 떨어뜨렸다.

"부디 건강하세요."

"말씀 감사합니다. 그럼."

두 명의 검사의 호위를 받으며 헤크토는 체자렛의 저택을 떠났다.

"이게 뭐람……."

머리를 장식했던 핀을 신경질적으로 뽑아 움켜쥐며 체자렛은 굳게 닫힌 현관문 앞에서 한참이나 서 있었다. 그의 미소도, 달콤하던 언변도 지금은 전혀 떠오르지 않았다. 오직 그 웃음뿐이었다, 생각나는 것은.

그녀의 표정은 지붕 위의 남자, 긴터의 눈에도 확연히 보였다. 요 한 달여간의 얼굴이, 그녀의 입가에 걸려 있던 웃음이 이렇게까지 변할 수 있을까? 그는 품 안에 넣어두었던 편지를 다시 한 번 꺼내 읽었다.

내용은 짧았다.

그 가설은 타당함. 10년 전부터 행해진 듀피셀론의 군비 확장과 크라니엔의 분쟁, 최근의 군사 동향을 종합해 보았을 때 코넬리아의 몰락에 듀피셀론이 개입하였을 가능성은 충분히 있음. 현재 마텔표트르 가문도 같은 건을 조사하고 있음.

긴터가 아무리 검의 길만을 걸어온 남자라지만 체자렛이 보인 어제까지의 웃음이 듀피셀론의 소공자와 관계 있다는 것은 충분히 알 수 있었다, 그것도 남녀 간의 애정이라는 복잡미묘한 원인에서 비롯된.

그렇기 때문에 그는 그녀가 행복하다면 족하다고 생각했다. 공작이면 어떻고, 지금처럼 숨어 지내는 처지면 어떤가. 공작의 자리라는 부담에 그녀가 얼마나 괴로워했는지 쭉 지켜보았기에 긴터는 가끔 이게 더 잘된 것이 아닌가 하는 생각마저 들었다.

그렇지만 정작 헤크토 폰 듀피셀론, 그 문제의 상대를 만난 오늘 오히려 그녀의 표정이 어두워졌다.

"듀피셀론이라……."

긴터는 그 자리에서 몸을 일으켰다.

3

카시카가 이야기한 대로 라휄 일행이 우루트 숲의 북쪽 끄트머리에 도착한 것은 아인스할 백국을 떠난 지 열 사흘째 되는 날이었다.

이곳은 흡사 마법에 걸린 숲이라도 되는 듯했다. 불과 숲으로부터 100여 미터쯤 떨어진 곳에 낡은 성이 숲을 빙 둘러싸

고 있었는데, 한낮의 태양이 밝은 시간임에도 숲은 짙은 그림
자를 드리우고 있었다. 흔히들 녹음이 우거진다고 말한다. 그
말 그대로 녹색의 그림자가 켜켜이 쌓여 숲 안은 흡사 진녹색
안개라도 끼어 있는 듯 보였다.

　숲을 둘러싸고 있는 성벽에는 하나의 성문이 있었다. 황제
의 명령으로 하고 있는 일이기에 그에 걸맞는 사령장을 가지
고 있었고, 까다롭기로 유명한 즈볼렌의 군인들은 군말없이
숲으로 향하는 성문을 열어주었다.

　"저 숲에는 무서운 괴물들이 살고 있습니다. 숲 안의 풍부
하게 자라고 있는 버섯 따위를 캐러 갔다가 죽는 사람이 한둘
이 아닙니다."

　이 성문을 관리하는 귀족이 라휄에게 그렇게 말하자 카시
카가 라휄을 대신해 답했다.

　"이 마차의 뒤에 달려 있는 문장이 뭐라고 생각하는 거
야?"

　귀족은 카시카의 말에 고개를 갸웃했다. 한 병사가 대신해
뒤로 돌아가 지휘관에게 조그맣게 말했다.

　"드래곤 슬레이어의 깃발입니다."

　"서, 설마… 혹시 란스카 후작 각하십니까?!"

　황제의 사령장에는 '이 사령장을 가지고 있는 사람' 이라
는 주어로 통행 허가와 귀족의 협조를 명하고 있을 뿐이라 라
휄의 정체까지는 알 수 없었다. 물론 라휄은 그 귀족에게 통

성명을 했다. "난 라휄이야"라고. 그 이상의 정보는 제공하지 않았지만.

"응, 내가 라휄이라니까. 라휄 폰 란스카."

지휘관을 비롯해 병사들이 우르르 몰려들어 라휄을 새삼스레 바라보았다. 대륙 최고위급의 검사이자 가장 어린 흰 반지의 검사. 고작 1년 만에 노예에서 후작이 된 사교계의 기린아. 전쟁에서 수많은 공을 세우고, 벌써 두 마리의 드래곤을 죽인 자. 황제의 목숨을 구한 소년. 라휄을 꾸밀 수 있는 수식어는 한둘이 아니었다.

성문의 책임자는 라휄에게 새삼 경례를 올려붙였다. 1할쯤 구경거리를 보는 눈이었지만, 그래도 시선의 9할쯤은 존경의 염이 담겨 있었다.

"부디 이 숲의 괴물들을 무찔러 주십시오!"

"응, 그치만 파드셀을 만나는 일이 우선이야. 황제 폐하의 명령이니까."

라휄의 마차는 이 말을 남기고 다시 숲 안으로 향했다. 하지만 채 10미터를 들어가기도 전에 나무 뿌리에 걸려 마차가 멈추고 말았다. 다시 성문이 있는 곳으로 돌아와 마차를 성문의 경비대에 맡긴 일행은 다시 숲 안으로 향했다.

숲 안은 밖에서 본 것 못지않게 음침했다. 반경 20킬로미터에 이르는 거대한 숲이었고, 사람의 손이 닿지 않은 지는 몇백 년인지 몇천 년인지 기억하는 사람이 없을 정도였다.

몇 걸음이나 걸어갔다고 괴물들이 이렇게나 많이 나타난단 말인가? 벌집을 건드린 것도 아닌데 거대한 말벌들이 수백 마리나 나타나 라휄 일행을 덮쳤다.

만약 이전의 라휄이었다면 조금은 힘이 들었을지도 몰랐다. 물론 어떻게든 처리야 가능했을 테지만 적어도 지금처럼 쉽지는 않았을 것이다.

검게 물든 검은 주위의 어둠을 지배했다. 라휄은 처음에 비해 몇 배나 능숙하게 어둠의 검을 쓰고 있었다. 어둠의 검은 훨씬 넓은 범위를 한꺼번에 공격할 수 있었던 데 비해 공격 하나하나의 위력은 그다지 높지 못했다. 쇠사슬로 만든 갑옷조차 뚫기 요원할 듯했다.

하지만 괴물이든 인간이든 가장 약한 부분에 대하여 자기 손금 보듯 알고 있는 라휄에게 있어 그 정도의 날카로움이면 충분했다.

"어둠을 조종한다는 것은 정말 무서운 것이구나."

카시카는 라휄의 모습을 보며 경탄하듯 한마디했다. 지금까지 마법사들에게 있어서도 다룰 수 있는 원소는 바람까지로 정해져 있었다. 빛과 어둠 속성의 마법이 전혀 없지는 않았지만, 기도하듯 빌어서 쓰는 게 다였다. 레티아의 경우에는 신성술이라는 이름으로 빛의 힘을, 카시카는 고대의 마법 중 드물게 남아 있는 암흑 마법 몇 가지를 구사할 수 있었다.

　라휄의 검은 비록 구사되는 방식은 마법에 가까웠지만, 마법사처럼 존재 위치를 상정한 상태로 공격하는 것은 불가능했다. 다시 말해 보이지 않으면 쓸 수 없다는 말이었다. 지금처럼 사방팔방에서 괴물들이 덤벼들 때는 레티아의 방어술이나 카시카의 공격 마법 등 나름 다른 일행들도 할 일이 있었다. 그럼에도 예전에 비해서는 괴물을 상대하는 일이 장난처럼 느껴질 정도였다.

　"드래곤도 상대할 만한 것 아니야?"

　지나가는 말로 중얼거리는 카시카를 향해 모두의 시선이 모였다. 그녀의 반박하는 사람은 한 명도 없었다. 다만 라휄만이 "아직은 모르겠어. 어둠의 크기에 따라 꺼낼 수 있는 검의 크기와 강도가 다르니까… 지금처럼 여러 마리를 나누어 상대할 때랑은 다를 테지만 그래도 너무센이는… 가능할까?" 하며 될 듯 말 듯 잘 모르겠다는 표정을 지었다.

　라휄의 활약에 힘입어 일행은 수월히 숲의 안으로 진입할 수 있었다. 하지만 워낙 숲의 면적이 넓었기에 첫날은 겨우 사분지 일 정도만을 성글게나마 돌아본 게 다였다.

　밤이 찾아오자 숲은 온통 어둠으로 가득했다. 다른 사람들에게는 몰라도 라휄에게는 고향과도 같은 어둠이었다.

　워낙 무성한 숲이었기에 별빛조차 드문드문 들어왔다. 라휄은 나무가 만든 천장을 올려다보며 몸을 쭉 늘어뜨렸다.

　"주인님은 무섭지 않으세요?"

흑묘가 모닥불을 등지고 다가와 라휄 앞에 쪼그리고 앉았
다.

"응? 아마 무서운 걸 거야. 먼 곳에서 나무 이파리가 바스
락거리는 소리까지도 자세히 듣고 있거든. 뭐가 나타날지도
모르고, 그게 얼마나 강할지도 모르고. 나도 이제는 아주 아
주 세졌으니까 괜찮을 것 같은데, 그래도 모르잖아. 또 어떤
괴물이 나타날지. 이런 걸 무섭다고 하는 게 맞겠지?"

흑묘는 고개를 끄덕끄덕했다.

"소녀는 지금 너무 긴장해서 소름이 다 돋을 지경이에요.
그치만 주인님은 정말 침착하신 거 같아요."

"그치만 난 어렸을 때부터 늘 이렇게 살아온걸. 괴물을 만
나는 건 무서운 점도 있지만, 반갑기도 해. 게다가 괴물을 죽
이는 건 신민을 지키는 거고. 모두들 좋아하잖아."

흑묘는 빙그레 웃으며 라휄을, 자신의 주인님을 바라보았
다. 어느샌가 라휄은 자신보다 키가 더 커져 있었다. 처음 만
났을 때는 분명 라휄의 키가 자신보다 조금 작았는데 말이다.
이제는 알아듣지 못하는 말도 거의 없다. 말투도 조금은 덜
유치해졌다. 검술은… 더 말해 무엇할까?

"그런데 정말로 주인님은 왜 그런 곳에 계셨던 건가요?"

"응? 잘 모르겠어. 그치만 아마도 파드셀이 가지고 있는 검
과 관계가 있을 거야. 그 검을 손에 넣기 위해서 우리들을 보
낸 게 아닐까?"

어느새 라휄 곁으로 한 명 한 명 사람들이 모여들었다. 저녁을 먹은 후, 이 늘어지는 시간에 잡담만큼 좋은 게 어디 있을까. 카시카는 자연스레 라휄의 곁에 앉아서 그를 끌어당겨 자신의 허벅지를 베개 삼게 했다.

"그건 아니지 않을까? 낭군님이나 다른 아이들 모두 다섯 살 정도라고 하지 않았어? 나중에 마법을 배우고 온 애들도 있었지만, 그 배우기 시작한 시점이 다섯 살이잖아."

"응. 그럴 거야. 다들 너무 어렸을 때라 확실히는 모르지만, 들어온 애들도 그렇게 이야기했어."

카시카가 고개를 끄덕이며 말했다.

"정말 검을 얻으려 했으면 제대로 싸울 줄 아는 사람들로 모험가 그룹을 만들었을 거야."

레티아가 반론을 재기했다.

"그렇지만 그레이트 홀은 그전에도 몇 번인가 대규모의 토벌대가 진입했던 것으로 알고 있어요. 전부 실패했지만 300명이 넘는 모험가들이 들어간 적도 있다고 들었지만 성공한 것은 오직 라휄님의 경우뿐이죠. 그런 걸 보면 어떤 비밀 같은 게 숨겨져 있는 게 아닐까요? 다섯 살의 아이들이 훨씬 더 적응하기 쉽다거나……."

카시카는 자신의 무릎에 누워 있는 라휄을 내려다보았다.

"하긴 낭군님만 봐도 검술에는 특별한 소질이 있었던 게 사실이니까. 그런 아이들만 모았다면 어느 정도 신빙성이 있는 얘기이긴 하군."

라휄이 말했다.

"그치만 이곳에 와서 알게 된건데, 정말 몇 명을 제외하고는 검은 반지의 검사라고도 하기 힘들 정도의 실력들이 대부분이었어. 파드셀도 겁은 많았지만, 검술 자체는 뛰어났는데 그래 봤자 흰 반지의 끄트머리쯤 정도밖에 안 돼."

카시카는 라휄의 머리칼을 뒤로 넘기며 쓰다듬었다.

"낭군님의 눈이 너무 높은 거야. 검은 반지를 갓 손에 넣은 검사만 해도 괴물 정도는 혼자서 여러 마리를 상대할 수 있어."

"그건 그래요. 라휄님을 보고 있으면 감각이 이상해진다니까요. 검은 반지의 검사도 사람들 사이에서는 하늘이 내린 소질이라고 얘기하는걸요."

레티아의 말에 라휄은 입을 삐쭉 내밀었다.

"역시 난 잘 모르겠어. 처음에 지상에 나왔을 때는 지하의 생활에 대해서 의심한 적이 없는데 지금은 이상한 것투성이야."

"뭐, 아무렴 어때? 낭군님에게는 이렇게 어여쁜 아내가 있고, 황제라는 든든한 연줄 덕에 지위도 날로 상승하니 더 바랄 게 뭐가 있을까?"

라휄은 카시카의 말에 미소를 띠었다.

"지금 더 바라는 건 없어. 그치만 빨리 전쟁을 끝내서 다른 신민들이 즐거워졌으면 좋겠어. 그래야 에필하임도 왕궁으로 돌아갈 수 있고, 제라흐도 케트람한테 만날 혼나지 않고 느긋하게 지낼 수 있을 거 아냐. 그리고 그래야 천사님도 다시 만나러 갈 수 있구."

마지막 말을 하면서 라휄은 카시카의 눈치를 살폈다. 하지만 예상과 달리 카시카는 화를 내지 않았다. 오히려 살짝 미소를 머금었다.

"하여간 낭군님은 잊지 않는구나."

"응, 천사님은 천사님이니까. 내가 제일 괴로울 때 나한테 와서 나를 구해줬잖아. 아벨루나가 그랬어. 천사님이 그렇게 해줄 거라고."

라휄은 눈을 돌려 흑묘와 백묘를 바라보았다.

"흑묘랑 백묘가 이야기했어. 은혜는 절대 잊으면 안 된다고. 그러니까 나는 천사님한테 은혜를 갚을 거야."

카시카는 검지손가락으로 라휄의 미간을 꾹 눌렀다.

"누가 말릴 수 있을까? 우리도 도와줄 테니까 어서 폐하의 일이나 마치도록 하자."

"응. 아참! 그러면 되겠구나!"

라휄은 갑자기 뭔가를 떠올렸다는 듯 카시카의 무릎에서 몸을 일으켰다. 카시카는 깜짝 놀라 라휄의 이마를 누르던 손을 뺐다.

"뭐가 말이야?"

“파드셀한테 여덟 영혼의 검을 빌리는 거야. 여덟 영혼의 검은 뭐든지 이룰 수 있는 마법의 무기라고 했잖아. 그러니까 그걸 빌려서 동룡을 물리치고 평화로운 세상을 만드는 거야!”

카시카는 라휄의 말에 다시 미소를 지었다. 정말 순진하기 이를 데 없는 말이었다.

“과연 파드셀이 그 검을 빌려줄까?”

“응? 왜? 파드셀도 세상 사람들의 괴로움을 없애기 위해서 너무센이도 죽이고 하면서 다니는 거잖아. 짐승의 병대는 벌써 몇 번이나 동룡의 나쁜 놈들과 싸웠고. 파드셀도 나쁜 놈들을 물리치는 것에는 찬성할 거야. 빌려주지 않더라도 파드셀이 나쁜 놈들이 이 나라에서 물러가게 만들면 되잖아.”

라휄의 말에 흑묘가 찬성을 하며 나섰다.

“그거 좋은 생각이에요. 그렇다면 우리가 파드셀님의 일을 도와주어야겠어요. 그래야 하루라도 빨리 적들을 물리칠 수 있을 거 아니에요?”

“응, 맞아. 그렇게 하자.”

하지만 카시카와 백묘는 라휄과 흑묘의 대화에 회의적인 표정을 지었다.

“우선 파드셀과 만나서 이야기하는 게 먼저야. 그치만 낭군님, 나는 파드셀이 낭군님의 말에 찬성할 거라는 생각은 들지 않아.”

“저도 그래요. 그렇지만 주인님의 생각대로 된다면 그보다 좋은 건 없을 거예요.”

라휄은 카시카와 백묘를 번갈아 쳐다보았다.

“그럴까? 아니야. 파드셀은 나쁜 사람이 아닐 거야. 나는 지상에 나온 후의 파드셀은 잘 모르겠지만, 지하에 있을 때의 파드셀은 잘 안다구.”

더 이상 라휄의 말에 토를 다는 사람은 없었다. 하지만 그것이 오히려 라휄의 마음을 흔들리게 만들었다.

“파드셀은… 겁쟁이지만 나쁜 아이는 아니야.”

라휄은 애써 자신의 믿음을 다잡았다.

숲에 들어온 지 이틀째 저녁, 드디어 파드셀의 흔적을 찾아냈다. 대규모의 병사들이 야영한 흔적을 발견한 것이다. 언뜻 보아도 5천 명 이상. 나무들을 베어내 만든 야영장 덕에 원시림의 한가운데 널따란 구멍이 뚫렸다. 싸운 흔적도, 사람이 죽은 흔적도 보였다. 일곱 구의 무덤이 광장의 한켠에 놓여 있었다.

한번 흔적을 발견하고 나자 그다음은 간단했다. 그들의 행군 방향을 따라가기만 하면 됐으니까.

이미 밤이 늦어져 야영을 한 후, 다음날 아침 일찍부터 라휄 일행은 군대의 흔적을 쫓았다. 어느 순간, 숲이 갑자기 좁아지며 폭 20여 미터의 좁다란 언덕에 접어들게 되었다. 엔되거 반도에 접어든 것이다.

엔되거 반도는 남북으로 10여 킬로미터쯤 되는 작은 지역이었다. 온통 괴물의 숲으로 가득 차 있어 보통 사람들이 접근한다는 것은 거의 불가능했다. 반도와 대륙이 닿는 부분은 이렇게 좁았지만 남쪽으로 갈수록 다시 넓어지는 형태였다.

반도의 시작점을 지나 꼬박 반나절을 걷고 나자 드디어 파드셀의 군대와 마주칠 수 있었다.

멀찍이서 보초를 서던 짐승의 병대 부대원이 라휄의 등장에 깜짝 놀라며 경계심을 드러냈지만, 부대원들 중 한 명이 라휄을 알아봐 충돌은 피할 수 있었다.

그 부대원은 라휄을 파드셀이 있는 본진 쪽으로 안내했다.

지금 짐승의 부대원들은 커다란 나무의 둥치 앞에서 반원형으로 진을 짜고 있었다. 그 나무는 그저 커다란 정도가 아니었다. 아래 둥치가 지름 30미터에 이르는 거목이었다. 단단하게 박힌 뿌리는 절반가량 지표로 드러나 있었는데, 그 아래로 시커먼 구멍이 보였다.

라휄의 등장에 짐승의 병대가 소란스러워졌다. 이제는 5천 명을 훌쩍 넘겨 1만 명에 가까워진 그들은 현재 제국의 어떠한 군대보다도 잘 조직되어져 있었다. 한차례 와! 하고 함성을 내지르고는 일제히 입을 다무는데 마치 숲 안의 정적이 모든 소리를 뒤덮은 듯한 착각마저 불러왔다.

"여기까지 쫓아온 거야? 지금쯤 모헬 영지에서 사령관 놀이를 즐기는 줄 알았는데."

파드셀은 라휄을 보자마자 가시 돋친 말을 꺼내들었다.

"응, 그랬는데 국경이 뚫려서 에필하임을 구하러 가야 했어. 그래서 구해주고 났더니 에필하임이 파드셀, 너를 만나고 오랬어."

"황제가 나를?"

"응, 짐승의 병대가 왕국을 위해 싸워줬으면 한다고 했어. 그 대신 원하는 것을 말하면 들어준대."

"하하하, 황제 폐하께서 내가 원하는 것을 들어준다고? 글쎄, 과연 할 수 있을까."

파드셀의 뒤에 서 있던 쿤이 앞으로 나섰다.

"자자, 여기서 이러지 말고. 라휄, 너도 함께 저 안으로 들어가자. 아마 이번에도 드래곤이 깨어나게 될 거야. 그때 너와 힘을 합쳐 싸운다면 마음 든든할 거다."

쿤의 이 몇 마디 말은 드래곤을 깨운 것이 짐승의 병대라는 사실을 시인한 것이나 마찬가지였다. 카시카는 제라흐가 세웠던 가설이 어느 정도 사실로 밝혀지자 한층 더 파드셀에 대한 경계심이 생겼다. 여덟 영혼의 검을 각성시키기 위해 드래곤을 깨운다는 사실은 듣는 것만으로도 무서운 생각이 들었다.

무엇보다 얼마 전까지만 해도 쿤은 드래곤의 각성과의 관계를 부정하려는 듯한 말투였지만, 지금은 정면으로 인정하고 나섰다. 그건 그들이 하려는 일이 막바지에 이르렀다는 반증이기도 했다.

그 순간, 파드셀이 검을 뽑아 들었다.

"쿤, 그럴 필요 없어."

순간 쿤과 파드셀의 그림자에 가려져 있던 엘드리히가 외쳤다.

"파드셀님, 무엇을 하시려는 건가요?!"

파드셀은 엘드리히의 외침을 들은 척 만 척 검을 횡으로 크게 휘둘렀다. 일곱 개의 빛의 구슬이 검에서 뻗어나가 그 거대한 나무의 둥치를 베었다. 그 순간 키가 거의 300미터에 이르는 거목이 꺾여 천천히 뒤로 넘어갔다.

"라휄, 잘 봐! 이것이 여덟 영혼의 검이야."

잘려진 나무의 둥치가 창백한 빛을 뿜었다. 나무 둥치 아래 웅크리고 있던 거뭇한 덩어리가 고개를 들어 올렸다. 피부를 뒤덮은 비늘이 파도치며 섰다가 눕기를 반복했다. 한 쌍의 거대한 날개가 창공에 펼쳐지고, 솟아올랐던 꼬리가 바닥을 내려쳤다.

쿠웅― 육중한 소리가 지면을 울렸다.

잠에서 깨어난 드래곤은 구름까지 찢을 듯한 울음소리로 자신의 존재를 알렸다.

병사들이 일사불란하게 움직이기 시작했다. 쿤이 그들을

지휘해 드래곤을 대항할 진형을 짰다. 엘드리히는 증폭의 마법을 쿤에게 걸었고, 라휀의 동료들 역시 드래곤의 모습에 전투 준비를 시작했다.

그런 모두를 파드셀은 손을 뒤로 뻗음으로써 막았다.

"그 자리에서 모두 움직이지 마."

짐승의 병대는 파드셀의 말에 일제히 동작을 멈추었다. 그의 명령은 신의 부름이었으니까.

쿤은 무슨 일이냐는 듯한 표정으로 파드셀의 곁으로 다가갔고, 엘드리히는 잠시 머뭇거리다가 마법을 거두었다.

드래곤이 날개를 퍼덕였다. 세찬 바람이 모두를 덮쳤다. 망토가 펄럭이고, 머리칼이 미친 듯 휘날렸다. 파드셀은 그 드래곤을 향해 검끝을 향했다.

"라휀, 전에 이야기했지? 빛의 검을 완벽히 쓸 수 있게 되면 나는 움직일 거라고."

"으, 응."

라휀이 고개를 끄덕였다. 파드셀은 드래곤에게서 시선을 돌려 라휀에게 옮겼다. 머리칼이 흩날려 그의 얼굴을 반쯤 가리고 있었다. 그렇지만 그의 입가는 모두에게 확실하게 보였다. 흡사, 그네의 위에 기어올라 그곳에 서서 팔을 벌려 '나는 세상의 왕이 되었도다' 라고 외치는 어린아이와도 같은 미소가 그곳에 있었다.

"이게 그 완성형이야."

파드셸의 검이 사선으로 베어졌다. 그 광경은 흡사 눈앞에 펼쳐진 광경 모두를 한 장의 그림에 담은 후, 그 그림을 베는 듯했다. 보이는 모든 것이 일순 갈라지며 그 위에 있는 것 일체가 베어졌다. 그 안에는 나무도, 바위도, 섬도, 하늘의 구름도 있었다. 그 모두가 잘린 것이다.

크어어어어!

드래곤이 비명을 질렀다. 어깨에서 한쪽 날개까지, 뭉텅이로 잘려 바닥으로 떨어져 내렸다. 거대한 포자 구름이 일며 피에서, 그리고 살에서 균류가 자라나기 시작했다. 드래곤은 파드셸을 비롯한 사람들이 있는 곳으로 미친 듯이 달려왔다.

하지만 이 자리에 있는 어느 누구도, 광분해 달려드는 드래곤을 두려워하지 않았다. 아니, 그럴 이유가 없었다. 일격에 드래곤의 어깨를 두 동강 내는 사람의 뒤에 서서 그 드래곤을 무서워할 이유가 어디에 있을까?

파드셸은 다시 한 번 검을 사선으로 그었다. 이번에는 드래곤의 반대쪽 어깨가 잘렸다. 두 날개 모두 땅에 떨어져 더 이상 그 위대함도, 압도하는 기세도 남지 않았다. 지금 그것은 한 마리의 추한 괴수에 불과했다.

드래곤은 숨을 들이켰다. 브레스를 쏘려는 모양이었다. 그 순간 파드셸의 검에서 물색의 구체가 앞으로 뻗어나갔다. 푸른색 빛의 구슬은 파드셸의 앞쪽에 거대한 물의 막을 쳤다. 드래곤이 그곳에 불의 숨결을 뿜었지만, 물의 막의 표면을 따라 흩어져 사그라졌다.

파드셀은 그 상태에서 한 걸음을 앞으로 내딛으며 허공에 검을 찔렀다. 찬란한 빛의 기둥이 여덟 영혼의 검에서 뻗어나갔다. 그 빛은 드래곤의 가슴, 드래곤 하트가 있는 부분을 관통했다. 고작 세 번 검을 휘둘렀을 뿐인데 드래곤은 어느샌가 먼지로 화해 사라지기 시작했다.

이미 위력이라거나 검술이라거나 그런 것을 이야기할 수준이 아니었다. 세계를 혁명할 수 있다라는 전설이 오히려 하찮게 느껴질 정도였다. 도대체 무엇이 있어 저 검의 위력을 막을 수 있을까?

파드셀은 검을 검집에 밀어넣었다.

"여덟 영혼의 검이 어떻게 테일바함을 제압하고, 또 가둘 수 있었을까? 그 질문에 대한 대답을 이제는 알 수 있을 것 같지?"

파드셀의 물음은 칸에게 향한 것이자 이곳에 있는 모든 사람에게 향한 것이었다.

어느 누구도 입을 열지 못했다. 무슨 말로 첫마디를 장식해야 할지 엄두가 나지 않았다. 바로 그때 한 사람이 파드셀의 앞으로 달려나와 바닥에 엎드렸다. 그리고는 파드셀의 신발 좌우로 한 번씩 입을 맞추었다.

"아아! 당신은 진정으로 나의 신이십니다!"

제로얀이라는 그 남자의 외침만이 정적으로 가라앉은 이

장소에 울려 퍼졌다.

4

　드래곤을 죽인 후, 파드셀은 그 드래곤이 깃들었던 땅 근처로 다가가 다시 여덟 영혼의 검을 뽑아 들었다. 검끝을 하늘로 향한 채 무어라 주문을 외우자 그 지역 전체에 커다란 마법의 진이 생겨났다. 십여 개의 동심원과 삼각형, 사각형에서 십이각형까지… 마법의 조예에 있어서 대륙에서 둘째가라면 서러워할 카시카조차도 전혀 해석할 수 없는 형태였다.

　바닥에 빛나던 마법의 진이 어느 순간 급속도로 한 점에 응축되었다. 눈을 뜨고 쳐다보기도 힘들 정도의 광원으로 집약된 마법의 진은 곧이어 여덟 영혼의 검으로 빨려들어 갔다.

　"이제 마지막 봉인만 남았어요."

　엘드리히는 파드셀의 이마에 흐르는 땀을 닦으며 이렇게 말했다. 파드셀은 빙긋 미소를 짓더니 그 자리에 털썩 주저앉아 버렸다.

　"정말 사람 힘 빼는 무기라니까, 여덟 영혼의 검은."

　파드셀은 이렇게 말하며 검을 아무렇게나 땅에 내려놓고는 거친 숨을 내쉬었다.

　카시카가 앞으로 한 걸음 내딛으며 말했다.

　"설명을 들을 수 있을까? 궁금한 점이 한두 가지가 아닌데."

파드셀은 그런 그녀에게 살짝 미소를 지었다.

"답할 수 있는 거라면."

"그……."

파드셀의 대답에 곧바로 카시카가 입을 열었다. 하지만 파드셀은 카시카에게 손바닥을 들어 보이며 그녀의 말을 끊었다.

"서두르지 말아줘. 정말로 지쳤으니까. 조금 있다가 이야기하는 게 좋아."

카시카는 팔짱을 끼며 고개를 끄덕였다.

파드셀 이하 짐승의 병대는 그 자리에 휴식 공간을 만들었다. 그들이 머무르고 있는 이곳은 엔되거 반도의 최남단으로, 조금 전 파드셀이 베어버린 거대한 나무를 제외하고는 그늘이 될 만한 것이 없었다. 한여름의 뙤약볕을 피하기 위해 병사들이 천막을 치자 파드셀과 엘드리히, 쿤은 라휄 일행과 함께 그 안에 자리를 잡았다.

차가운 물과 엘드리히의 손부채로 땀을 식히며 휴식을 취한 파드셀은 어느 정도 몸에 힘이 들어온 듯하자 먼저 입을 열었다.

"먼저 모두들 오해하고 있는 점에 대해 설명해야 할 것 같군. 이 검이 아까 보였던 것과 같은 위력은 이제 이곳에서는 낼 수 없어."

파드셀의 첫마디에 사람들은 고개를 갸웃거렸다.

"이 검은 어디까지나 드래곤을 상대하기 위해 존재하는 검이니까. 드래곤을 상대로만 그런 위력을 낼 수 있어. 다만 예전과의 차이점이라면 언젠가 라휄이 보았던 네 영혼을 깨운 상태에서 세 개의 정령이 더 늘어난 것이 다야."

카시카가 반신반의하며 물었다.

"그렇지만 그 위력은… 너는 빛의 힘을 완전히 깨운 것이 아니었나? 지금까지 어떠한 검사들도 빛의 힘을 온전하게 이용하지 못한 것으로 아는데?"

"나는 검사가 아니야. 이 검이 아니라면 파이른조차도 만들어낼 수 없어. 내가 깨운 것은 여덟 영혼의 검이지, 검사들이 이야기하는 엘—라이튼을 재현시킨 것이 아니야."

카시카는 파드셀의 말에 다시 한 번 팔짱을 꼈다.

"그런데 그 이야기를 지금 우리에게 하는 이유가 뭐지? 약점… 이라고도 할 수 있는 이야기일 텐데?"

파드셀은 카시카의 말에 빙긋 웃었다. 그리고는 시선을 라휄에게 돌렸다.

"라휄, 어느 쪽을 할 수 있게 되었지? 빛이야? 아니면 어둠? 설마 둘 다는 아니겠지?"

툭 던진 이 질문에 카시카를 비롯한 라휄의 일행은 깜짝 놀랐다. 그리고 쿤은 다른 의미로 경악의 표정을 지었다.

"그럴 리가!"

쿤의 외침에 이어 라휄이 답했다.

“어둠이야.”

“역시. 우리 지하의 아이들은 어둠이 빛보다 훨씬 익숙한 감각이니까. 그래서 나도 어둠을 먼저 깨울 수 있을 거라 생각했고. 결과는 보다시피 빛이 먼저였지만.”

쿤이 파드셸의 말을 끊으며 라휄의 앞으로 바짝 다가앉았다.

“정말인가? 라휄 군! 정말로 켈—브래큰을 검에 맺을 수 있게 되었단 말인가?!”

“응.”

라휄은 고개를 끄덕이고는 검을 꺼내 들었다. 이어서 검에 어둠의 힘을 불러냈다. 순간 쿤의 눈동자가 심하게 흔들렸다.

“정말… 정말로 가능한 일이었구나! 검에 어둠과 빛을 어리게 한다는 것이…….”

한탄하는 듯 눈에 보면서도 믿지 못하겠다는 듯, 쿤의 목소리에는 정말 수많은 감정이 녹아 있었다.

파드셸은 그런 쿤은 내버려 둔 채 카시카와의 이야기를 이어갔다.

“나는 검사가 아니야. 라휄이 새로운 힘을 얻었을 것이라는 것은 알고 있지만, 그 힘이 어떤 식으로 작용하고, 어떤 위력을 가지고 있는지에 대해서는 전혀 알지 못해. 그런데 만약 내가 정말로 세계를 뒤흔들 만한 힘을 손에 넣었다고 해봐. 라휄은 그럴 리 없지만, 당신은 과연 어떻게 할까?”

　파드셀은 이렇게 말하며 카시카의 눈을 뚫어져라 쳐다보았다. 카시카는 그런 파드셀의 시선을 당해내지 못하겠다는 듯 시선을 피했다.

　"나는 아직 죽을 수 없는걸."

　파드셀은 이렇게 말하고는 카시카에게 윙크를 했다. 언젠가 라휄에게 보였던 거짓말이라는 뜻의 윙크가 아니라 그저 흥에 겨워 한쪽 눈을 깜빡인 것뿐이었다.

　라휄이 파드셀에게 말했다.

　"근데 파드셀, 나한테 그 검을 잠깐 빌려주면 안 될까?"

　이번에는 파드셀 측의 사람들이 깜짝 놀랄 차례인 모양이었다. 엘드리히는 잔뜩 긴장하며 파드셀과 라휄 사이에 몸을 슬쩍 틀어 넣었다. 자신이 무슨 도움이 될까마는 거의 본능적으로 파드셀을 지키기 위한 행동을 보인 것이다.

　그에 비해 파드셀은 태연했다.

　"왜?"

　"그 검이 있으면 뭐든지 할 수 있다고 했잖아. 그래서 동룡의 나쁜 놈들을 물리쳐서 이 세상 사람들이 모두 평화로워지도록 하고 싶어. 빌려주기 싫으면 파드셀이 대신 그렇게 해주면 안 될까?"

　"세상을 평화롭게 만든다라……."

　"응. 그렇게 하면 나도 황제 폐하한테 말해서 너희들의 일을 도울게. 전에 황제 폐하랑 이야기를 했는데, 노예를 없애

는 일이나 신분이 나뉘어져 있는 것에 대해서 생각해 본다고
했어.”

파드셀은 라휄의 말에 엷게 미소를 지었다. 하지만 어딘지
힘이 없는, 조금 씁쓰레해 보이는 미소였다.

“그것참, 좋은 일이구나.”

“응, 맞아. 그러니까…….”

“라휄.”

파드셀이 갑자기 라휄의 이름을 불렀다.

“응? 왜?”

고개를 갸웃하는 라휄을 보며 파드셀이 입을 열었다.

“네가 부탁하는 대상이 짐승의 병대라면 그럴 필요 없어.”

파드셀은 이렇게 말하며 쿤을 쳐다보았다. 쿤이 파드셀을
대신해 말했다.

“이제부터 우리 짐승의 병대는 북쪽으로 진군해 야만인들
의 군대를 공격할 것이야. 우리는 이상적인 국가를 세우려 하
고 있다고 했잖아. 야만인들에게 멸망해서야 무슨 나라를 세
울 수 있겠나?”

라휄의 표정이 대뜸 밝아졌다.

“정말? 와, 다행이다! 역시 파드셀은 나라에 충성하는 좋은
사람이구나. 황제 폐하가 그랬어. 짐승의 병대의 지휘관들이
귀족이 되고 싶다면 전부 귀족으로 만들어준대. 노예들도 전
부 평민으로 되게 해준다고 했어. 그러니까 원하는 게 있으면

나한테 이야기해. 내가 황제 폐하한테 전해줄게."

쿤이 말했다.

"하지만 라휄, 아마 우리는 황제가 아닌 듀피셀론 공작가를 위해 싸우게 될 것이다."

"듀피셀론 공작 가문도 황제 폐하를 위해 일하는 사람이잖아. 그러니까 상관없어."

라휄은 곧바로 이렇게 답했다. 하지만 라휄을 제외한 사람들은 무언가 잘못됐다는 듯한 표정을 지었다. 그런 그들의 생각을 읽었는지 쿤이 말을 추가했다.

"그건 우리와의 계약 내용이었으니 어쩔 수 없다. 그렇지만 한 가지는 약속하마. 적어도 야만인에 있어서는 나의 생각도 라휄, 너와 완전히 같다. 우리 짐승의 병대는 최선을 다해 야만인 무리를 북쪽으로 몰아낼 생각이다."

"응, 알겠어. 그럼 황제 폐하한테 가서 그렇게 이야기할게."

라휄은 이제 볼일도 끝났겠다, 서둘러 에필하임이 있는 곳으로 돌아가야겠다고 생각했다. 막 자리에서 일어나려는 순간, 며칠 전 일행과 나누었던 이야기가 떠올랐다.

"근데 있잖아, 파드셀. 우리는 도대체 왜 지하에 갇혔던 거야? 혹시 알아?"

이 짤막한 한마디에 막사 안에 있던 모든 사람들의 몸에 소름이 돋았다. 정말 그런 일이 있었나 싶은, 찰나라고밖에 표현할 수 없는 짧은 시간 동안 느껴졌던 막무가내의 분노와 그 근원인 파드셀. 하지만 모두가 그것을 눈치 채고 그를 바라보았을 때, 그는 웃고 있었다.

"아니, 몰라."

자연스러운 목소리로 이 한마디를 내뱉을 뿐.

"응, 그렇구나. 그럼 나는 가볼게. 황제 폐하한테 보고를 하고 나면 다시 야만인과 싸우러 갈 거야. 그때처럼 같이 싸웠으면 좋겠다."

이야기를 마치고 막사를 떠나는 라휄의 뒤를 보며 파드셀은 고개를 천천히 저었다.

"아아, 어서 벗어나고 싶구나."

쿤은 파드셀의 말에 고개를 갸웃했다. 하지만 지금은 파드셀, 저 알 수 없는 아이의 마음속을 헤아리는 것보다 먼저 할 일이 있었다. 검사로서 라휄에게 질투의 눈빛을 한껏 쏘아보내는 것과 전 군에 진군 명령을 내리는 것을.

꼬박 하루를 걸어 라휄과 그 일행은 다시 우루트 숲을 가로막고 있는 성벽에 도착했다. 이제 이 숲도 점차 괴물의 숫자가 줄어들 것이다. 이런 생각을 하며 모두들 마차를 맡겨둔 성문 쪽으로 향했다.

성문을 관리하는 귀족은 라휄 일행이 숲에 들어갈 때와 마찬가지로 뻣뻣하게 경례를 올려붙였다.

"기다리는 동안 세차를 해두었습니다! 부디 편안한 여행이
되시기를."

깡마른 체구에 긴 콧수염까지 난 그의 경쾌한 아부(?)에 일
행은 빙그레 미소를 지었다.

"근데, 혹시 지금 전쟁이 어떻게 돌아가고 있는지 알아?"

마차를 출발시키기 전에 라휄이 그 귀족에게 물었다. 세상
과 연락이 끊긴 지 겨우 사나흘밖에 지나지 않았지만 어지간
히도 걱정이 되는 모양이었다.

"특별한 소식은 없습니다. 하지만 곧 전쟁이 끝날 것입니
다. 듀피셀론 가문에서 새로 개발한 마법의 대포를 모헬 국경
에 투입하기로 결정했다고 합니다."

마법의 대포라는 말에 라휄은 레티아와 처음 만났던 테나
르 영지의 일이 떠올랐다.

"아아, 대포는 정말 무시무시한 무기야. 그게 있다면 야만
인들도 함부로 쳐들어오지 못할 거야."

예전에도 모헬 북쪽의 요새에는 몇 문인가 대포가 설치되
어 있었다. 하지만 몇 차례에 걸친 전쟁으로 지금은 완전히
소실되고 말았다.

"듀피셀론 가문은 그 외에도 수도 카문에 있는 적들을 몰
아내기 위한 병력도 모집하기 시작했습니다. 당장은 양쪽 모
두 큰 도움이 되기 힘들지만, 길게 보았을 때 분명 우리 제국
은 전쟁에서 승리할 수 있을 것입니다."

라휄은 기분 좋게 고개를 끄덕였다.

"웅, 그랬으면 좋겠다. 그럼 우리들은 가볼게."

성문의 경비 귀족은 라휄의 마차가 저 멀리 사라질 때까지 배웅을 하며 그 자리에 꼿꼿이 서 있었다. 어느덧 마차는 지평선 저 멀리 보이지 않는 곳으로 사라졌다.

Chapter 43

날개 잃은 천사

　　"**오**래간만이군."

　듀피셀론 공작성의 한 저택, 소공자의 집무실이라 이름 붙은 이 건물에서 주인이 객을 맞았다.

　"자주 만날 사이는 아니니까."

　반갑게 맞이하는 주인과 어쩐지 아니꼽게 대꾸하는 손님, 그들은 바로 헤크토와 파드셀이었다.

　집무실 책상에 앉아 있는 헤크토의 뒤에는 어느샌가 한 여인이 서 있었다. 헤르니아라는 이름밖에 알려진 것이 없는 그녀는 경계심 가득한 눈으로 파드셀과 쿤의 면면을 살피고 있었다.

한편, 파드셀의 뒤에는 언제나와 같이 쿤과 엘드리히가 있었다. 얼마 전 우루트 숲의 일을 마친 그들은 그 길로 이곳 듀피셀론 성으로 찾아왔다.

"이제 자주 봐야 할 사이가 된 것이 아닌가? 계약을 이행하기 위해 이곳으로 왔을 텐데."

계약의 내용은 다름 아닌 짐승의 병대를 듀피셀론 공작의 부대로 세상에 발표한다는 것이었다.

"계약을 이야기하는 것을 보니 준비가 끝났다는 건가?"

파드셀의 말에 헤크토는 빙긋 웃었다.

"모든 준비가 끝이 났지. 이제 움직이기만 하면 된다."

"그것참, 축하할 일이군."

파드셀은 이렇게 말하며 입꼬리를 말아 올렸다. 헤크토는 어깨를 으쓱했다.

"그보다 이제는 너의 조건이라는 것을 들어볼까? 짐승의 병대를 나의 군대로 발표하는 대가로 네가 원하는 걸 아직 내게 말하지 않은 것 같은데."

"그때는 네가 정말로 해낼 것이라고 생각하지 않았으니까. 카문을 점령하다니."

파드셀의 말에 헤크토는 딴청을 피웠다.

"무언가 오해하고 있는 것 같군그래. 카문을 점령한 것은 야만인의 기병대일세. 나와 무슨 상관이 있다는 건가?"

"후방의 상황과 지도를 적에게 건네준 것밖에는 한 일이 없겠지. 아님 기껏해야 모헬에서 싸우고 있는 듀피셀론에서 파견한 병사들에게 소극적인 행동을 명령하거나."

파드셀의 몇 마디 말에 헤크토는 미간을 살짝 찌푸렸다.

"어디서 들은 이야기인지 모르겠지만 오해하고 있군그래. 나는 아직까지는 왕실에 충성을 바치고 있는 공작가의 사람이야. 뭐, 그 지겨운 가면도 곧 벗어버릴 생각이긴 하지만."

"뭐, 나는 상관없어. 카문 왕조가 살아남든, 듀피셀론 왕조가 대륙의 새로운 군주가 되든. 내가 바라는 것은 카문 왕궁 안에 내가 들어갈 수 있도록 해주는 것뿐이니까."

"그게 네 조건이라는 건가?"

의외라는 듯 헤크토가 되묻자 파드셀이 고개를 끄덕였다.

"그것뿐. 다만, 왕궁에서도 가장 깊은 곳이라 노예의 신분, 아니, 설사 공작의 신분이라도 쉽게 접근하기 힘든 곳이거든."

헤크토는 파드셀의 이야기를 들으며 한 장소를 떠올렸다.

"역대 황제들의 납골묘에 들어가고 싶다는 것인가?"

"잘 알고 있군그래."

"거기에 뭐가 있다는 거지?"

눈살을 찌푸리는 헤크토와 빙글빙글 웃는 파드셀이 선명한 대비를 이루었다.

"대답해야 하나?"

"내 호기심을 충족시켜 주고 싶다면."

"우선 대답을 듣지. 나의 조건을 들어줄 수 있는 것인가?"

헤크토는 파드셀의 안색을 살폈다. 표정에서 어떠한 것이라도 좋으니 정보를 얻고 싶었다. 도대체 노예 신분의 어린아이가 황제의 납골당에 무슨 용무가 있단 말인가? 하지만 벌써 몇 번이나 파드셀과 만난 헤크토는 더 이상 생각하는 것을 포기했다.

"좋아, 조건을 들어주기로 하지. 어차피 카문은 사라질 도시니까 유적 발굴을 하고 싶다면 얼마든지 해."

파드셀은 고개를 한번 끄덕였다. 그리고는 짤막하니 헤크토의 물음에 답했다.

"그곳에는 영원이 잠들어 있다."

"영원? 이해할 수 없는 대답이군. 무엇이 영원이라는 것이지? 영원한 생명? 힘?"

헤크토가 묻는 말에 파드셀은 고개를 저었다.

"더 이상은 대답할 이유가 없겠지."

헤크토는 다시 한 번 머릿속의 정보들을 조합해 보았다. 이 꼬마, 확실하지는 않지만 분명 드래곤들이 깨어나는 것과 모종의 관계가 있다. 하지만 그 이상은 헤크토도 아는 바가 없었다.

그가 가지고 있는 검이 여덟 영혼의 검이라는 것과 드래곤들의 부활이 테일바함의 전설과 연관이 있다는 것, 그 어떠한 정보도 가지고 있지 않았기에 카문 왕성이 서 있는 호수가 테일바함의 무덤이라는 옛이야기를 떠올릴 수 없었다.

파드셀이 다시 입을 열었다.

"그럼 지금 바로 모헬 영지로 가면 되는 건가?"

"아니, 당분간은 이곳 듀피셀론 성에서 휴식을 취해라. 때가 되면 알려줄 테니까."

파드셀은 고개를 한번 끄덕이고는 곧바로 몸을 돌렸다.

파드셀이 떠나간 후 헤크토는 헤르니아에게 시선을 옮겼다.

"헤르니아."

"예, 주인님."

"지금부터 한층 더 바빠질 것이다."

헤르니아는 헤크토에게 고개를 숙였다.

"말씀하십시오."

"우선 모헬 영지에 가 있는 아군에게 전하라. 패전(敗戰)하라고. 그리고 전에 카문 및 카문의 충성스러운 제후국들에 심어두었던 자들에게 일제히 계획을 실행하라고 명령하라."

"명령 받들겠습니다."

"그리고… 파드셀, 그 꼬마가 무엇을 꾸미고 있는지 좀 더 자세히 조사해 보아라."

"예, 주인님."

헤르니아는 허리 숙여 헤크토에게 절하고는 어둠 속으로 스며들 듯 사라졌다.

짐승의 병대가 진을 친 곳은 듀피셀론 성에서 1킬로미터쯤 떨어진 작은 숲이었다. 듀피셀론 성을 병풍처럼 감싸 안은 거대한 산맥, 니코포트에서 떨어져 나온 조그마한 언덕을 따라 드문드문 나무들이 자라고 있었다. 그 성근 숲 사이에 수많은 막사를 세워 며칠간 머물 장소를 마련한 것이다.

노예 병사가 4천 명에, 용병이 3천. 어마어마한 대군이었기에 식량비만 해도 감당하기가 벅찼지만, 당분간은 듀피셀론 가문으로부터 지원받기로 되어 있었기에 이날 짐승의 병대의 저녁은 제법 화려하게 차려졌다.

짐승의 병대 안에서는 귀족, 노예, 평민의 구분이 없었다. 군대였기에 편의상 직책을 나누어놓았지만, 작전을 수행할 때를 제외하고는 상하의 구별조차 없었다. 다만, 모두의 존경을 받고 있는 쿤 카르나 같은 사람과 모두를 이끌고 있는 파드셀만큼은 특별한 대우를 받고 있었다.

파드셀과 쿤, 엘드리히는 지금 진지의 중앙에 세워둔 막사 안에서 휴식을 취하는 중이었다. 그러던 중 엘드리히가 파드셀에게 다가가 말했다.

"파드셀님, 따로 드릴 말씀이 있어요."

"뭐냐? 나보고 나가라는 이야기야?"

벌렁 드러누워 팔에 두르는 가죽 갑옷을 손질하던 쿤이 고개를 들어 엘드리히를 쳐다보았다.

"제가 나갈 거예요."

새침한 표정으로 엘드리히가 말했다.

"히히, 따로 하고 싶은 얘기라… 뭘까나? 이제 곧 큰 전쟁을 치러야 할 테니 그전에 사랑의 결실이라도 맺고 싶다는 거냐?"

"쿤님!"

엘드리히는 빽하니 소리를 질렀다. 그녀는 양 뺨은 붉게 물들이며 무섭게 쿤을 흘겨보다 고개를 돌렸다.

파드셀은 자리를 털고 일어났다. 이대로 가만히 있다가는 엘드리히와 쿤의 다툼이 본격적으로 시작될 듯했다. 그것도 나름 재미있지만.

엘드리히와 함께 파드셀은 막사 밖으로 나갔다. 엘드리히는 저 멀리, 불야성의 듀피셀론이 보이는 한적한 장소까지 길을 안내했다.

"파드셀님."

파드셀은 엘드리히를 쳐다보았다.

"저는 파드셀님이 원하신다면 그 일에 아무런 불만도 없어요."

엘드리히가 말을 이어갔다. 하지만 파드셀은 듣는 둥 마는 둥, 그저 그녀를 바라보기만 했다.

"마녀라고 살해당할 뻔한 저를 구해 거두어주시고… 파드셀님은 제게 다른 세계를 보여주셨어요. 1년 전에 죽었어야 할 생명을 한 해 더 이어질 수 있게 해주셨어요."

"고맙다는 말이라면 벌써 몇 번이나 들었어."

파드셀의 말에 엘드리히는 고개를 저었다.

"그 말을 하려던 것이 아니에요, 파드셀님. 파드셀님은 전에 라휄님에게 변했다고 말씀하셨어요. 그렇다면 파드셀님도 변할 수 있지 않으신가요?"

파드셀은 엘드리히의 진지한 말에 돌연 킥, 하고 웃음을 터뜨렸다.

"그 얘기? 거짓말이었어."

엘드리히는 눈살을 찌푸렸다.

"라휄이 변해? 말도 안 되는 얘기지. 내가 변할 수 없듯, 그도 변할 수 없어."

"그렇지만… 제가 경험한 바로도 라휄님은 많이 변하셨어요."

"더 많이 알게 되어서 대응할 수 있는 폭이 넓어진 것뿐이야. 뭐, 세상에서는 그것조차도 변했다고 이야기하지만."

파드셀은 이렇게 말하며 손을 깍지 껴 뒷머리에 가져갔다.

"라휄은 라휄일 뿐이야. 내가 파드셀이듯."

"바라는 것은 변하지 않을 것이란 말씀이신가요?"

엘드리히의 물음에 파드셀이 고개를 끄덕였다.

"물론. 지하에 있을 때부터 지금 이곳에 서 있는 나에 이르기까지, 내가 바라는 것은 오직 하나뿐이야."

파드셀을 바라보는 엘드리히의 눈빛에 망설임이 일었다. 눈동자는 흔들렸고, 그 진동이 손끝에까지 이어졌다. 엘드리히는 흔들리는 두 손을 꼭 마주 쥐며 파드셀에게 말했다.

"파드셀님께서 바라는 바라면… 전 따를 뿐이에요."

엘드리히는 입술을 꼭 깨물고는 고개를 숙여 땅을 바라보았다. 파드셀이 그런 그녀의 머리에 손을 얹었다.

"따르지 마."

"파드셀님……."

엘드리히의 볼이 붉어졌다.

"게다가 아직 정해진 것도 아니잖아? 나는 아직 어둠의 힘을 전혀 깨우지 못하고 있어. 어둠을 깨우지 못한다면 카문에서의 일을 시도하려는 생각조차 할 수 없는걸."

파드셀은 엘드리히의 머리에 얹은 손으로 그녀의 앞 머리카락을 헝클었다.

"서로 너무 앞의 일은 생각하지 말자. 쿤의 말대로 차라리 나에게 사랑의 고백이라도 하는 게 어때? 엘드리히라면 받아줄 텐데."

엘드리히는 고개를 살짝 들어 파드셀을 바라보았다. 미소 짓고 있는 그의 모습에 그녀의 얼굴은 새빨갛게 익었다. 돌연 엘드리히가 두 손을 뻗어 파드셀의 양쪽 뺨을 감싸 쥐고는 뒤꿈치를 들어 그의 입술에 자신의 입술을 포갰다.

파드셀은 더 이상 가까울 수 없는 엘드리히의 감고 있는 눈을 바라보았다. 그러고는 살짝 눈을 들어 하늘을 쳐다보았다.
그녀가 다시 자신에게 멀어졌을 때, 그리고 부끄러움에 고개
조차 들지 못하는 그때, 파드셀은 별로 향해 있던 시선을 다
시 정면으로 옮겼다.

"하찮아."

엘드리히는 그의 말에 돌연 눈물이 핑 돌았다. 이대로 몸을
돌려 그의 곁을 떠날까? 아니면 눈물을 다시 삼키고 눈을 들
어 태연스럽게 화제를 돌릴까. 하지만 엘드리히의 고민을 해
결해 준 것은 파드셀이었다.

파드셀은 한 발 앞으로 나서 엘드리히의 어깨를 꽉 안았다.

"파드셀님?"

"아, 정말 하찮아, 세상이란 건. 라휄 녀석 같은 바보가 했
던 행동보다 네 기분을 풀어줄 수 있는 게 없다니. 정말 하찮
지 않아?"

엘드리히는 언젠가 라휄이 파드셀과 자신, 그리고 쿤을 안
아주었던 일을 떠올렸다.

그녀는 다시 한 번 눈을 감았다. 그리고 살짝 파드셀의 가
슴에 자신의 몸을 기대어보았다. 이 시간이 그리 길지 않을
것을 알기에 엘드리히는 자신이 부릴 수 있는 최고의 어리광
을 파드셀에게 부렸다.

2

라휄이 다시 아인스할 백국의 수도에 도착했을 무렵, 전황은 사뭇 변해 있었다. 일진일퇴를 거듭하던 전선에서 패배를 알려오는 일이 훨씬 잦아졌다. 카문 함락으로 인해 보급망이 많이 흐트러져 전방의 사기가 말이 아닌데다가 추가로 병사를 보낼 수도 없었다.

반면, 적병은 적게나마 지속적으로 부대의 교체가 이루어지고 있었다. 한 달 이상 전쟁이 계속된 지금, 양 군 사이의 피로도 차이가 너무 컸다. 그것은 국지적인 전투에서 아군에 패배를 거듭하게 만들었다.

게다가 의외의 문제가 카문에서 격발했다. 성의 중앙을 점령당한 채 시간을 끌게 되자 주민들 사이에서 왕실에 대한 충성도가 눈에 띄게 떨어지기 시작한 것이다.

카문 내성의 주민은 대부분 고위 귀족이었기 때문에 별문제없었지만, 외곽에 터전을 마련한 평민과 성 밖의 빈민들 사이에서는 왕조의 무능함을 수군거리기 시작했다.

게다가 귀족들은 대부분 다른 안전한 곳으로 피신을 가거나 황제 폐하가 있다는 것을 핑계로 아인스할 백국으로 온 반면, 평민들은 언제 적이 들이닥칠지 모르는 성안에서 살아야만 했다. 상황이 그렇다 보니 생업이 유지될 리도 없었고, 상인들까지 카문으로 가길 꺼리다 보니 생활에 필요한 물자들도 부족해지기 시작했다.

　그러한 불만들이 한번에 폭발한 것이 불과 닷새 전의 일이었다.

　처음 화재가 일어났던 카문 성의 서남쪽 지구에 터전을 마련하고 있던 천여 명의 주민이 귀족들의 저택을 약탈하기 시작한 것이다. 거의 빈집이나 다름없던 귀족의 저택은 손쉽게 그들의 손에 넘어갔지만, 그 주인들이 그 꼴을 지켜만 보고 있을 리 없었다. 곧바로 사병을 동원해 주민들을 탄압하기 시작했고, 이는 더 많은 주민의 반발을 불러일으켰다.

　위비거 소요 사태라 훗날 이름 붙여진 주민들의 반란으로, 그나마 치안력이 제로에 가까웠던 카문 성은 완전히 무법지대로 변하고 말았다.

　정작 이 사태를 해결해야 했던 카문의 치안 부대는 지금 카문 왕성을 점거하고 있는 야만인 부대와의 대치 상태에서 빠져나올 수가 없었고, 정부로서는 이 사태를 해결할 방법이 없게 되었다.

　그런 사정을 아는지 모르는지, 라휄의 마차는 한가로운 아인스할 성의 남문을 통해 도시로 들어오고 있었다. 지금 그들이 머물고 있는 곳은 아인스할 성에서 둘째가라면 서러운 여관의 최상층 특실이었다. 말이 좋아 여관이지, 그 방은 흡사 저택의 한 층처럼 부엌에서 욕실, 발코니까지 갖추고 있었다. 침실만 해도 네 개였다.

　얼마 전만 해도, 그 아래층 방 둘짜리 객실에서 묵고 있었는데 후작이 된 기념이라며 카시카가 윗층으로 옮기자 우겨서 차지하게 된 방이었다.

막 방에 들어서 짐을 풀며 곧바로 황제에게 보고할 준비를 하던 라휄에게 한 사람이 찾아왔다. 똑똑, 하는 소리에 흑묘가 가서 문을 여니 여관의 종업원이 그 자리에 서 있었다.

"무슨 일인가요?"

"지금 로비에 란스카 후작 각하를 찾아온 손님이 한 분 계십니다."

"손님? 누군가요? 혹시 이름을 이야기하시던가요?"

"헤론님이라고 하셨습니다. 이름을 이야기하면 알 거라고……."

순간 라휄이 문으로 뛰쳐나오며 되물었다.

"정말 헤론이야? 부활의 헤론?"

"그… 거기까지는 잘 모르겠습니다. 옷차림이 깔끔한 노신사 분이셨습니다. 귀족이라고 하셔서 후작 각하의 지인이 맞는 것 같아 이렇게 전달해 드리게 되었습니다."

"응, 아는 사람 맞아. 헤론은 코넬리아의 귀족이야. 지금 로비에 있다구?"

라휄은 종업원의 대답을 채 듣기도 전에 계단으로 뛰쳐나갔다. 그리고는 우당탕 발자국 소리를 내며 아래층으로 내려갔다.

호텔의 로비에 도착한 라휄은 헤론을 찾아 좌우를 두리번거렸다. 그러던 라휄의 시선이 창가에 앉아 있는 한 노인에게 멈추었다. 간편한 복장 차림의 그 역시 라휄이 내려오는 것을 기다리고 있었는지 계단 쪽을 두리번거리고 있었다.

곧 두 사람의 눈이 딱 마주치게 되었다.

"헤론!"

라휄은 달리듯 걸어 헤론이 있는 곳으로 다가갔다. 두 사람이 어느 정도 가까워진 순간, 헤론이 얼굴을 찡그리며 주먹을 부웅 휘둘렀다. 급작스럽기는 했지만 완전 정면이라 라휄이 헤론의 비실비실한 주먹에 맞을 리 없었다. 헤론이 허공에 헛주먹질을 한 덕에 균형을 잃어 비틀거리자 라휄이 재빨리 부축했다.

"이런 매정한 놈!"

"헤론, 왜 갑자기 때리려고 하는 거야?"

두 사람이 동시에 말을 꺼냈다.

헤론은 잡아먹을 듯한 눈으로 라휄을 노려보았고, 라휄은 왜 헤론이 자신에게 화를 내는지 이해하지 못하겠다는 표정으로 그를 바라보았다.

"코넬리아는 이제 완전히 잊어버린 것이냐?"

헤론은 라휄을 노려보며 물었다. 그 말에 라휄이 고개를 도리질 쳤다.

"아냐. 그치만 자꾸자꾸 일이 생겨서 돌아가지 못한 거야.

게다가 지금은 가고 싶어도 코넬리아가 없어졌는걸."

라휄을 따라 내려온 흑묘와 백묘가 나란히 헤론에게 인사를 올렸다. 헤론은 그녀들이 눈에 들어오지도 않는 듯 라휄을 노려보고만 있었다.

백묘가 앞으로 나서서 헤론에게 말했다.

"헤론님, 라휄 주인님을 탓하지 마세요. 주인님께서는 벌써 몇 번이나 코넬리아 공작가로 돌아가려 하셨어요. 다만, 나라에 큰일이 터지고 거기에 관여하다 보니 시기를 놓친 것뿐이에요."

헤론은 그제야 거칠던 숨을 조금씩 가라앉혔다. 그러다 한숨을 푹 내쉬고는 부축하고 있던 라휄의 손을 풀었다.

"안 넘어진다. 이제 놓거라."

라휄은 고개를 끄덕이며 손을 놓았다. 헤론은 그제야 흑묘와 백묘에게 인사를 했다.

"잘들 지냈느냐?"

백묘와 흑묘는 다시 한 번 허리를 굽혀 헤론에게 인사했다.

"헤론님이 염려해 주신 덕분에 별 탈 없이 지낼 수 있었어요."

"헤론님도 건강하신 것 같아 소녀들도 기쁘게 생각한답니다."

외로운 노인만큼 소녀의 애교에 약한 존재가 또 있을까. 흑묘, 백묘 두 소녀의 말에 헤론은 조금 전까지 가슴을 채우고 있던 답답한 기분이 싹 사라지는 기분이었다.

"그래그래, 말만이라도 고맙구나."

헤론은 코넬리아가 멸망할 즈음, 성을 벗어나 라휄을 찾아 카문으로 향했다. 하지만 가는 곳마다 길이 엇갈려 결국 삼일 전 이곳 아인스할 백국에까지 오게 되었다.

카시카와 레티아가 로비에 도착한 것이 바로 이때였다. 서로 간단한 인사말을 나누고, 일행은 로비의 의자에 자리를 잡았다.

"소문 들었단다. 후작 나으리라고?"

자리를 잡자마자 라휄을 향해 헤론이 이렇게 말했다.

"응. 이제는 후작이 됐어. 그치만 나는 아직 잘 모르겠어. 땅도 많이 받았지만 전부 괴물이 많이 사는 황무지래."

헤론은 혀를 쯧쯧 찼다.

"황제 폐하께서도 어지간히 곤경에 처하시긴 한 모양이다. 너 같은 천방지축을 후작에 앉히다니."

카시카가 헤론의 말에 웃으며 끼어들었다.

"호호, 이게 다 낭군님의 실력을 인정받은 덕이지요. 어디에 있을 때와는 다르게."

가시 돋친 그녀의 말에 헤론은 또 한 번 한숨을 내쉬었다.

"휴우, 그 점에 있어서는 할 말이 없군그래. 공작 전하의 눈을 어지럽히는 무리들이 많았던 게야. 나라를 팔아먹고 아직도 귀족 노릇하는 녀석들도."

"듣자 하니 옛 코넬리아의 귀족들 대부분이 듀피셀론에 붙었다더군요."

헤론이 카시카를 보며 고개를 끄덕였다.

"하지만 그들을 탓하기도 힘든 일이지. 공작가를 둘로 나누는 큰 전쟁 직후였고, 무엇보다 듀피셀론은 폐하의 명령을 받들어 코넬리아를 점령한 게 아닌가. 명분을 따지자면 오히려 듀피셀론이 정의에 가깝지."

헤론은 자조적인 투로 이렇게 말하고는 라휄을 바라보았다.

"라휄, 다시 코넬리아로 돌아와 주지 않겠느냐?"

라휄이 채 대답을 하기도 전에 카시카가 대답을 가로챘다.

"코넬리아는 이제 없어요. 새로운 공작이 그 영지를 통치하게 될 테구요."

"나도 그동안 놀고만 있던 게 아니라네."

헤론은 카시카의 말에 이렇게 대꾸하고는 품에서 종이 한 묶음을 꺼냈다.

"이건 그동안 코넬리아에 일어났던 일을 정리한 문서로, 마텔표트르 가문의 가주가 조사한 것이네."

카시카는 헤론이 내놓은 종이 묶음을 바라보았다.

"마텔표트르 가문의 가주는 코넬리아가 멸망한 직후 은가로 거처를 옮기고 그곳에서 코넬리아에서 일어났던 일의 원인을 찾기 시작했네. 혹시라도 주인의 죄를 가볍게 할 방법이 있을까 하는 마음에서였겠지. 알고 있을지 모르겠지만, 마텔표트르 가문은 본래부터 음지에서든 양지에서든 공작 가문을 지키기 위해서 존재하는 곳일세. 정보력도 공작가 안에서 최고라 할 수 있지. 그동안 계속된 전쟁 등으로 공작님의 경호에만 전력을 기울였기에 정보 분석을 조금 게을리하긴 했지만… 이곳으로 오기 직전에 마텔표트르 자작을 만났는데 그가 내게 이 문서를 맡겼다."

헤론은 그 종이를 라휄에게 내밀었다.

"라휄, 폐하께서 너를 후작으로 임명한 것으로 보아 너는 지금 왕실의 총애를 받고 있다고 해도 과언이 아니다. 아니냐?"

"응, 황제 폐하랑은 친하게 지내고 있어."

"부디 이 문서를 폐하께 진상해 주려므나."

"응, 알았어."

라휄은 대번에 헤론의 종이를 받았다.

"근데, 헤론. 지금 천사님은 어디에 있어? 찾아가 보려고 했는데, 아무도 모른다고 그래. 제라흐가 조사해 준다고 했는데, 제라흐는 지금 전쟁터에 나가 있고……."

헤론은 고개를 저었다.

"그건 나도 잘 모르겠구나. 그보다 라휄……."

"응?"

"미안하구나."

이렇게 말하며 헤론은 라휄에게 머리를 꾸벅 숙였다.

"뭐가 미안해?"

"코넬리아 공작가에 있을 때 좀 더 너를 지켜주었어야 했는데… 어떻게든 될 거라는 생각으로 손을 놓고 있는 사이, 네게 너무 많은 괴로움을 안겨주었구나. 그리고 코넬리아 공작 전하께서 네게 저지른 실수들을 내가 대신해 사과하마. 그러니 부디 코넬리아 공작가를 위해 힘을 보태다오."

헤론은 라휄에게 이 말을 하기 위해 그 먼길을 왔다.

꾸벅 숙인 헤론의 흰 머리칼을 보며 라휄이 고개를 저었다.

"헤론이 나한테 미안해하지 마. 나는 그때 분별력이 없어서 잘못한 거였어. 그래서 벌을 받은 거야. 그리고 나는 천사님을 꼭 도와줄 거야. 천사님은 나를 살려주었는걸. 헤론이 나를 치료해 주어서 내가 죽지 않을 수 있었던 거야."

헤론은 라휄의 이 몇 마디 말에 어깨가 가벼워지는 것을 느꼈다. 할 일을 다 했다는 생각에 갑자기 피로가 몰려왔다. 본래 게으름을 가장 좋은 벗으로 알고 지냈던 인생이라, 요 몇 달이 거짓말처럼 느껴졌다.

"라휄, 아니, 라휄 후작 각하. 이참에 이 늙은이를 거두어 주지 않을 테냐?"

"응? 거두는 게 뭐야?"

"네 영지에서 살겠다는 말이다. 이제 막 성장하는 영지인데다 괴물이 워낙 많은 동네가 아니냐? 치료술을 쓸 줄 아는 사람이 필요할 텐데, 아니냐?"

라휄이 막 고개를 끄덕이려던 찰나에 카시카가 나섰다.

"그거라면 대환영이에요. 부활의 헤론이 란스카 후국에 머물러 주신다면 오히려 저희가 고마울 지경이에요. 급료까지 드릴게요."

헤론이 카시카에게 빙긋 미소를 지었다.

"그거 듣던 중 반가운 소리군그래. 가난한 사람들에게 진료비를 받아내는 것도 귀찮은 일이니, 아예 후작가에서 나를 고용해 준다면 그보다 좋을 수 없겠지."

그 후로 헤론은 라휄과 그간의 일들을 묻고 또 이야기하며 시간을 보냈다.

"거참, 네 녀석은 전혀 변하질 않았구나. 황제 폐하께도 존칭어를 쓰지 않다니, 세상에 또 그런 녀석이 있을까!"

"그치만 경어는 너무 어려운걸. 게다가 황제 폐하도 괜찮다고 했구."

라휄은 헤론의 말에 이렇게 답하고는 다시 입을 열었다.

"근데 파드셀은 내가 변했다고 그랬는데 헤론이 보기엔 안 변한 거 같아?"

"글쎄다. 좀 더 말을 잘 알아듣고, 말하는 것도 제법 또박또박해졌지만 이 늙은이가 보기엔 거기서 거기인 것 같다."

"그렇구나."

그때, 화려한 복장의 남자가 여관의 로비에 모습을 드러냈나. 그는 곧바로 라휄 앞으로 다가와 한쪽 무릎을 꿇고 인사를 했다.

"란스카 후작 각하! 황제 폐하의 전언을 가지고 왔습니다."

"응? 황제 폐하가?"

"예. 폐하께서 란스카 후작 각하께 말을 전하라 하셨습니다. 지금부터 제가 하는 말은 황제 폐하의 말씀으로, 한마디도 바꾸지 말라는 명령이 계셨기에 하는 것뿐입니다."

이야기를 하며 전령은 식은땀을 주르륵 흘렸다. 뭔가 곤란하다는 표정이 얼굴에 가득했다.

"응, 알았어."

"황제 폐하께서 말씀하시길, '날 언제까지 기다리게 할 셈이야? 빨리 뛰어오지 못해? 이 바보 같은 녀석' 이라고 하셨습니다."

확실히 평민인 전령의 등을 땀으로 흥건히 젖게 만들 내용이었다. 그는 말을 한 후 고개를 푹 숙여 라휄의 대답을 기다렸다. 하지만 누가 누구를 탓하랴?

라휄은 자리에서 벌떡 일어났다.

"아차, 빨리 가봐야겠다. 헤론, 미안. 황제 폐하께 가봐야 해. 이건 꼭 전해 드리도록 할게."

3

체자렛은 헤크토와 그런 식으로 헤어진 지 벌써 한 달이나 넘게 시간을 보냈음에도 입가에 미소를 되찾을 수 없었다.

나라를 버리고 왕가의 반역자가 되었다. 그런 엄청난 선택을 할 수 있었던 건 어디까지나 헤크토를 믿었기 때문이다. 그리고 그에 대한 자신의 마음을 믿었기 때문이다.

우리의 나라를 위해서냐는 물음에 보였던 그 웃음. 그것은 아무리 생각해도 비웃음이었다. 자신의 말을 부정한 것은 아니었다. 아니, 차라리 부정하였다 하더라도 지금처럼 마음이 동요하지는 않았을 것이다.

자그마한 의심은 모래시계의 구멍과도 같았다. 몇 알갱이의 모래가 빠져나갈 뿐이지만, 모래시계의 위쪽에는 커다란 깔때기 모양의 구멍이 파인다. 갇혀 있는 이 생활이 처음으로 답답하게 느껴졌다. 정원을 막고 있는 벽이 감옥의 창살로 보이기 시작했다.

나는 존중받고 있나? 사랑받고 있나?

이 질문에 그녀는 아무리 노력해도 고개를 끄덕일 수 없었다.

침대에 엎드려 고민에 고민을 거듭하던 그녀가 벌떡 자리에서 일어났다.

"다시 한 번 만나봐야겠어."

그녀는 침실에 있는 화장 거울 앞에 섰다.

"카밀레! 이리로 오거라."

체자렛의 외침에 개인 하녀 카밀레가 모습을 드러냈다.

"무슨 일이신가요, 주인님?"

"외출 준비를 해야겠다."

"외출이라니요? 주인님은 이 저택에서 나갈 수 없는 몸이 시잖아요."

"네가 상관할 일이 아니다. 나는 내가 원해서 이곳에 있는 것이다. 나가려면 언제든지 나갈 수 있다."

카밀레는 체자렛의 재촉에도 그녀의 준비를 도울 생각이 없는 듯 꾸물거렸다. 답답해진 체자렛이 화를 냈다.

"외출 준비를 하라고 하지 않았느냐?"

"하지만 주인님, 그건 불가능한 일이에요."

"내가 하라고 하지 않았느냐?"

"안 돼요."

체자렛은 카밀레를 무섭게 쏘아보았다. 하지만 카밀레는 전혀 물러서지 않았다.

"너는 도대체 누구의 하녀냐? 내 말을 듣지 않겠다는 것이냐?"

카밀레가 고개를 꾸벅 숙였다.

"전 헤크토님께서 고용한 몸입니다. 주인님을 잘 모시라는 명령을 들었지, 외출을 해도 된다는 명령은 듣지 못했어요."

체자렛은 그녀의 말을 듣는 순간 화가 머리끝까지 치솟았다. 하지만 비록 이런 몸이라 해도 한때 한 나라를 다스리던 사람이었다. 분노를 터뜨리는 대신 머리를 차갑게 식혔다.

"너는 나의 하녀가 아니라 감시역이었구나."

"송구스럽습니다. 전 어디까지나 주인님을 위해서 드리는 말씀입니다."

체자렛은 차가운 눈으로 카밀레를 노려보았다. 카밀레는 체자렛의 시선을 감히 받지 못하고 고개를 돌렸다.

"그렇다면 내가 하는 말은 모두 너를 통해 그의 귀에 들어가겠구나."

카밀레가 당황하며 손사래를 쳤다.

"아닙니다. 결코 그런 일은 하지 않습니다."

카밀레의 부정을 체자렛은 조금도 믿으려 하지 않았다.

"그에게 전해라. 지금 당장 나를 만나러 오지 않는다면 그가 나에게 했던 말들을 밖으로 전하겠다고. 왕국의 법정에 출두하여 모든 것을 폭로하겠다고."

"주인님, 진정하세요."

카밀레는 어쩔 줄 몰라 하며 체자렛에게 말했다. 하지만 이 말을 마지막으로 체자렛은 입을 다물었다. 팔짱을 낀 채 그저 카밀레를 노려볼 뿐이었다.

카밀레는 잠시 더 머뭇거리다가 몸을 돌려 밖으로 나갔다. 그리고는 문밖을 지키는 병사들에게 무언가를 속삭였다.

한 시간가량 후, 한 대의 마차가 체자렛의 저택 앞에 섰다. 그 마차에는 헤크토 폰 듀피셀론, 그가 타고 있었다.

그는 조금 상기된 표정으로 저택의 정원을 가로질렀다. 그런 그를 본척만척 체자렛은 웅접실의 테이블에 앉아 마중조차 하지 않았다.

듀피셀론은 조용히 집 안으로 들어와 체자렛의 건너편에 앉았다. 하지만 체자렛은 여전히 시선을 창밖으로 향한 채 짤막하니 한마디 말을 꺼냈다.

"제게 사과할 것이 있지 않은가요?"

"무엇을 말이지?"

"그날의 무례함에 대해서요."

헤크토는 대답을 하지 않았다. 마침 카밀레가 내온 차를 받아 입술을 축일 뿐이었다. 그런 태도에 오히려 체자렛이 안달을 냈다.

"당신에게 나는 무언가요? 나는 당신을 믿고 나의 가문을 버렸어요. 당신이 말하지 않았나요? 우리의 나라를 세우자고. 그 때문에 나는 이런 답답한 곳에 갇혀 오직 당신만을 기다리고 있었어요."

체자렛은 여기까지 말을 하고는 숨을 훅 하고 들이마셨다.

"바쁘시다는 것은 알고 있어요. 하지만 헤크토님과 저 사이 아닌가요? 헤크토님을 위해……."

헤크토가 찻잔을 내려놓으며 그녀의 말을 끊었다.

"왕국에 이미 사람을 보냈다."

그는 이제 체자렛에게 경어를 사용하지 않았다.

"코넬리아 영지를 듀피셀론이 100년간 소유하는 것으로 계약을 맺기 위한 사절이다. 그 대가로 듀피셀론은 왕국을 위해 좀 더 많은 병력을 보낼 것이다. 사람들은 왕국의 몰락과 나의 활약을 비교하게 될 것이다. 나는 짐승의 병대를 길러 야만인들의 침공에서 나라를 구한 사람이 될 것이다."

체자렛은 눈을 동그랗게 떠 헤크토의 말을 듣고만 있었다. 갑자기 변한 말투, 흘러나오는 이야기의 내용, 어느 하나 체자렛의 마음을 흔들어놓지 않는 것이 없었다.

"왕국에 보낼 선물은 군사력뿐만이 아니다. 반역자 체자렛 코넬리아, 왕국과의 협약이 잘 이루어지면 그대를 왕실에 넘겨줄 것이다."

"그게 무슨 말씀이신가요?"

"너는 이제 더 이상 필요없다는 말이다."

체자렛은 자리에서 벌떡 일어났다. 응접실의 티 테이블이 덜컥 흔들리며 찻잔이 넘어졌다. 짤그락 소리를 내며 찻물이 하얀 테이블보를 검붉게 물들였다.

"나를, 나를 왕실에 넘기겠다는 말인가요?"

헤크토는 답하지 않았다.

"헤크토님, 대답을 해보세요. 당신이 제게 말씀하셨잖아요. 우리의 나라를 세우자고. 그건, 그건 무슨 뜻이었나요?"

체자렛은 주먹을 꽉 움켜쥐었다. 하얗게, 그리고 다시 붉게 주먹이 물들었다.

"말실수… 정도로 해두지."

헤크토의 말에 체자렛은 테이블을 주먹으로 내려쳤다.

“당신은… 당신은…….”

헤크토가 자리에서 일어났다.

“무엄하구나. 너는 아직도 네가 공작이라 착각하고 있는 것이냐?”

머리가 빙빙 도는 듯했다. 이 이상 분노하는 것이 가능할까? 라는 시점을 몇 번이나 넘겼다. 자제심도, 평정심도, 공작으로 살아가며 배웠던 수많은 덕목들이 어느 하나 작동하지 않았다.

“당신에게 있어 나는 뭔가요? 이제 나는 필요없다니, 당신에게 있어 나는 필요하고 하지 않고 정도의 사람일 뿐이었나요?”

“그런 너는 너 자신이 뭐라고 생각하는 거지? 지금의 네가 나에게 어떤 쓸모가 있다는 건가? 혹시 나의 여자라도 되려고 했던 건가?”

헤크토는 체자렛에게 한 걸음 성큼 다가섰다. 그리고는 그녀의 어깨에 손을 얹었다. 체자렛은 어깨를 움츠리며 그에게서 몸을 빼려 했지만, 헤크토는 그녀의 드레스 어깨 부분을 강하게 움켜쥐었다.

“나의 여자가 되고 싶다면 그건 쉬운 일이다. 이 옷을 벗어버리면 된다.”

체자렛은 돌변한 헤크토의 태도에 어깨를 바들바들 떨었

다. 하지만 헤크토는 쥐었던 그녀의 드레스를 놓았다.

"네가 그럴 수나 있을까? 고귀하게 자라신 공작 전하께서 거리의 창부들이 하는 짓을 할 수야 없겠지. 다스리고 있는 영토도 이제는 없고, 고귀한 신분도 아니지. 아니, 오히려 나라의 죄인으로 수배가 내려져 있는 상황 아닌가? 나의 성욕을 해소해 줄 수 있는 여자도 아니라면 도대체 내게 무슨 쓸모가 있다는 거지?"

체자렛은 헤크토의 눈에서 눈을 떼지 않으려 했다. 눈을 피하고 싶지 않았다. 하지만 더 이상 힘이 나지 않았다. 시선이 땅에 떨어지고 무릎이 털썩 꺾였다.

"나에게 넓은 영토를 넘겨준 것에 대한 감사의 의미로 지금 당장 감옥으로 옮기지는 않겠다. 정식으로 너의 거취가 결정날 때까지 여기서 망국의 귀족 놀이나 하고 지내거라."

헤크토는 이렇게 말하며 현관 쪽으로 걸음을 옮겼다. 카밀레가 그 뒤를 쫓아 헤크토를 배웅했다.

체자렛은 그 자리에 멍하니 주저앉아 있었다, 카밀레가 더럽혀진 티 테이블을 치울 때까지도 멍한 시선으로 전방을 응시한 채.

체자렛이 헤크토와 시간을 보내고 있던 바로 그때, 건너편 저택의 옥상에는 두 남자가 서로를 노려보고 있었다.

"당신이 이렇게 내 앞에 나타났다는 것은 내가 한발 늦었다는 얘기가 되겠군요."

먼저 말을 꺼낸 것은 긴터였다. 주인의 저택을 지키던 그는 갑자기 느껴진 섬뜩한 느낌에 고개를 돌렸다. 그곳에 서 있던 것은 마흔 안팎으로 보이는 한 남자였다. 머리칼을 완전히 밀어버려 머리가 파르스름한 그는 긴터에게 고개를 꾸벅 숙여 보였다. 그 후로 벌써 10여 분이나 서로를 바라보며 대치하던 중, 긴터가 먼저 말을 건넸고, 상대는 조용히 검집에서 검을 뽑았다.

검이라고는 하지만 자루가 1미터 가까이 되는 창과도 같은 무기였다. 검날과 합쳐 거의 2미터에 육박하는 장병기였다.

"라구소 폰 야고프다."

상대는 자신을 소개하기라도 하는 듯 짤막히 이름을 말했다.

"긴터 폰 마텔표트르입니다. 당신에 대해서는 이미 알고 있습니다."

말을 하며 긴터는 그의 오른손을 바라보았다. 흰 반지에 붉은 글자. 검의 숲 안쪽, 다시 말해 10위 안의 검사를 상징하는 빛깔이었다.

"9위의 반지를 가진 검사……."

"시작해 볼까?"

라구소는 짤막하게 말하고는 그대로 검을 긴터의 목으로 찔러 들어갔다. 긴터는 곧바로 검을 뽑아 그의 검을 옆으로 흘렸다. 그리고는 돌아서며 곧바로 그의 등을 베었다.

긴터의 일격을 피하며 라구소는 이번에는 좌에서 우로 허리를 베었다. 병기의 길어서인지 동작은 비교적 단조로웠다. 하지만 속도, 방위, 위력 어느 하나도 평범하지 않았다.

긴터는 이번에는 검을 아래에서 위로 휘둘러 라구소의 공격을 흘렸다. 좌우로 상대의 병기를 흘리는 것은 흔한 일이었지만 그것이 종횡을 뒤바꾸어서 하는 일은 드물었다. 마텔표트르 가문의 검술에 있는 독특한 기술로, 라구소는 조금 놀란 듯 한 박자 공세를 늦추었고, 그 틈을 타 긴터의 공격이 이어졌다.

위에서 아래로, 아래에서 위로, 어느 때에는 상단만, 또 다른 때에는 무릎 근처만을 공격하는 고저 차가 심한 검술. 그게 바로 긴터의 검술이었다.

반면 라구소의 공격은 면면히 원을 그리며 한 번은 검날로, 다시 한 번은 검의 긴 자루로 공격을 하는 등 검술보다는 창술에 가까운 기술을 선보였다.

9위 대 17위의 싸움이었다. 어느 모로 보나 9위의 승리를 점치는 것이 정상이다. 하지만 단 한 가지 긴터가 라구소에 비해 유리한 점이 있었다. 그건 바로 경험이었다.

긴터는 요 1년간 라휄과 벌써 몇 차례나 검을 겨루었다. 긴터 자신은 전혀 의식하지 못했지만, 훨씬 더 수준 높은 검술을 경험함으로써 검술을 대하는 안목이 한층 넓어져 있었다.

긴터의 끊임없는 공격에 라구소는 조금 당황하는 표정을 지었다. 17위라는 순위가 그리 가벼운 것은 아니지만, 분명 자신의 아래였다. 그렇지만 막상 이렇게 검을 마주하고 보니 경시하는 마음이 들지 않았다.

검과 검이 마주치며 불꽃을 튀며 경쾌한 폭발음이 밤하늘을 흔들었다. 하지만 밖으로 나와 구경하는 사람은 한 명도 없었다.

싸움이 생각 이상으로 길어지자 라구소는 조금 안달을 냈다. 맹렬하게 검을 휘둘러 긴터의 어깨와 허리를 압박해 갔고, 긴터는 검을 쥔 손에 힘을 더해 그의 공격을 막아냈다. 막을 때마다 손이 저릿저릿했다. 검날이 버티지 못할까 두려워 파이른으로 검을 휘감았다. 불꽃은 금속에 있어 상극의 속성이었다.

긴터가 파이른을 뽑아내자 라구소도 속성을 불러냈다. 불의 극성인 워튼이었다. 물고 물리는 속성검까지 싸움에 등장하고 나자 전투는 한층 복잡해졌다. 어떻게 해서든 상대보다 우위를 차지하기 위해 서로 계속해서 속성을 바꾸었다. 가끔은 적의 눈을 속이기 위해 가짜로 속성을 불어넣었다가 곧바로 변경하기도 했다.

그러다 보니 양쪽 모두 순식간에 지치기 시작했다. 본래 검에 속성을 불어넣고 또 유지하는 것은 보통의 체력을 필요로 하는 게 아니었다. 싸움을 시작한 지 10분이 채 지나지 않았음에도 긴터와 라구소의 숨이 조금씩 거칠어졌다. 그리고 체력이 떨어지기 시작하자 조금씩이나마 서로의 공격이 상대의 몸에 닿기 시작했다.

라구소의 검이 긴터의 팔뚝에 가는 생채기를 내는가 싶더니 긴터의 공격에 라구소의 뺨이 찢어졌다. 내리찍는 공격을 채 흘려내지 못해 어깨에 긴 검상을 입은 긴터는 찌르기로 옆구리에 자상을 입히는 것으로 되갚아주었다. 비록 처음 싸우기 시작했을 때에 비해 양쪽 모두 공격의 날카로움이나 방어의 견고함이 많이 떨어졌지만 정말 위험한 것은 지금부터였다.

"정말 아깝구나!"

긴터의 찌르기를 피하며 라구소가 한탄했다.

"무슨 뜻입니까?"

"5년, 아니, 3년만 더 있었어도 검의 숲 안쪽에 들어올 검사인데… 내 손으로 죽여야 한다는 게 정말 안타깝다."

라구소는 긴터의 정수리를 검자루로 내리찍었다. 종이 한 장 차이로 그 공격을 피해내며 긴터는 검을 아래에서 위로 흩뿌리듯 휘둘렀다. 라구소의 옷 앞섶이 잘려 나갔다.

"지금이라도 숲 안에 들어갈 수 있을 것 같습니다만."

긴터의 검이 허공을 가르는 순간, 라구소가 긴터의 품 안으로 파고들었다.

"후후, 아직은 무리라네."

긴터는 자신에게 접근하는 라구소의 이마를 향해 들어 올렸던 검을 내리찍었다. 검날이 아닌 손잡이의 끝, 폼멜로 하는 공격이었다. 라구소의 공격을 흉내 낸 셈이 되었지만 효과는 확실했다. 라구소는 조금 당황하며 다시 긴터의 공격권 밖으로 빠져나왔다.

긴터는 그대로 검자루를 가슴으로 당겼다가 앞으로 쭉 뻗었다. 큰 키라는 장점을 한껏 살린 치명적인 찌르기였다. 하지만 라구소는 이미 예상했다는 듯 긴터의 공격을 아슬아슬하게 피하며 검을 아래에서 위로 퍼올리듯 휘둘렀다.

아차 하는 마음에 긴터는 허리에 차고 있던 검집을 뽑아 그 공격을 막았다. 퍼억— 하는 소리와 함께 검집이 두 동강이 났다. 그리고 그 짧은 순간을 이용해 뒤로 물러났다.

라구소는 그 틈을 놓치지 않고 솟아오르던 검날을 그 자리에서 180도 돌려 베어내렸다. 전광석화 같은 솜씨에 한 호흡을 놓친 긴터는 가슴팍에 긴 상처를 입었다.

"3년도 길 듯하군. 네게 1년만 더 있었어도……."

긴터는 벌어지는 상처를 검을 쥔 반대쪽 손으로 꾹 누르며 라구소를 노려보았다. 상황이 한층 위험해졌다. 만약 지금 도망친다면? 아마도 라구소를 따돌릴 수 있을 것이다. 적극적으로 공격을 피하려 들면 지금부터 한 대도 맞지 않을 자신이 있었다.

그런 생각을 하다 긴터는 씁쓰레한 미소를 지었다.

자신은 검이 아니다. 그는 방패였다. 검은 상대의 공격을 피해 얼마든지 색다른 궤도를 그릴 수 있다. 하지만 방패는 피할 수 없다. 피한다면 그 순간부터 방패가 아니게 된다.

긴터는 검을 쥔 손에 힘을 불어넣었다. 지금까지 듀피셀론에 대하여 조사한 것은 이미 마텔표트르 가문에 보낸 후였다. 마텔표트르 가문 자체에서도 코넬리아를 지키기 위한 검을 놓지 않았다.

"하앗!"

기합을 내지르며 긴터는 다시 한 번 라구소의 몸통을 찔러 들어갔다. 피하고, 막고, 베고, 다시 찌르고. 고작 그것뿐인 동작을 반복해 나간다. 검술이란 그런 것이다.

라구소는 그런 긴터의 검을 정면으로 맞이해 주었다. 긴터의 가슴에 난 상처는 치명적이지는 않았지만, 움직임에는 지장이 있었다. 이대로 회피하여 출혈로 지치게 만든다면 그야말로 손쉽게 승리할 수 있을 터였다.

하지만 그는 검사였다.

이 싸움이 반지를 건 대결도, 원수의 목을 노린 복수전도 아니지만, 그저 하나의 정치 세력과 다른 세력 사이의 반목에서 비롯된 정쟁의 일종이었지만 검사와 검사의 싸움을 더럽히고 싶지 않았다.

찔러 들어오는 긴터의 검을 피하며 라구소는 다시 한 번 그의 품으로 파고들었다. 검자루를 넓게 쥐어 손잡이 부분으로 긴터의 옆구리를 밀어쳤다. 딱! 둔탁한 소리가 울리며 긴터의 허리가 꺾였다. 갈빗대가 한두 대쯤 부러진 모양이었다.

고통으로 일그러진 긴터를 바라보며 라구소는 다시 한 번 아깝다는 생각을 했다. 아직 서른 살이 채 못 되는 이런 젊은 이를 자신의 손으로 죽여야 한다니……. 그러한 생각으로 라구소의 동작이 멈춘 것이 과연 몇 초나 될까. 1초? 아니, 분명 그보다 짧은 시간이었다. 하지만 워낙 둘 사이의 거리가 가까웠기에 감정이 육체를 통해 너무나도 선명히 전달되었고, 긴터는 상대가 방심하고 있다는 것을 알 수 있었다.

상처가 벌어지지 않도록 잡고 있던 손을 풀어 라구소의 허리로 끼워 넣었다. 깊게 끌어안아 그의 허리띠를 움켜쥐고는 허공에 뻗어 있던 검을 끌어당겼다.

라구소는 긴터의 갑작스러운 움직임에 놀라 다시 한 번 손잡이로 긴터의 옆구리를 가격했다. 긴터의 입에서 괴로운 신음이 터져 나오며 실낱같은 핏줄기도 새어 나왔다. 하지만 지금 그는 웃고 있었다.

긴터의 검날이 라구소의 앞가슴으로 솟아났다. 등을 관통한 그 공격에 라구소는 비명 한 번 지르지 못하고 절명했다.

그의 등에서 검을 뽑아내며 허리띠를 잡았던 손을 놓았다. 라구소, 9위의 반지를 가진 남자가 천천히 바닥으로 쓰러졌다.

다시 한 번 선홍빛 피를 뿜어대는 가슴을 움켜쥐며 긴터는 거친 숨을 뱉었다. 부러진 갈빗대 덕분에 숨을 쉬는 것이 고

통스러웠다. 더 이상 서 있을 체력이 없어 지붕의 굴뚝에 몸
을 기대어 주저앉았다.

여름의 숨막힐 듯한 밤에 한줄기 서늘한 바람이 불었다.

"아아, 9위의 반지인가?"

긴터는 오른손에 느껴지는 나지막한 울림에 미소를 지었
다. 하지만 그 미소는 그리 오래 이어지지 않았다.

"하여간 검사란 족속은 믿을 수가 없다니까. 뭐를 맡겨달
란 거야? 이런 데서 뒈져 버리면 헤크토님께 피해를 입힌다는
생각은 하지 않는 건가?"

지붕에 한 사람이 더 나타났다. 그는 라구소의 시체를 그대
로 지나쳐 긴터의 앞에 섰다. 긴터는 씁쓰레하게 웃었다.

아아, 그녀를 지키기 위해 죽는 것에 한 점 후회는 없을진
대……

지금 보이는 것이 그녀의 미소가 아니란 게 유난히도 섭섭
한 밤이었다.

4

에필하임은 라휄을 보자마자 대뜸 화를 냈다.

"이런 바보 같은! 네가 꾸물거리는 덕에 일이 모두 틀어져
버렸잖아! 이 세상 최고로 쓸모없는 남자야! 너는!"

라휄로서는 억울하기 그지없는 반응이었다. 황제 폐하에

대한 인사조차 잊어버린 채 에필하임의 말을 받았다.

"무슨 말을 하는지 모르겠어. 그치만 나는 바보가 아니야."

"공을 모두 빼앗겨 버렸단 말이야."

라휄은 고개를 갸웃했다.

"무슨 공? 누가 공을 뺏어갔어?"

에필하임은 팔짱을 낀 채 땅바닥을 발로 쿵쿵 울렸다. 라휄은 한층 더 주눅이 들었다. 정말로 화를 내고 있는 듯 보였기에 어떻게 대꾸해야 할지 알 수 없었다.

"짐승의 병대에 가서 일을 어떻게 처리한 거야? 왜 그들이 갑자기 듀피셀론의 부하가 되어버린 거야?"

"아, 그거 말이야? 그치만 듀피셀론은 에필하임의 부하잖아. 그럼 짐승의 병대도 에필하임의 편이 된 거나 마찬가지잖아."

라휄의 말은 적어도 표면적으로는 옳은 이야기였다.

"몰라. 이게 다 라휄, 네가 일을 제대로 처리 못해서 그런 거야!"

"폐하, 체통을 지키소서. 란스카 경 앞에서는 점점 더 황제라는 것을 잊고 계시는 것 같습니다."

보다 못한 에반젤린이 중재를 하고 나섰다. 에필하임은 그녀의 말에 볼을 퉁퉁하게 부풀렸다.

"란스카 경, 지금 폐하께서는 란스카 경의 입궁이 늦었기 때문에 화를 내고 계신 것뿐이랍니다."

　　에반젤린이 이렇게 말하자 라휄은 에필하임에게 고개를 꾸벅 숙였다.

　　"미안해. 헤론이 갑자기 찾아와서 그랬어. 곧바로 찾아오려고 했는데 헤론이랑 이야기를 하느라고……."

　　에필하임은 성큼성큼 걸어 라휄 앞으로 다가왔다. 그리고는 라휄의 이마에 손가락을 튕겨 알밤을 먹였다. 라휄은 경험상 이런 것은 피하지 않는 게 좋다는 것을 알고 있었다. 그래서 청명하게 울리는 이마빡의 통증을 맛보게 되었다.

　　"흥, 이걸로 용서해 줄게."

　　에필하임은 이렇게 말하고는 털썩 바닥에 주저앉았다.

　　"라휄, 이 앞에 앉아봐."

　　"응."

　　라휄은 에필하임의 건너편 바닥에 앉았다.

　　"라휄, 내가 지금부터 하는 이야기는 밖에 나가서 함부로 떠들고 다니면 안 되는 거야. 정말로 믿을 수 있는 사람이 아니라면 하지 말도록 해."

　　라휄은 고개를 끄덕끄덕했다.

　　"내가 라프델을 보내 어떤 일을 조사하게 한 것은 알고 있지?"

　　"응. 나도 그 이야기를 할 때 같이 있었잖아."

　　"그래, 그 라프델이 내게 중간 보고서를 보내왔어. 지금 카문 왕성의 신민들이 반란을 일으킨 것은 알고 있어?"

라휄은 고개를 도리질쳤다.

"그건 몰랐어. 카문 성에 있는 나쁜 놈들이 무슨 짓을 한 거야?"

"그런 일이면 다행이게. 반란을 일으킨 것은 나의 신민들이야. 카문 성뿐만 아니라 제국 서쪽의 여러 백국에 있는 도시에서도 불만 세력들이 폭동을 일으키기 시작했어. 그런데 라프델은 이들의 움직임이 모두 연관이 있는 것 같다는 보고를 내게 보내왔어. 이게 무슨 뜻인지 알아?"

물어볼 사람에게 물어봐야 할 일이다.

"아니, 몰라."

"정말로 있었다는 거야, 나에게 반역의 창을 들이대려고 마음먹은 자가. 그리고 그게 누구인지 이제는 고민할 필요도 없게 됐어."

라휄의 표정이 조금 심각한 빛을 띠었다.

"누군가 에필하임을 배신하려 하는 거야?"

"그래그래. 용케도 잘 알아듣는구나. 그리고 그 무리가 바로 듀피셸론 공작 가문이란 말이다."

"듀피셸론 공작가… 헤크토가 있는 거기 말이야?"

에필하임은 고개를 끄덕였다.

"그래."

에필하임은 한숨을 내쉬고는 오른쪽 허벅지에 팔을 세워 머리를 괴었다.

"꼬리를 보이기 전에 알아챘어야 했는데……. 에휴, 이제는 뻔히 알면서도 당하는 수밖에 없게 되었지 뭐야. 당돌하게도 내게 편지까지 보내 노골적으로 그 속셈을 드러내기 시작했는데도 그걸 거절할 수가 없으니!"

아무래도 에필하임이 화를 내는 진짜 이유는 따로 있는 듯했다.

"듀피셀론이 편지를 보내왔어?"

"그래. 코넬리아 영지를 듀피셀론의 영지로 100년간 복속시켜 달라는 내용의 편지였어. 코넬리아 영지를 왜 듀피셀론에게 빌려줘야 하는 거야? 거긴 카문 왕조가 코넬리아의 충성을 대가로 빌려준 땅에 불과한데! 그것을 허락해야 야만인들과의 전쟁에 병사를 빌려주겠다니! 신하의 나라로서 당연한 의무를 협상의 도구로 쓰는 경우가 어디 있을까. 대놓고 왕과 신하의 관계를 끊겠다고 협박하는 것이나 다름없잖아?"

라휄은 에필하임의 말에 미간을 찌푸렸다.

"헤크토가… 나쁜 짓을 하려고 하는구나."

"라휄, 나는 지금 몹시 화가 나. 너 때문이 아니야. 왜 이렇게 될 때까지 듀피셀론의 속셈을 눈치 채지 못한 걸까? 불과 몇 달 전까지만 해도 가장 충성스러운 제후국이라 신하들에게 칭찬의 말을 한 것이 부끄러울 지경이야."

에필하임은 또 한 번 한숨을 내쉬었다.

"아아! 나는 왜 이리 어리고 어리석은 걸까! 카문 왕조 최고의 어리석은 왕으로 기록될 거야! 이 나는."

에필하임이 무릎걸음으로 라휄에게 다가갔다.

"라휄, 무슨 좋은 방법이 없을까? 이 상황을 보기 좋게 역전시킬 방법이 없는 걸까? 상의할 사람이라고는 어머님과 너밖에 없어."

"나는……."

라휄은 에필하임의 물음에 말을 꺼냈다가 입을 다물었다. 딱히 떠오르는 생각이 없었다. 괴물을 죽이는 것과 검을 휘두르는 거라면 벌써 몇십, 몇백 가지의 방법을 꺼내놓았겠지만, 이런 건 영 아는 바가 없었다. 그러다 문득 한 가지 생각이 떠올랐다.

"아참! 여덟 영혼의 검이다!"

라휄의 말에 에필하임은 고개를 갸웃했다.

"갑자기 그게 무슨 말이야?"

"여덟 영혼의 검은 파드셀이 얻은 검이야. 그 검이 있으면 굉장한 일을 할 수 있다고 그랬어. 무슨 소원이라도 이룰 수 있는 힘을 얻는대."

에필하임은 라휄의 말을 듣더니 대뜸 고개를 저었다.

"뭐야, 그게? 그런 게 있다는 것도 믿을 수 없지만, 설사 그런 게 있더라도 나한테는 의미가 없어."

"아냐, 여덟 영혼의 검은 진짜로 있어. 테일바함의 전설이라는 게 있는데, 옛날 옛날에 아주 아주 아주 센 테일바함이라는 너무센이가 있어서 누가 테일바함을 죽였대. 그때 사용한 검이 여덟 영혼의 검인데, 그 검을 파드셀이 손에 넣었어."

"검을 얻은 이야기는 전에도 들었다. 테일바함의 전설도 알고 있는 얘기고. 하지만 내가 말했잖아. 그런 게 있다 하더라도 나에게는 의미가 없다고."

"응? 그치만……."

"라휄, 인간은 실수를 하는 존재야. 실패를 하기 때문에 인간이야. 너와 처음 만난 날 이야기했지? 나는 성벽을 넘지 않겠다고. 너의 힘을 빌렸던 그날, 나는 성벽을 넘을 수 있었지만 넘지 않았어. 그건 더 이상 내가 나 자신이 아닌 다른 것이 되는 일이니까."

라휄은 여전히 이해를 하지 못하겠다는 듯 고개를 갸웃거렸다.

"테일바함이니, 여덟 영혼의 검이니… 이런 신들의 싸움과도 같은 이야기는 인간들의 세상에 나올 필요가 없어. 라휄, 너는 한순간에 수십 명의 사람을 죽일 수 있는 무시무시한 검의 기술을 손에 넣었어. 그렇지만 그것을 하기 위한 노력들, 그리고 알게 된 것들, 네가 언젠가 이야기했던 분별력 같은 것들… 그 많은 경험을 제외하고 단순히 그 힘만을 손에 넣는다면 어떻게 될까? 그건 정말 무서운 일이 아닐까?"

에필하임의 말에 라휄은 고개를 끄덕끄덕했다.

"응, 그럴 거 같아. 나는 정말 많은 사람들을 죽였을지도 몰라. 그들이 모두 아기였고, 연약한 사람이었던 걸 모르고…
그래서 미래가 있고, 착해질 수도 있는 사람이란 걸 알지 못
하고 나쁜 일을 했다고 마구마구 죽였을 거야."

"그래, 바로 그거야. 정말 이 세계를 어떻게 할 수 있는 힘
을 한 사람이 갖는다는 건 그것 이상의 재앙이 없어. 그 사람
이 정말 옳은 사람이라 하더라도, 아니, 정말 옳은 사람이라
면 아마 그런 힘을 버릴 거야. 그건 인간이 감당할 수 있는 게
아니니까."

"인간이 감당할 수 없는 힘……."

말을 되새김질하는 라휠에게 에필하임이 말을 이었다.

"게다가 라휠, 나는 카문의 왕이야. 노스루프 이남에 있는
모든 인간들의 군주야. 그 군주 된 자가 자신의 능력이 아닌
그런 사기적인 힘에 빌어 일을 해결한다면, 그 순간 사람들은
그 군주에 대한 존경심을 잃게 될 거야. 내가 바라는 건 그런
힘이 아니라 인간으로서의 지혜야."

"그렇구나."

라휠은 에필하임의 말에 수긍하는 표정을 지었다.

"나는 잘 모르겠지만, 에필하임이 말하는 건 어쩐지 멋진
것 같아."

에필하임의 얼굴에 미소가 떠올랐다. 투박한 아첨이 썩 마
음에 드는 모양이었다.

"그래그래. 그런데 가지고 있는 그건 뭐야?"

　에필하임은 라휄이 손에 들고 있는 한 뭉치의 종이에 관심을 두었다.

"아, 이거? 이건 헤론이 준 거야. 에필하임에게 전해달라고 했어."

"전해주는 게 아니라 진상하는 거겠지."

"맞아, 그렇게 말했어."

　라휄은 고개를 끄덕끄덕거리며 에필하임에게 종이 뭉치를 전해주었다. 에필하임은 그 자리에서 라휄이 가져온 종이를 넘겨보았다.

"마텔표트르… 아, 코넬리아의 수호 가문인가? 코넬리아 영지에서 일어난 사건들이 다른 나라의 사주로 일어난 것일지도 모른다는 이야기로군. 아아, 여기 또 한 번 등장해 주는구나, 이 듀피셀론이란 악당이."

　에필하임은 보고서를 전체적으로 훑어보며 이렇게 말했다. 그 모습을 보며 라휄이 말을 꺼냈다.

"천사님은, 코넬리아 공작님은 내 생명의 은인이야. 그래서 그런데… 에필하임, 천사님을 용서해 주면 안 될까? 천사님이 에필하임에게 반란을 일으키기는 했지만 듀피셀론에게 속아서 그런 거잖아. 그러니까……."

"라휄."

"응?"

"너도 후국의 왕이잖아. 한 나라의 왕이라는 건 정말 많은 권리를 손에 넣는 거야. 네 나라의 신민을 죽이든 살리든 그것에 대해서는 황제인 나조차도 함부로 참견할 수 없어. 하지만 그런 큰 권리를 가진 대신 지켜야 할 법도도 있는 거야. 속았다거나 어쩔 수 없다거나, 그런 변명이 통하는 그런 가벼운 자리가 아니야. 그걸 인정한다는 건 오히려 그녀에게 불명예스러운 일이 되는 거야. 더 이상 나라를 통치할 수 없게 될 테고. 결국 그녀는 이제 다시 공작으로는 돌아갈 수 없어."

라휄은 에필하임의 말에 입술을 삐죽 내밀었다.

"그치만……."

"안 되는 건 안 돼. 모든 건 재판으로 결론짓게 될 거야. 하지만 그녀가 속았다는 것이 증명된다면 조금이겠지만 벌이 가벼워질 수도 있어. 그럴 여지가 있다면 그때는 꼭 네 부탁을 생각해 볼게."

에필하임의 태도가 워낙 완강했기에 라휄은 더 이상 부탁하지 못했다. 오히려 지금 머릿속에는 다른 것을 떠올리고 있었다. 그건 처음 카시카를 만났을 때의 일이었고, 그녀가 잡혀간 후의 일이기도 했다. 한 번 한 짓, 두 번 못할 건 없을 터였다.

황제는 결국 듀피셀론의 청을 들어주었다. 지금 나라 안에서 야만인을 물리칠 수 있는 세력이라고는 듀피셀론 공작가뿐이었다.

듀피셸론 가문은 황제와의 협약을 체결한 대가로 한 가지 선물을 보내겠단 뜻을 밝혔다. 바로 반역죄로 수배 중인 전 코넬리아 공작이었다.

이 사실이 발표되자 임시로 수도 역할을 하고 있던 아인스할 백작성은 그야말로 발칵 뒤집어졌다. 모든 사람들이 그녀의 죄를 성토했다. 제국이 지금처럼 궁지에 몰린 것까지도 그녀의 잘못으로 몰아붙였다. 사실 완전히 틀린 이야기는 아니었다. 코넬리아의 반란으로 제국의 세력이 사분오열되지 않았더라면 카문을 빼앗길 정도로 상황이 악화되지는 않았을 터였다.

사형을 요구하는 귀족들의 목소리가 점점 높아져 갔다. 라휄은 괴로운 듯한 표정으로 그런 세상의 여론을 바라보고 있었다.

죄인의 압송 소식이 들려왔다. 어디를 출발해 어디에 도착했느니 하는 얘기까지 뉴스거리가 될 정도였다. 그런 어느 날 밤, 라휄이 훌쩍 아인스할 백국을 떠났다.

체자렛은 제법 화려한 마차에 몸을 싣고 있었다. 가끔 거친 노면에 마차가 덜컥거렸다. 하지만 그녀는 웃지도, 찡그리지도 않았다. 슬프지도, 괴롭지도 않았다. 흠모하던 이가 창부보다 쓸모없다고 이야기했다. 그 이야기를 들었을 때보다 강렬한 감정을 평생 느낄 수 있을까? 마음의 어느 한 부분이 마비된 것만 같았다.

그녀의 좌우로는 두 명의 여성이 함께 마차를 타고 있었다. 그녀들의 복장은 흡사 군대의 제복과도 같은 옷이었다. 둘 모두 듀피셀론 공작 가문의 장교였다. 체자렛을 호송하기 위한 일종의 감시역을 맡은 사람들이었다.

그 외에도 마차 주위에는 모두 천여 명에 가까운 병사가 그녀를 호송하기 위해 움직이고 있었다. 혹시 모를, 그녀를 탈옥시키기 위한 불순한 세력이 있을 경우 막기 위해서였다.

실제로 그녀를 구하기 위한 세력이 움직이고 있었다. 마텔 표트르를 위시한 옛 코넬리아의 충신들이 바로 그들이었다. 하지만 그 누구보다 먼저 그녀 앞에 나타난 것은 다름 아닌 라휄이었다.

체자렛을 호송하던 마차 앞에 한 필의 말이 멈추어 섰다. 거기에 타고 있는 것은 열네 살의 소년 한 명뿐이었다. 호송대 선두에 있던 기사는 눈살을 찌푸리며 행렬을 정지시켰다.

"거기서 비키십시오. 이 마차는 듀피셀론 공작님의 명을 받들어 죄인을 호송하는 마차입니다."

상대의 복장이 꽤 고급스러워 보이는데다가 말을 타고 있다는 것부터 이미 귀족임을 드러냈기에 호송대의 지휘관은 경어를 써 이렇게 말했다.

"천사님이 타고 있는 마차구나."

라휄은 지휘관에게 이렇게 말했고, 지휘관은 긴장하며 허리춤의 칼로 손을 가져갔다. 라휄의 오른손에 빛나고 있는 반지를 발견한 탓이었다.

그는 나지막한 목소리로 곁에 있는 부관에게 말했다.

"흰 반지의 검사다. 모두들 긴장하라고 전하라. 그리고 에클니님께 이쪽으로 와달라고 전하라."

부관은 곧바로 말 머리를 돌려 후방으로 달렸다. 각 부대의 조장들에게 지휘관의 말을 전하고는 한 남자를 향해 말을 몰았다. 그의 이름은 에클니. 움직이기 편한 복장을 입고 있는 그는 22위의 검사였다.

에클니는 천천히 말을 몰아 전방으로 나갔다. 자신을 부르는 것으로 보아 상대는 검사일 터. 송곳처럼 가늘고 뾰족한 검을 허리에서 뽑으며 지휘관의 앞에 섰다.

상대는 어린아이였다. 적을 본 순간 에클니는 무언가 잘못됐다는 느낌을 받았다.

"혹시… 란스카 경이시오?"

에클니가 물었고, 라휄은 대답했다.

"응. 내 이름은 라휄이야. 라휄 폰 란스카."

"사검의 라휄! 정말 당신이란 말이오?"

에클니는 싸우기도 전부터 벌써 반쯤 패배를 인정하고 말았다. 라휄은 이제 더 이상 사람들을 깜짝 놀라게 하는 어린 검사가 아니었다. 두 마리의 드래곤을 죽인 드래곤 슬레이어이자 4위의 반지를 가지고 있는 어엿한 검사였다.

에클니가 다시 라휄에게 말했다.

"지금 우리는 황제 폐하의 명령에 따라 죄인을 호송하고 있소. 우리를 공격한다는 것은 황제 폐하의 명을 어기는 것과 동시에 듀피셀론 가문을 공격하는 것이 되오."

호송대의 지휘관 역시 라휄의 명성을 익히 알고 있었지만 22위의 검사라는 에클니가 저렇게까지 저자세로 나오자 덩달아 긴장을 하게 되었다.

에클니의 물음은 길었지만 라휄의 대답은 짧았다.

"응, 알고 있어."

"황제 폐하의 권위마저 무시하겠다는 것이오?!"

"너는 폐하가 아니잖아. 폐하한테는 내가 나중에 따로 사과할 거야."

"듀, 듀피셀론 공작가의……."

"듀피셀론은 나쁜 사람이야. 나쁜 사람을 공격하는 게 뭐 어쨌다는 거야?"

처음부터 적대적으로 나오는 라휄을 상대로 더 이상 말을 하는 것은 소용없을 듯했다. 에클니는 이를 악물며 검을 앞으로 내밀었다.

"에클니 폰 어닉, 22위의 검사요."

"에클니구나. 그치만 난 너희들이랑 싸우러 온 게 아니야."

라휄의 말에 에클니는 고개를 갸웃했다.

"죽이지도 않을 거야. 그치만 칼은 꺼내면 안 돼. 나를 막아도 안 돼."

에클니가 라휄의 이야기에 대꾸를 하려는 순간, 그의 눈앞에서 경악스러운 일이 벌어졌다. 팔 아래, 그림자가 진 곳에서 커다란 검은 칼이 불쑥 솟아나더니 자신의 검을 후려쳤다. 챙강― 하는 소리와 함께 검날이 두 동강 났다. 이 괴이쩍은 현상이 라휄이 일으킨 것이라는 사실을 떠올리는 데는 그리 오랜 시간이 걸리지 않았다.

"그치만 다시 한 번 막으면 이번에는 목을 벨 거야."

라휄의 협박에 에클니는 마른침을 꿀꺽 삼켰다. 22위의 검사가 이럴진대 다른 병사들이야 더 말해 무엇 할까?

라휄은 다시 말을 몰아 마차가 있는 곳으로 향했다. 어느 누구도 그를 막지 못했다. 아니, 움직이지조차 못했다. 마차 옆으로 간 라휄은 마차의 문을 열었다.

"천사님."

라휄을 보며 체자렛은 웃었다. 오히려 찡그리는 것보다 괴로워 보이는 웃음이었다.

"결국은 너로구나."

"응. 구해주러 왔어."

라휄은 체자렛을 향해 손을 뻗었다. 그녀의 옆에 있던 호위 장교는 체자렛의 몸을 피해 건너편 의자로 자리를 옮겼다.

"네 멋대로 하려므나."

체자렛은 라휄의 손을 붙잡았다. 몇 번이나 이 소년의 손을 붙잡았을까. 뿌리치고 싶지도 않았다. 또 무슨 되지도 않는 말로 끈덕지게 말을 걸어올 테니까. 지금 그녀에게 그것은 가장 겪고 싶지 않은 일이었다.

라휄은 그녀의 팔을 당겨 자신의 말 뒤쪽에 앉혔다. 그녀가 이렇게까지 순순히 자신을 따라온다는 게 조금 어색하게 느껴졌지만, 적어도 한 가지는 확실했다, 다시 자신이 그녀 곁에 있다는 것만큼은.

라휄과 체자렛은 말을 타고 길을 따라 걸었다. 라휄도, 체자렛도 어느 곳으로 가야 할지 떠올리지 못했다. 그저 한낮에는 뙤약볕을 피해 나무 그늘로, 그리고 선선한 아침저녁에는 내키는 대로 말을 몰았다.

그렇게 밤이 깊어갔고, 라휄은 적당한 곳에 말을 멈추어 야영 준비를 했다. 모닥불을 피우고, 물을 길어왔다. 요즘 들어 이런 궂은일은 모두 흑묘나 백묘가 맡아주었기 때문에 직접 노숙 준비를 한 것은 꽤 오랜만이었다.

체자렛은 나뭇등걸에 몸을 기대고 라휄이 하는 양을 지켜보았다. 될 대로 되라지. 아무것도 생각하고 싶지 않았다. 심지어는 생과 사조차도.

"후작이라고?"

모닥불 밑으로 바람을 불어넣는 라휄을 보며 불현듯 떠오른 말을 꺼냈다.

"응? 응. 이제는 후작이야."

"후후후, 나는 평민으로 강등되었는데 노예였던 너는 이제 후작이구나."

체자렛의 말에 라휄은 아무런 대꾸도 하지 못했다. 묵묵히 냄비를 불 위에 걸어 물을 끓이기 시작했다. 또르르— 자그마한 방울이 울리는 듯한 기포 소리가 올라오기 시작했다.

"천사님, 어디로 가고 싶어?"

이번에는 라휄이 먼저 할 말을 떠올렸다.

"천사님… 이라고?"

체자렛이 되물었다. 늘 들어왔던 말이지만, 그리고 그래서 왜 자신을 천사라 부르는지도 알고 있었지만 또다시 묻고야 말았다.

"왜 나를 그렇게 부르는 거야?"

"그건… 아벨루나가 그랬어. 천사님이 우리를 고통에서 벗어나게 해준다고. 천사님은 내가 가장 괴로울 때 내 앞에 나타나서 나를 아프지 않게 해주었어. 그러니까 내 천사님이야."

갑자기 체자렛이 자리에서 벌떡 일어났다. 그러더니 라휄이 정성껏 준비한 저녁거리를 발로 차 뒤집어 버렸다.

"이래도 천사님이야?"

라휄은 체자렛이 엎어버린 요리 재료들을 그러모아 퍼온

깨끗한 물에 씻으며 고개를 끄덕였다.

"응, 천사님은 천사님이야."

체자렛은 다가와 라휄이 음식을 씻고 있는 물통을 발로 찼다. 그리곤 갑자기 라휄의 뺨을 손바닥으로 후려쳤다.

"흥, 어때? 이래도?"

라휄은 얼얼한 뺨을 손으로 어루만졌다. 눈은 똑바로 체자렛의 시선에 마주한 채였고, 시무룩하니 입꼬리가 처져 있었다.

"응, 그래도 천사님이야."

체자렛의 표정이 일그러졌다. 라휄에게 덤벼들어 멱살을 움켜쥐었다. 있는 힘껏 그를 밀어 넘어뜨리고는 두 손으로 라휄의 목을 감싸 졸랐다. 하지만 그녀의 힘으로 라휄의 목을 조르는 건 애당초 무리였다.

"내가 천사라고? 내가? 나를 놀리는 거야?"

그녀는 라휄을 매서운 눈으로 쏘아보았다. 한참 동안이나 그녀를 올려다보던 라휄이 조용한 목소리로 말했다.

"천사님, 울지 마."

거짓말처럼 체자렛의 무섭던 눈매가 풀어졌다. 눈꼬리에서 스르륵 힘이 빠져나가며 눈동자가 물기로 일그러졌다.

"나는 네가 세상에서 가장 싫어."

이 말을 하는 체자렛의 목소리는 울먹이는 듯 들렸다.

"내가 네 목숨을 구해주었다고? 좋아, 그렇지만 오늘 네가 내 목숨을 구해주었잖아. 그럼 그걸로 갚은 거야."

라휄이 눈을 끔뻑거렸다.

"응? 그런가?"

라휄의 말에는 대답도 하지 않은 채 체자렛은 말을 이어갔다.

"그럼 나머지 빚은 어떻게 하지? 나를 위한다면서 멋대로 귀족을 죽이고, 적의 기사들을 죽이고, 사람을 죽였던 그 일들은 어떻게 할 거야? 나는 받고 싶지 않아. 네게로부터는 조그마한 것도 받고 싶지 않아."

"그건……."

"나는 네가 정말로 싫어! 세상 근심거리라고는 모르겠다는 듯 웃는 그 얼굴이 싫어! 아무리 화를 내고 욕을 해도 괜찮다는 듯한 그 행동이 싫어! 수백 명을 학살한 주제에 마음껏 울 수 있는 네가 증오스러워!"

체자렛의 눈가에서 솟아난 물방울이 라휄의 뺨에 떨어졌다.

"너에게 받은 건 모두 돌려줄 거야."

한참 동안이나 눈물을 흘리던 그녀는 눈을 들어 하늘을 바라보았다. 눈물은 뺨을 타고 턱을 지나 앞가슴을 적셨다. 라휄의 목을 붙잡고 있던 손을 들어 눈가를 움켜쥐었다. 하지만 눈물은 멎지 않았다.

"이게 뭐야. 돌려주려고 해도 난 이제 아무것도 없잖아. 영토도, 돈도, 가신들도, 하녀도, 병사도 이제는 아무것도 없잖아."

그녀는 하늘로 향했던 눈을 감았다. 그리고 다시 눈을 떠 자신의 밑에 깔려 있는 라휄을 내려다보았다.

"너 때문이야."

그녀의 입가에 희미한 미소가 어렸다. 쉴 새 없이 흐르는 눈물만큼 어울리지 않는 미소였다.

"모든 게 다 너 때문이야……."

라휄은 그녀의 얼굴이 점점 자신에게 가까워지는 것을 바라보고만 있었다. 그리고 그녀의 입술이 자신의 입술을 깨무는 것을 멍청한 얼굴로 내버려 두었다.

다음날 아침, 라휄은 부스스한 표정으로 자리에서 일어났다.

그의 곁에는 한 장의 편지가 놓여 있었다. 라휄은 그 편지가 체자렛이 남긴 것이란 것을 알 수 있었다. 머리를 긁적이며 편지를 펼쳤다.

편지는 다행히 라휄의 수준을 십분 감안하여 쓰여 있었다.

다시는 찾지 마. 나를 고통스럽게 하고 싶지 않다면…….

라휄은 다시 편지를 접어 그것을 허리에 감겨 있는, 가장 소중한 것들이 들어 있는 가방에 가만히 넣었다.

Chapter 44

카문으로 모이는 사람들

라 휄의 일행들이 라휄의 행방을 찾는 일은 그리 어렵
지 않았다. 라휄이 없어진 그날 밤, 일행은 곧바로
듀피셀론 공작가의 영지로 마차를 몰았다.

그들이 라휄을 발견한 것은 꼬박 닷새가 흐른 어느 날이었
다. 라휄은 말을 타고 터벅터벅 큰길을 따라 아인스할 백국
방향으로 오는 중이었다. 조금 떨어진 곳에서부터 그를 발견
한 카시카는 라휄이 보이자마자 마차에서 내려 달려갔다.

라휄도 카시카와 자신들의 마차를 발견한 듯 말에서 내려
섰다. 카시카는 라휄 앞에 서자마자 화난 표정을 지었다. 하
지만 그것도 잠시, 표정을 풀고는 라휄을 꼭 안았다.

"미안해, 카시카."

"뭐가?"

카시카의 되묻는 말에 라휄은 쭈뼛거리다가 다시 입을 열었다.

"아무 말 없이 떠난 거. 그치만 다들 천사님을 만나러 간다고 하면 화를 내고 못 가게 하니까……."

"됐어, 낭군님. 그럴 거라고 벌써부터 알고 있었으니까. 말린다고 듣는 사람도 아니고, 게다가 그 사람은… 싫지만 조금 불쌍한 것도 사실이니까."

"고마워, 카시카."

라휄은 카시카가 자신의 행동에 동감을 표해준 것이 고마웠다.

"무엇이 고맙다는 거야?"

"응? 잘 모르겠지만 카시카가 천사님을 불쌍하다고 해주고, 내가 마음대로 카시카 곁을 떠난 것에 대해서 화를 내지 않는 게 고마워."

카시카는 라휄의 이마를 톡, 하고 때렸다.

"이렇게 마음 넓은 아내를 둔 것을 평생의 행운이라고 생각하도록 해."

흑묘와 백묘, 레티아도 라휄 곁으로 다가왔다.

"주인님, 무사하셔서 다행이에요."

흑묘의 말에 라휄이 웃었다.

“마음대로 나와서 미안해.”

“아니에요. 소녀가 어찌 주인님의 행동에 불만을 갖겠어요?”

흑묘에 이어 백묘가 말했다.

“소녀들은 카시카님과는 다르게 늘 주인님 편이랍니다. 어디를 간다고 해도 따라갈 테니, 다음부터는 이야기해 주셔도 돼요.”

라휄은 미소 지으며 고개를 끄덕였다.

“응, 알았어. 그치만 혼자 오고 싶어서 그랬어.”

레티아가 라휄에게 물었다.

“코넬리아 공작님은 어떻게 되었나요?”

그녀의 물음에 라휄은 얼굴을 붉혔다. 무엇 때문에 부끄러운지는 몰랐지만 체자렛을 만났던 일에 대해서는 다른 사람에게 말할 생각이 전혀 들지 않았다.

“뭐야, 왜 얼굴을 붉히는 거야?”

카시카의 물음에 라휄은 고개를 도리질 쳤다.

“아무것도 아니야. 천사님은 떠났어. 내가 천사님을 구해 줬으니까 이제 서로 갚아야 할 은혜는 없다고 그러며 다시는 찾지 말라고 그랬어.”

미심쩍은 기분이 들었지만 카시카는 라휄이 한 뒷말이 기꺼워 금세 의심을 지워 버렸다.

“정말로? 그것참, 잘되었네. 낭군님, 이제 그런 여자는 잊어버려. 뭐가 서로 갚을 게 없어? 따지고 보면 낭군님이 훨씬 큰 손해를 본 셈인데.”

라휄은 카시카의 말에 입을 다물었다. 잊으라니… 정말 그럴 수 있을까? 하지만 그런 생각을 입 밖에 내지는 않았다. 카시카가 화를 낼 것이 불을 보듯 뻔했으니까.

“자, 그럼 돌아가자.”

카시카는 라휄을 끌고 마차에 올라탔다. 라휄이 타고 있던 말은 마부석 옆에 고삐를 묶었다. 마차는 방향을 180도 돌려 아인스할 백국으로 향했다.

듀피셀론 공작 가문이 움직이기 시작했다.

먼저 모헬 영지로 4만 명가량의 병사를 출정시켰다. 그 안에는 신형 이마그─캐논이 5문이나 포함되어 있었다. 사실 이마그─캐논과 마탄총은 어떻게 보면 제국의 화약 무기 발전을 더디게 만든 주범이기도 했지만, 그 위력은 사화의 화약 무기에 비해 다소 뛰어난 편이었다.

동시에 카문 성을 향해 1만 5천 명의 병사가 출정했다. 그중 1만 명은 철기병대를 제압하기 위한 병사들이었고, 5천 명은 치안 유지군이었다. 듀피셀론 공작 가문에서 카문까지는 보병의 걸음으로 보름 거리, 모헬의 국경은 한 달 이상 걸렸다. 하지만 그들이 출발한다는 소식이 대륙에 퍼지자마자 제국의 평민, 귀족 할 것 없이 만세를 불렀다.

　게다가 정규군뿐 아니라 짐승의 병대에 대한 소식도 있었다. 듀피셸론 공작가는 짐승의 병대를 자신들이 키운 부대라 세상에 소개했다. 야만인들과의 공방전에서 가장 큰 명성을 쌓은 것은, 한 개인으로서는 라휄을 꼽을 수 있었고, 부대로서는 짐승의 병대가 단연 돋보였다. 많은 사람들이 일찍부터 짐승의 병대장으로 알려진 한 노예를 성 앙그루스에 비교하며 칭송하고 있었다. 그것을 듀피셸론 공작가가 자신들이 키운 병사들이라고 발표함으로써 그 명망을 그대로 이어받게 된 것이다.

　짐승의 병대는 현재 카문으로 향하는 병사들 속에 섞여 있었다.

　"듀피셸론 공작님은 제국의 은인이라니까!"

　"맞는 말이야. 그분이 아니었다면 진작에 야만인들에게 나라를 빼앗겨 전부 노예 같은 생활을 하고 있었을걸? 계속된 전쟁에서 병사들을 가장 많이 보낸 것도 듀피셸론 공작 가문 아니었나?"

　"맞아, 맞아. 그에 비해 왕국은……."

　술집에 앉은 두 주정뱅이의 말에 한 여자가 발끈했다. 하지만 시비를 걸 생각은 없는지 앞에 있는 일행에게 투덜거릴 뿐이었다.

　"뭐가 은인이라는 건지……. 제국을 좀먹은 좀벌레에 불과한데."

그녀의 건너편에 있던 남자는 웃으며 그녀의 말을 받았다.

"아니에르 양도 그런 험한 말을 할 줄 알았던가요?"

"로이아드 씨도 참. 나는 험하게 자란 여자예요. 로이아드 씨 주위에 있는 귀족집 아가씨들이랑은 출신부터 다르다구요."

"그 말을 들으면 칸센 씨가 화를 낼 겁니다. 아니에르 양을 귀족 영애들 부럽지 않게 키우기 위해 부단히 노력하셨는데."

두 사람은 다름 아닌 라프델과 아니에르였다. 아니에르는 수도로 돌아간 라프델의 복귀가 늦어지자 전쟁터를 떠나 그를 찾아 나선 것이다. 라휄에게 흑묘를 비롯한 동료들이 있다면 라프델에게는 아니에르와 휘바드가 늘 함께 따라다녔다. 휘바드는 현재 전쟁터에서 마법사단을 지휘하고 있어 이 자리에 함께하지는 못했지만, 아니에르의 경우에는 다른 것보다 라프델의 안위가 더 중요했기에 곧바로 전장을 떠나온 것이다.

라프델과 다시 만나게 된 것은 라프델이 막 아인스할 백국에서 황제의 명을 받들어 조사를 위해 떠나려던 찰나였다.

"그런데 이상하지 않나요?"

아니에르가 운을 뗐다.

"뭐가 말인가요?"

"듀피셀론은 짐승의 병대를 자신들이 키운 병사라고 발표했잖아요. 짐승의 병대도 그것을 인정하고 지금 카문 성 쪽으로 이동하고 있고요."

아니에르의 말에 라프델은 고개를 끄덕였다.

"그런데 왜 듀피셀론 가문은 짐승의 병대를 감시하는 듯한 움직임을 보이는 거지요?"

지금 라프델과 아니에르의 주요 타깃은 듀피셀론 가문의 첩보 부대였다. 듀피셀론 공작가를 조사하던 중, 라프델은 정보 수집과 반란 선동 같은 공작 업무를 맡고 있는 부대의 존재를 발견하였다. 그 부대의 지휘관은 헤르니아라는 이름의 여자였다.

정식으로 편제되지 않은 수상한 부대였기에 자연스레 라프델과 아니에르는 그 부대의 흔적을 쫓기 시작했다. 최근 헤르니아의 부대는 제국 내 각처 도시의 주민 반란을 선동하며 동시에 짐승의 병대를 조사하고 있는 중이었다.

"짐승의 병대는 따지고 보면 듀피셀론 공작가와 동맹을 맺고 있는 것뿐이니까요."

아니에르와는 달리 라프델은 짐승의 병대의 정체에 대해 상당히 많이 알고 있었다. 대부분 라휄에게 들은 이야기였지만, 세상 어느 누구도 정체를 알지 못하는 짐승의 병대 대장과 같은 곳 출신인 라휄의 말이니만큼 상당히 신빙성있는 것들이었다.

"그렇지만 그런 것치고는 너무 과해요. 배신을 걱정한다거

나 하는 수준이 아니라, 대단한 비밀이라도 캐려는 것 같잖아
요."

"아마도 짐승의 병대의 진짜 목적을 찾으려 하는 것 같아
요."

라프델의 말에 아니에르는 고개를 갸웃했다.

"진짜 목적이요?"

"나도 정확히는 아는 바가 없어요. 다만, 짐승의 병대의 실
질적인 사령관이라 할 수 있는 파드셀이라는 노예가 지금 여
덟 영혼의 검을 가지고 있고, 그 검은 테일바함의 전설과 연
결되어 있다는 정도만 알고 있을 뿐이죠."

아니에르는 갑작스럽게 나온 옛날이야기에 조금 혼란스러
운 기분이었다.

"테일바함이라니… 갑자기 그게 무슨 말이죠? 게다가 그런
이야기를 로이아드 씨는 어떻게 알게 된 건가요?"

"라휄에게 들은 이야기랍니다. 라휄은 테일바함의 전설에
서 태어난 사람이나 다름없으니까요."

아니에르도 라휄이 그레이트 홀 출신이라는 것을 알고 있
었다. 그리고 그레이트 홀이 테일바함의 전설과 관계있다는
것은 세상의 상식이었다.

"동화 같은 이야기에 그 중요한 첩보 기관을 절반이나 투
입하다니… 듀피셀론의 소공자도 의외로 로맨티스트네요."

"동화가 아니라 사실일 가능성이 크다는 반증이기도 합

니다.”

조금 진지한 표정으로 하는 라프델의 말에 아니에르는 고개를 천천히 저었다. 믿기지 않는다는 듯한 행동이었다. 라프델은 그런 그녀에게 미소를 지으며 말했다.

“다른 부분의 조사는 어느 정도 끝이 났으니, 우리도 전설 속을 파고들어야 할 것 같군요.”

아니에르는 라프델의 말에 빙긋 웃었다. 그와 이렇게 오랫동안 단둘이 있어본 것이 얼마 만일까? 전설 속이면 어떻고, 더 험악한 곳이라면 어떨까?

“어디라도 함께 가겠지만요.”

“네?”

“아, 혼잣말이에요. 그럼 카문으로 가게 되겠군요.”

아니에르의 얼버무리는 말에 라프델은 고개를 끄덕였다.

2

라휄이 체자렛을 도망시킨 일은 의외로 가볍게 처리되었다. 여러 이유가 있었지만, 그중 가장 큰 이유는 황제가 가장 총애하는 후작이자 4위의 반지를 가진 검사와 진심으로 적이 되고 싶어하는 사람이 단 한 명도 없었기 때문이다.

게다가 체자렛과 기사의 계약을 맺고 있다는 란스카 후작가의 발표가—카시카가 한 것이지만—있은 후로 라휄에 대해서는 동정하는 여론이 지배적이 되었다.

그러는 사이, 먼저 카문 성 쪽에서 듀피셀론 가문에서 보낸 병사들이 전투에 참여했다는 소식이 들려왔다. 그것도 정말 오래간만의 승전보였다.

아인스할 백국에 임시로 마련된 정부는 카문의 승전에 자축하는 분위기를 맞이했다. 하지만 곧바로 카문으로 다시 거처를 옮기자는 의견에는 대부분 반대표를 던졌다. 무엇보다 지금의 카문 성은 절반이 잿더미로 변한 폐허에 불과했으니 말이다.

카문의 실질적인 지배 계층인 열두 후작 가문도 현재 자신들의 저택을 폐쇄하고 있는 중이었다. 폭도들에 의해 파괴된 저택이 절반에, 나머지도 성난 민중을 피해 아인스할의 임시 거처로 이사를 한 후였다.

카문의 상황이 정리되고 나자 그곳에 묶여 있던 만 명 이상의 기마대를 국경으로 움직일 여유가 생겼다. 오랜 싸움으로 지쳐 있었지만 이번 기회에 국경에서 야만인들을 몰아내지 않는다면 제국은 한층 더 위험한 상황에 빠지게 될 터였다.

카문의 상황이 끝날 무렵의 어느 날.

"예의 그 건에 대하여 보고하러 왔습니다."

헤크토가 홀로 머물러 있던 집무실에 한 사람이 나타났다. 헤크토는 보고 있던 서류에서 눈을 떼지 않은 채 그녀의 말에 대꾸했다.

“이야기하라.”

“아직 짐승의 병대는 카문 왕성 안으로는 진입하지 않고 있습니다. 왕국의 기마대가 그들의 길을 막아서고 있다고 합니다. 그리고 짐승의 병대에 대해서는…….”

그녀의 이야기가 멈추었다. 헤크토는 눈을 들어 그녀를 바라보았다.

“대해서는?”

“그들은 전설을 쫓고 있습니다.”

“전설?”

조금 흥미가 생긴 듯 헤크토는 서류를 책상 위에 내려놓았다.

“지금까지 짐승의 병대의 행적을 추적해 본 결과, 그들이 갔던 장소와 드래곤들이 깨어난 사건 사이에 어느 정도 관계가 있는 듯합니다. 그리고 그들이 요구한 카문 성의 왕실 납골당은 테일바함의 전설이 깃든 장소입니다.”

헤크토가 눈살을 찌푸렸다.

“테일바함? 그 옛날이야기의 마룡 말인가?”

“예.”

“대륙에 갑자기 나타나 란스카 후작이라는 영웅을 탄생시킨 드래곤을 짐승의 병대가 깨우기라도 했다는 건가?”

헤르니아는 짤막히 답했다.

“인과로 설명할 만한 증거는 없습니다.”

“그런데 왜 갑자기 테일바함의 이야기가 나온 건가?”

“짐승의 병대를 추적해 보았으나 얻을 수 있는 정보는 거의 없었습니다. 그래서 역으로 왕실의 납골당에 대하여 조사한 결과 특이한 것은 테일바함의 전설뿐이었습니다.”

“그래서 그 둘을 연결시켜 보았다?”

“확실한 증거는 현재 아무것도 없습니다.”

“확실하지 않다는 말을 내게 보고하기 위해 온 건가?”

헤크토는 이 말을 하며 눈을 찡그렸다. 하지만 금세 표정에 미소를 띠었다.

“너를 탓할 일은 아니구나. 수고했다.”

“죄송합니다.”

헤르니아는 고개를 숙였고, 헤크토는 펜을 들어 눈앞에 놓인 서류에 자신의 이름을 휘갈겼다.

“뭐, 좋다. 어차피 카문에는 가야 할 일이 있으니 짐승의 병대에 카문 왕성에의 통행을 허가해 주며 그 대가로 좀 더 정보를 얻어봐야겠다.”

한편, 카문에 입성한 듀피셀론의 부대가 짐승의 병대라는 소식이 들려온 것도 그 즈음이었다. 짐승의 병대의 진짜 목적을 알고 있는 라휄 일행은 자칫하면 파드셀이 정말로 테일바함을 부활시킬지도 모른다는 걱정을 하게 되었다. 그동안 체자렛의 일이라거나 전쟁의 일 등으로 잠시 파드셀에 대한 일을 한쪽으로 치워두고 있었는데, 더 이상 지켜만 볼 수 없는 지경에 이른 것이다.

라휄은 곧바로 에필하임에게 면담을 청했다. 에필하임은 임시 왕궁에서 라휄을 맞이했다. 라휄이 인사말을 마치자마자 에필하임이 물었다.

"네가 먼저 나를 찾다니, 무슨 일이야?"

"파드셀의 일 때문에 왔어."

"그러지 않아도 짐승의 병대의 일로 네게 할 말이 있었는데, 마침 잘되었다."

"응? 어떤 말?"

에필하임은 라휄을 물끄러미 쳐다보다가 입을 열었다.

"테일바함의 전설에 대하여 네가 했던 이야기, 어디까지 믿을 수 있는 거지?"

"응? 그게 무슨 말이야?"

"정말로 테일바함이 깨어날 것 같으냐는 말이다."

라휄이 곧바로 답했다.

"어, 나도 그 얘기를 하러 온 거야."

"나는 테일바함이 정말로 세계를 어떻게 할 수 있을 정도의 무엇이라고는 생각하지 않아. 마룡이라고는 하지만 드래곤이잖아? 네가 벌써 세 마리나 죽인 괴물일 뿐이야."

"그치만… 카시카가 그랬어. 파드셀이 가지고 있는 검에는 정말로 무시무시한 마법의 힘이 들어 있다고."

“그러니까 혼자서 드래곤을 죽일 수 있었겠지. 그 검의 위력에 대해서는 전에도 내게 이야기했잖아. 내가 궁금한 건 테일바함이 어떤가 하는 거야.”

라휄은 에필하임의 물음에 고개를 갸웃거리다가 이렇게 답했다.

“그건… 아무도 몰라. 그냥 다들 무섭다고만 해서 그렇다고 생각했는데, 그러고 보니까 테일바함이는 셀까? 너무센이보다 더 셀까?”

에필하임은 끄응, 하고 신음을 삼켰다. 그러고 보니 모르는 게 당연한 일이었다.

“라휄, 너도 카문으로 가야겠다.”

“응?”

“카문으로 가서 짐승의 병대의 움직임을 확인해 봐. 네가 전에 이야기했잖아. 테일바함 전설의 마지막 한 조각이 카문에 있다고. 짐승의 병대가 거기로 간 이상 그 전설과 상관있는 어떤 행동을 할지도 몰라.”

“응, 알았어.”

에필하임은 잠시 더 생각을 하더니 입을 열었다.

“엔라드도 함께 가는 게 낫겠다. 테일바함의 문제뿐 아니라 듀피셀론 가문의 움직임도 신경 쓰이니 말이야.”

에필하임은 곧바로 사람을 시켜 엔라드를 궁으로 불러들였다.

　엔라드는 갑작스러운 황제의 호출에 궁 안으로 걸음을 서둘렀다. 그곳에 라휄이 있음에 조금 놀랐지만, 우선 황제 폐하에게 무릎을 꿇어 예를 표했다.

　"폐하의 충성스러운 기사, 엔라드 폰 레망이 부름을 받고 달려왔습니다."

　"오느라 수고 많았다."

　엔라드의 경례를 받은 직후 에필하임이 말했다.

　"엔라드, 그리고 라휄, 두 사람은 지금 즉시 카문으로 가도록 하라."

　이빨이 빠지다 못해 잇몸까지 상한 카문 왕실에 있어서 라휄과 엔라드는 무력의 절반은 족히 될 인물들이었다. 엔라드는 그런 사실을 잘 알고 있었기에 머리를 숙여 복종을 표하면서도 이의를 제기했다.

　"폐하, 신은 폐하의 근위대장이옵니다. 폐하를 지킬 병력조차 변변히 없는 지금 제가 폐하 곁을 떠난다는 것은 부당한 일이라 생각됩니다."

　"왕국이 있기에 왕이 있는 것이다. 나의 영지인 카문 왕국의 수도에 나의 군대가 없다면 이는 영토를 포기하는 것과 마찬가지다. 아인스할 백작은 충성스러운 사람이다. 그의 영지 안에 있는 이상 위험한 일은 없을 것이다."

　"하지만 폐하……."

“게다가 이곳은 전장에서 가장 먼 곳이라 할 수 있지 않느냐.”

“폐하, 외람된 말씀이오나 이미 카문은 안정을 되찾았다 할 수 있습니다. 야만인들은 듀피셀론 공작가의 충성심 어린 활약으로 모두 제거되었습니다. 폐하의 안전을 최고로 생각해야 하는 제가 이제 와 카문에 간다고 해도 특별히 할 일은 없을 듯합니다.”

엔라드는 이렇게 말하며 다시 한 번 고개를 숙였다. 에필하임은 잠시 동안 엔라드를 지켜보다가 가볍게 한숨을 내쉬었다.

“휴우~ 엔라드, 그렇다면 명령의 내용을 바꾸도록 하겠다.”

엔라드는 고개를 들어 에필하임을 바라보았다. 그렇지만 다시 내려진 에필하임의 명령은 엔라드를 한층 더 혼란스럽게 만들었다.

“엔라드, 그대는 라휄과 함께 카문으로 가서 듀피셀론 공작가의 불손한 행동을 저지하도록 하라.”

엔라드는 에필하임의 말에 눈을 휘둥그렇게 떴다.

“그, 그게……”

“짐이 다시 한 번 명령을 번복하게 만들 셈인가?”

“아닙니다. 폐하의 명령을 받들어 그대로 행하겠습니다.”

엔라드는 더 이상 거스를 수 없다는 생각에 고개를 숙여 명을 받았다. 게다가 라휄이 아무 말 없는 것으로 보아 자세한 사정은 그에게서도 들을 수 있을 듯싶었기에 궁금한 점을 묻지도 않았다.

"라휄, 그대는 짐의 명령을 이해하고 있는 것인가?"

"응, 듀피셀론이 나쁜 짓을 못하도록 막으라는 거잖아."

엔라드는 깜짝 놀라며 라휄을 쳐다보았다. 황제에게 저 말버릇이 뭐란 말인가? 하지만 황제는 전혀 신경 쓰지 않는다는 듯 말했다.

"좋다. 그대들의 충성으로 카문에 다시 돌아갈 날을 기대하고 있겠다."

알현을 마친 후 돌아오는 길. 엔라드는 갑자기 늘어난 이해 못할 정보들에 머리를 끙끙 싸맸다. 그는 천성이 검사라 고민하는 데는 익숙하지 않았다. 임시 왕궁을 벗어나기가 무섭게 라휄에게 말했다.

"라휄 군, 나는 도통 이해가 안 간다네. 도대체 무슨 일이 벌어진 겐가? 왜 갑자기 듀피셀론 공작가를 견제하라는 건가?"

"응? 아, 엔라드는 잘 모르겠구나. 에필… 아니, 폐하는 카문이 점거된 이유가 제국에 배반자가 있어서 그렇다고 했어. 그래서 라프델한테 조사를 시켜봤는데, 듀피셀론이 배신을 한 거래."

별것 아니라는 듯 술술 이야기하는 라휄의 말에 엔라드는 뒷골이 다 띵해지는 듯했다.

"그게 무슨 말인가? 듀피셀론이 카문을 야만인들에게 팔았다는 건가? 말이 안 되지 않나. 그들에게 무슨 이익이 있다고……."

"나도 그런 어려운 건 잘 몰라. 엔라드랑은 같이 카문에 가게 될 테니까 나중에 카시카한테 물어봐. 그치만 듀피셀론은 정말 나쁜 짓을 하고 있어. 천사님도 듀피셀론에게 속아서 나쁜 일을 하게 된 거야. 카문에서 신민들이 폭동을 일으킨 것도 듀피셀론이 꾸민 일이래."

엔라드는 신음을 삼켰다. 무언지 잘 모르겠지만 상당히 심각한 일들이 제국 안에서 벌어지고 있는 모양이었다.

"준비가 다 되는 대로 사람을 보내도록 하겠네."

엔라드는 이렇게 말하며 근위대가 있는 곳으로 걸음을 서둘렀고, 라휄은 웅, 하고 답하고는 묵고 있는 여관으로 향했다.

엔라드의 휘하에는 지금 100명의 기사가 있었다. 카문 함락 때 부하들의 대다수가 죽임을 당한 덕분에 지금 있는 기사들은 새로 뽑은 이들이었다. 그나마 열 명가량이 검은 반지의 소유자였기에 망정이지, 왕국의 최고 기사단으로서는 정말 초라하기 짝이 없는 규모였다.

라휄의 흰색 마차를 선두로 근위대가 남쪽으로 행군하기

시작했다. 하나같이 흰말을 타고 있는 근위대의 행진에 아인스할 백작 성의 주민들은 거리에까지 나와 환호성을 내질렀다.

마차의 앞에는 지금 라휄과 엔라드가 말 머리를 나란히 하고 있었다. 엔라드는 조금 전 카시카로부터 듀피셀론 공작가가 한 일의 전모를 들은 후라 끓어오르는 분노에 자신도 모르게 얼굴이 굳어 있었다. 그렇지 않아도 조금 험상궂은 외모였는데, 표정까지 딱딱하자 근엄함을 넘어서 조금 무서운 인상이 되었다.

카문까지는 평상적인 마차의 속도로 닷새 거리였다. 나란히 말을 타고 간 덕에 엔라드는 그 어느 때보다 라휄과 많은 이야기를 나눌 수 있게 되었다. 나이 차이도 두 배 이상 났고, 지위도, 맡은바 직무도 완전히 달랐지만 대화는 한 번도 끊이지 않았다. 검술이라는 공통 화제가 있기 때문이었다.

"그런데 나는 아무리 해도 어둠을 깨달을 수가 없네. 특별한 방법이라도 있는 건가?"

엔라드의 질문에 라휄은 잠시 생각에 잠겼다.

"그건… 나는 처음에 지상에 나왔을 때 반짝반짝검밖에는 쓸 수 없었어. 반짝반짝검은 윈든이야. 그치만 윈든은 단순히 바람의 힘은 아닌 거 같아."

라휄의 말에 엔라드는 고개를 끄덕였다.

"맞는 말이네. 바람이라는 것은 어디까지나 흐르는 것, 다시 말해 에너지의 움직임을 이야기하는 것이지."

"응, 그리고 그다음에 파이른을 배운 거는 지상에 나온 후 한참이나 지나서였어. 왜냐면 지하에서는 불을 그리 많이 쓰지 않았거든. 파드셸은 불에 대해서 잘 알고 있었지만 지하에는 태울 만한 것이 없었어. 마법을 쓰는 아이들이 불의 마법을 쓸 때나 가끔 잘 타는 괴물이 나왔을 때만 불을 썼어. 음식도 익혀 먹을 수 있었고. 그래서 불의 검을 배우는 데 시간이 많이 걸린 거야. 우든, 멜튼 전부 나한테는 윈든보다 어려웠어."

"원소에 대한 깨달음이 속성검을 부르는 것이야 검사라면 누구나 알고 있는 사실 아닌가. 하지만 나는 내가 어둠을 모른다고는 생각할 수가 없단 말일세. 평생 살아온 날의 반은 밤이 아닌가?"

라휈은 고개를 끄덕였다.

"그건 그렇겠구나. 그치만 그래도 모르는 건 모르는 거니까 못하는 걸 거야. 어둠의 검은 조금도 특별하지가 않은걸. 윈든이나 파이른이랑 만드는 방법은 똑같으니까."

엔라드는 으음, 하고 신음을 뱉었고, 라휈이 다시 입을 열었다.

"그치만 나도 빛의 검을 만들어낼 수 없으니까 마찬가지일 거야. 빛이란 건 뭘까? 불을 켜면 빛이 나잖아. 불이랑 빛은 뭐가 다른 거지?"

라휄의 말에 엔라드는 마상에서 팔짱을 끼었다.

"빛이라… 나는 빛하면 생명이 가장 먼저 떠오른다네. 어느 시인이 이렇게 말했다고 하지. 하늘의 별, 지상의 생명, 반짝임이 한결같다고. 다른 구절은 전혀 모르지만 이 한 줄만큼은 유난히 기억에 남아 외우고 있다네."

"생명? 그게 빛이랑 무슨 상관이야? 생명은 살아 있는 거잖아."

엔라드는 라휄의 질문에 머리를 긁적였다.

"그런가? 하하, 그러고 보니 그런 것도 같네."

라휄은 고개를 갸웃거렸다. 생명과 빛? 그러고 보니 처음 빛의 검을 만들려고 했을 때 갑자기 천사님이 떠올랐었다. 그때는 천사님을 처음 만났을 때 그녀의 몸에 후광처럼 뿌려지던 태양 때문이라고 생각했지만, 엔라드의 말을 듣고 보니 어쩐지 자신이 다시 살아남을 수 있었던 것과의 연관성이 느껴졌다.

입을 다문 라휄을 대신해 엔라드가 손으로 부채질을 하며 말했다.

"유람도 오늘로써 끝이로구만."

"응?"

"이제 하루면 카문이 아닌가. 먼저 간 정찰병의 말로는 듀피셸론 가문에서 추가로 파병한 1만 명가량의 병력이 카문에 내일쯤이면 도착한다고 하니, 우리와 거의 비슷하게 도착할 듯하네. 아직까지 카문에 별다른 움직임이 없는 것으로 보아 그 병사들이 도착한 후에 무슨 일이 일어나도 일어날 것이네.”

라휄이 말에 고개를 끄덕이자 엔라드의 말이 이어졌다.

“지금까지는 기사들과 말이 지치지 않도록 하기 위해 통상적인 여행 속도에 준해 움직였지만 하루 정도는 무리를 해도 괜찮지 않겠나. 내일은 아침부터 행군의 속도를 조금 높일 생각이네.”

“응, 알았어. 카시카의 마차도 말이 여섯 마리나 돼서 꽤 빨리 달릴 수 있어.”

“부디 그들이 폐하의 명령서를 보고 자중해 주었으면 하네. 카문 왕국과 듀피셀론 공국 사이의 전쟁이라니… 생각만 해도 끔찍하네.”

엔라드는 카문이 있는 곳을 바라보며 이렇게 말했다. 하지만 라휄은 어쩐지 쉽게는 끝나지 않을 것 같은 생각이 들었다. 그 불안감의 원인은 듀피셀론 공작가가 아니었다.

그곳에 있을 지하의 아이, 파드셀이 머릿속에서 떠나지를 않았다.

3

모헬 영지 북쪽에서 두 달 가까이 지루하게 끌어오던 전쟁은 듀피셀론 공작가의 적극적인 개입으로 일단락되었다.

사령관 요제프는 오랜 전쟁을 위로하는 뜻에서 지휘관들을 모아 연회를 마련했다. 병사들 역시 그들 나름의 연회가 벌어졌고, 오래간만에 모헬 영지에 화색이 돌았다.

지휘관들의 연회에는 모두 합쳐 천 명 가까운 인원이 참석했다. 그 안에는 검사와 마법사, 가디언들을 비롯한 특수한 신분의 사람들도 있었다.

검사들의 총지휘관인 제라흐가 그중 한 사람이었고, 마법사들을 통솔한 휘바드도 있었다. 그리고 주지하다시피 두 사람은 썩 사이가 좋은 편이 아니었다.

둘 모두 지위나 신분이 대륙에서 손꼽힐 만했고, 요제프로서도 그들을 상석에 앉힐 수밖에 없었다. 문제는 거기서 비롯됐다. 둘 사이의 물리적 거리가 너무 가까웠다.

"그러니까 마법사들은 안 된다는 거 아니야. 초기에 시뻘건 참새들이 하늘을 날아다닐 때 마법사들이 제대로 대응만 했어도 이렇게까지 고생할 전쟁은 아니었잖아."

"뭐가 어째? 검사들은 어떻고? 몇 명 되지도 않는 적들의 무사에게 쩔쩔매던 주제가 아니었나? 아! 하긴, 라프델이니 라휄이니 하는 파릇파릇한 녀석들이 카문 성으로 가고 나서 누구 같은 늙은이만 남았으니 오죽했을까."

"같이 늙어가는 처지에 너무 나이 나이 하지 말아! 네놈은 십 년 후에 나처럼 안 될 거 같냐?"

“내 제자 못 봤나? 나도 마음만 먹으면 10대로 돌아갈 수 있어! 이거 왜 이래?”

하지만 그래도 한숨 돌린 후의 자리여서인지 두 노인네의 입씨름도 파티의 여흥거리로써 그리 나쁘지 않았다. 그동안 검사들은 검사 나름대로, 마법사들은 마법사 나름대로 자신들의 수련만을 강조하고 그를 핑계로 세상과 담을 쌓듯 지내 왔다. 하지만 이번 전쟁을 계기로 많은 교류가 있었고, 덕분에 상당히 친해진 사람들도 꽤 있었다. 각파의 수장들이 싸우거나 말거나 그들은 그들 나름의 시간을 보내고 있었다.

“에잇, 이래서 영감은 상대를 못하겠다니까. 아니에르, 그 아이도 그렇고… 어떻게 여긴 떠나기만 하면 다시 돌아올 생각을 안 하는 거야?”

휘바드의 투덜대는 말에 제라흐도 부쩍 라휄이 생각났다.

“에잉, 여기서 주저앉아 술이나 푼다고 뭐가 달라질까. 라휄 그 녀석한테나 가봐야겠다.”

제라흐는 이렇게 말하고는 자리에서 벌떡 일어났다. 휘바드도 분위기에 편승해 연회장을 떠나기로 마음먹었다.

“아니, 뭣들 하십니까. 애들도 아니고……”

요제프는 그들이 갑자기 자리에서 일어나자 두 손을 내밀며 이렇게 말했다. 하지만 돌아온 건 노인네들의 부리부리한 눈이었다. 찔끔 기가 죽어 내밀던 손을 다시 끌어당겼다.

제라흐와 휘바드는 본의 아니게 어깨를 나란히 해 막사를 벗어났다.

"그런데 이놈은 도대체 어디에 있는 거야? 폐하께서는 아인스할로 가셨다는데……."

제라흐가 중얼거렸다. 휘바드는 제라흐보다 한층 더 일행의 소식을 알지 못했다.

"그런데……."

제라흐가 고개를 돌려 휘바드를 향해 말을 건넸다.

"싸움을 걸려는 거라면 지금은 참아주시게."

"실없는 소리는 그만두고. 지금 영 기분이 좋질 않아서 그러는 걸세."

"당신도?"

"바보 취급을 받아도 할 말 없지만, 듀피셀론 공작가에서 온 녀석들도 영 기분이 나쁘고… 돌아가는 상황도 이상해서 그러네. 라휄 녀석이 아직까지도 이곳으로 돌아오지 않은 것을 보면 분명 제국에 무슨 일이 생긴 걸세."

제라흐가 직감 반에 경험을 반쯤 버무려 현 상황에 대해 진단을 내리자 휘바드가 고개를 끄덕여 동의했다.

"라프델도 마찬가지 아닌가. 황제 폐하께 특별한 명령을 받기라도 한 게 아니라면 벌써 돌아와도 몇 달 전에는 돌아왔을 사람인데 아직까지 소식조차 없는 걸 보면 무슨 일이 있긴 한 거지. 그래, 그래서 나와의 말싸움을 핑계로 자리를 피한 건가?"

"네 녀석과 시시껍절한 말싸움이나 하면서 시간을 보낼 때가 아니라는 생각이 자꾸 드네."

"뭐, 머리만 굴린들 뭐가 달라질까. 우선 라프델이 있는 방향 정도는 마법으로 감지해 낼 수 있을 것 같으니, 그 아이를 먼저 만나보세나."

"그래야겠군."

제라흐와 휘바드는 의견이 모이자 곧바로 말을 몰아 남쪽으로 달렸다.

카문 성안의 중앙 도로를 따라 북쪽으로 가다 보면 넓은 광장이 하나 있다. 카문 성을 십자로 나누어 네 개 구획으로 만드는 두 개의 도로가 직각으로 교차하는 지점으로, 나라 안의 큰 행사는 대부분 이곳에서 열리곤 했다.

지금 카문의 중앙 광장에는 수만의 병사와 이를 구경하기 위해 몰려나온 인파로 장관을 이루었다. 병사들은 하나같이 듀피셀론 공작가의 문장을 깃발로 들고 있었지만, 상당히 다양한 사람들의 집합체였다.

가장 서쪽에는 짐승의 가죽을 뒤집어쓴 용병단이 있었다. 바로 짐승의 병대였다.

그 오른편으로 있는 병사들은 듀피셀론의 정규군이었다. 기사가 3천에 보병, 전투 노예가 7천명으로, 전형적인 편성 비율을 유지하고 있었다. 전면에는 기사들이 말을 탄 채 오열을 맞추어 도열했고, 그다음으로 검과 방패를 든 병사들이, 그리고 가장 뒤쪽에 창을 든 전투 노예들이 자리했다.

그 바로 오른쪽으로는 마법사의 복장을 한 사람들이 100명 정도 있었다.

가장 오른쪽에는 조금 기묘한 무리들이 있었다. 숫자는 고작해야 200명이 될까 말까 한 정도였지만, 복장이 제각각인 것으로 보아 일반적인 군인은 아닌 듯 보였다. 단 한 가지 이들이 통일하고 있는 것은 오른손의 반지였다.

그들은 다름 아닌 검사들로만 이루어진 부대였다. 절반은 흰 반지를, 나머지 절반은 검은 반지를 끼고 있었다.

반면 구경꾼들은 카문의 빈민들과 도저히 가산을 버리고 떠날 수 없는 평민들이 대부분이었다. 근 한 달여간 이 지옥 같았던 카문 성에서 버티고 버텨 오늘의 평화를 만끽하게 된 사람들이었다.

이 많은 사람들이 한자리에 모인 것은 바로 한 사람을 위해서였다.

임시로 마련된 단상에 한 남자가 모습을 드러내자 평민들 사이에서 몇몇 사람들이 큰 소리로 외쳤다.

"헤크토님 만세!"

"제국의 영웅 헤크토님이시다!"

"듀피셀론 공작가여, 영원하라!"

그 외침에 호응해, 하나둘 만세를 외치는 사람들이 늘어갔다. 그들에게 있어서 듀피셀론 가문은 생명의 은인이나 마찬가지였다.

헤크토가 연단에 서자 앞에 도열해 있던 기사와 병사들이 일제히 무릎을 꿇었다. 노예들은 숫제 바닥에 엎드렸다. 반면 기사 집단은 주먹을 오른 가슴에 가져가고 허리를 살짝 굽히는 정도로 인사를 했고, 짐승의 병대는 명목상의 지휘관들만이 대표로 인사를 올렸다.

"카문의 신민들이여! 너희들은 승리했다!"

마법으로 증폭된 헤크토의 목소리가 광장에 울렸다. 카문의 신민들, 특히 민병대를 조직해 적들과 적극적으로 싸운 사람들은 쩌렁쩌렁 울리는 목소리로 환호성을 질렀다.

헤크토는 연단에 서서 그들의 모습을 바라보았다. 무지렁이, 난민, 사회의 하층민들. 평소라면 그들을 칭송하는 말 따위는 결코 입에 내지 않을 터였지만 필요하다면 얼마든지 할 수 있다.

"왕실이 카문을 버리고 안전한 곳으로 피한 지도 어언 두 달이 흘렀다. 너희들은 그동안 이 땅, 카문이라는 자신들의 성을 위해 목숨 바쳐 싸워왔다. 만약 너희들이 패배를 인정하고 카문을 버렸더라면 지금쯤 카문 성은 야만인들의 손에 철저히 파괴되고 짓밟혔을 것이다."

또다시 카문의 사람들 사이에서 목소리 큰 사람들이 외쳤다.

"카문을 해방시켜 주신 건 듀피셀론 공작님이십니다!"

"물론 직접적으로 병력을 동원해 야만인을 무찌른 것은 나의 충성스러운 기사들이다. 하지만 카문의 신민들의 지속적인 저항이 아니었다면 아무리 듀피셀론의 용맹한 기사들이라 해도 카문 성을 탈환하지 못했을 것이다. 하지만 한 가지만큼은 꼭 짚고 넘어가고 싶다."

헤크토는 잠시 말을 멈추어 카문에 모인 3만여 사람을 쭉 돌아보았다.

"왕국은 카문의 신민들을 위해 무엇을 했는가?!"

이 한마디에 갑자기 분위기가 가라앉았다. 지난 한 달여 동안 왕국을 원망하는 목소리가 없지는 않았다. 하지만 그래도 왕은 왕이다. 왕실을 직접적으로 규탄하는 목소리를 낼 만큼 사람들은 용감하지 않았다.

"왕국은 지금 아무런 힘도 남아 있지 않다. 제후국들의 희생 어린 도움이 없었더라면 제국은 지금쯤 야만인들의 손에 철저히 농락당하고 있었을 것이다. 신민은 야만인들에게 붙잡혀 노예로 끌려가게 됐을 것이고, 귀족들은 모두 죽임을 당했을 것이다."

"맞다!"

"옳은 말이다!"

또다시 신민들 사이에서 거친 목소리들이 터져 나왔다. 하지만 호응하는 목소리는 열에 하나가 될까 말까 했다. 산발적으로 여기저기서 나오던 목소리는 점차 잦아들었다.

"그렇기 때문에 나는 이 자리에서 선언을 하고자 한다. 더 이상 듀피셀론 공작가는 무능한 왕국에 대가없는 충성을 바치지 않을 것이다. 왕국과 우리 공국 간의 관계는 더 이상 주종의 관계가 아니며, 왕국이 듀피셀론 공작가의 도움을 바랄 때에는 그 대가를 받고 움직일 것이다."

모여 있는 신민들이 마른침을 삼켰다. 이 선언은 듀피셀론의 독립을 이야기하고 있었다. 다시 말해 반역이다.

사람들은 이 상황에서 곧바로 반역이라는 말을 떠올리지는 않았다. 하지만 여기서 까딱 잘못 입을 놀렸다가는 저 앞에 도열해 있는 무시무시한 병사들에게 해를 입을지도 모른다는 위기감은 확연히 깨닫고 있었다.

하지만 그런 공기는 곧바로 누그러들었다.

"신민들은 들으라. 우리 듀피셀론 공작가는 결코 너희들을 버리지 않는다. 그 증거를 보여주도록 하겠다!"

헤크토의 말에 발맞추어 연단 좌우로 늘어선 길을 따라 커다란 짐마차가 모습을 드러냈다. 그것에 담겨 있는 것은 밀포대였다. 돼지고기와 소고기였다. 그리고 그것들을 요리할 사람들이었다.

"카문 성에서의 승리를 자축하는 연회의 시작을 선언한다!"

축포가 하늘로 쏘아졌다. 아직 한낮이지만 불꽃이 선연한 것이 마법으로 조제한 것인 듯했다.

광장을 따라 천막들이 들어서고 악사들의 연주가 시작되었다. 음식을 위한 장작불이 타올랐다. 조리된 음식들이 신민과 군인들, 용병들에게 주어지자 사람들은 그제야 환호성을 내지르기 시작했다.

한껏 소란스러워진 카문 성 광장을 내려다보며 헤크토는 미소를 지었다.

그 모습을 지켜보던 사람들 속에는 엔라드, 카시카를 비롯한 라휄 일행들이 섞여 있었다.

근위기사들을 성 밖 으슥한 곳에 감춰둔 채 홀로 라휄 일행을 따라온 엔라드는 헤크토의 연설을 들으며 다시 한 번 심각한 표정이 되었다.

축제의 시작과 함께 이들은 다시 기사들이 숨어 있는 성 밖의 여관으로 향했다. 기사들의 마중을 본체만체하고는 곧바로 여관의 1층 바에 있는 원탁에 자리를 잡아 어떻게 행동할지에 대한 회의를 시작했다.

"그 이야기가 사실이었다니… 듀피셸론이 왕국에 반란을 선언한 것이 아닌가!"

엔라드의 탄식으로 논의가 시작되었다.

"지금까지 몰래 움직여 왔기에 대놓고 독립을 선언할 거라고는 생각도 못했는데, 이제 자신이 생긴 모양이에요."

엔라드는 카시카의 말에 고개를 끄덕였다.

"그야, 카문 본국의 국력은 따지고 보면 네 공작가 하나하나보다 약하지. 그나마도 오랜 전쟁으로 쇠약해질 대로 쇠약해져 마음만 먹는다면 아흐라마 너머의 4백국들이라도 독립을 선언할 수 있을 것이네. 하지만 이럴 때를 틈타 독립을 선언하다니! 군주와 신하의 충성의 맹약이 그렇게나 가벼운 것인가!"

엔라드의 말대로 철저한 봉건사회였기에 카문 본국의 국력은 사실 그리 대단할 것이 없었다. 하지만 왕국과 각 공국, 백국 사이에는 봉신의 맹약을 맺었고, 그것은 신의 앞에서 맹세한 절대적인 계약이었다.

그렇기 때문에 그것을 일방적으로 파기하는 것은 곧 반역을 뜻했다. 나머지 제후국들이 결코 그것을 방관하지 않았다.

"다시 말하자면, 듀피셀론 공작가의 국력과 다른 나라 사이의 세력 균형이 이미 무너졌다는 말이에요. 로이아드 경이 조사한 바에 따르면, 벌써 10년 전부터 군비를 확대하고 무기를 모으기 시작한 모양이에요."

카시카의 말에 엔라드가 눈살을 찌푸렸다.

"이번 전쟁으로 인해 우발적으로 저지른 일은 아니란 말이군."

"즉흥적으로 반란을 일으킬 만한 사람이 세상에 누가 있을까요. 뭐, 있기는 했지만……."

카시카의 말은 코넬리아 공작을 지칭한 것이었다.

"아무튼 그보다 대책을 생각해 봐야 해요. 폐하께서도 설마하니 대놓고 독립을 선언할 것이라고는 생각하지 못했기에 레망 경과 낭군님을 이곳으로 파견한 것일 거예요. 하지만 이렇게 된 이상 여기 있는 사람들만으로 우선 어떻게든 급한 불은 꺼야 할 것 같아요."

엔라드는 카시카의 말에 고개를 끄덕였다.

"맞는 말이다."

"우선은 듀피셀론 공작가의 독립선언을 전 세계에 먼저 알릴 필요가 있어요. 그래서 제후국들의 세력을 규합해야죠."

계속된 카시카의 설명에 엔라드는 동감을 표했다. 그때 백묘가 조용히 입을 열었다.

"주인님, 감히 소녀가 말을 할 수 있도록 허락해 주셔요."

카시카가 라휄을 대신해 그녀의 말을 받았다.

"얌전 떨지 말고 말해. 지금은 노예니 예의니 하는 걸 차릴 때가 아니니까."

엔라드 역시 그간 라휄 일행과의 여행을 통해 흑묘와 백묘가 보통의 노예는 아니라는 것을 이미 알고 있었다.

"좋은 생각이 있다면 이야기하거라, 탓하지 않을 테니. 나는 검사라 자질구레한 예의 따위는 중요하게 생각하지 않는다."

하지만 백묘는 라휄의 대답을 기다리며 조용히 고개를 숙이고 있었다. 라휄이 그런 백묘에게 말했다.

"응, 모두가 그렇게 말하니까 이야기해도 돼."

"감사합니다, 주인님."

백묘는 라휄에게 인사의 말을 하고는 카시카에게 말했다.

"카시카님, 하지만 이미 늦은 게 아닐까요? 저는 오히려 모헬 북쪽의 국경선에 있는 병사들이 걱정이에요. 듀피셀론 가문이 그렇게 오래전부터 준비를 해왔고, 지금 여기서 공개적으로 반란을 선언할 때에는 준비가 모두 갖추어졌다는 이야기일 거예요."

"그래, 그쪽도 포함해서야. 늦었겠지만 그래도 아무것도 모르고 당하는 가문들도 있을 테니, 아군을 한 명이라도 더 끌어 모아야지."

카시카는 백묘의 말에 이렇게 답하고는 엔라드에게 말했다.

"게다가 레망 경에게는 아직 말하지 않았지만, 제국은 또 하나의 시한폭탄을 안고 있어요. 황제 폐하께서 밀서로 낭군님에게만 내린 명령이지만 이렇게 된 이상 레망 경도 알고 계시는 게 좋을 것 같아요."

"시한폭탄?"

"네, 바로 짐승의 병대예요."

카시카는 엔라드에게 짐승의 병대와 테일바함의 전설, 그리고 듀피셀론 공작가와의 관계를 설명해 주었다.

"그러니까 지금, 짐승의 병대가 이곳 카문에 있는 이유가
그 마룡의 전설과 관계가 있다는 말인가?"

"네, 바로 그래요."

"잠깐, 그런데… 마룡의 전설이라면 나도 조금은 알고 있
는데, 정말로 그 전설이 사실이고 마룡이 깨어난다면, 그리고
그 힘을 파드셀이라는 짐승의 병대의 실제 주인이 차지하게
된다면 왜 그걸 듀피셀론 가문에서 돕고 있는 것이지?"

카시카가 엔라드의 물음에 답했다.

"그야, 그들도 잘 모를 테니까요. 테일바함의 전설과 파드
셀과의 관계에 대해서 짐작이나마 하고 있던 건 튜데일 각하
뿐이에요. 그리고 황제 폐하와 우리들이 알고 있는 사람의 전
부죠. 로이아드 경에게도 그 당시 알고 있던 것에 대해서는
모두 이야기했구요."

"그렇군. 가만, 그렇다면… 짐승의 병대의 진짜 목적을 듀
피셀론 가문이 알게 된다면……."

"저 둘 사이의 동맹은 깨어진다고 봐야겠죠."

카시카의 대답에 사람들은 해결의 실마리를 찾을 수 있었
다.

"우선은 듀피셀론 공작가와 짐승의 병대 사이를 갈라놓는
것이 먼저겠군그래."

"네. 그리고 나서는 짐승의 병대를 도와 듀피셀론의 병사
들을 제압해야 해요. 그다음 짐승의 병대가 테일바함을 이용

해 제국에 해를 끼치려 한다면 그들 또한 막아야겠죠."

엔라드는 고개를 저었다.

"아니, 마룡을 깨우는 것조차 막아야 한다. 전설이 진짜인지 거짓인지를 확인할 수 있게 된 후에는 너무 늦을 수도 있으니까."

"황제 폐하는 마룡이 실재한다는 사실을 믿지 않으시는 것 같았어요. 그렇지만 레망 경의 말에도 일리가 있어요. 정말로 테일바함을 깨우게 된다면, 그리고 그것이 우리들로서도 도저히 감당 못하는 무엇이라면… 세계는 짐승의 병대에 의해 완전히 변하게 될 거예요."

엔라드는 고개를 끄덕였다. 그러다 문득 한 가지 사실이 떠올랐다.

"그런데 도대체 짐승의 병대는 무엇 때문에 그런 엄청난 전설에 관심을 보이고 있는 거지? 물론, 만약 그런 대단한 것이 잠들어 있다면 누구나 손에 넣고 싶어하겠지만, 도대체 짐승의 병대는 어떤 목적으로 움직이고 있는 건가? 왕실에서도 예전부터 그들을 세력 안으로 끌어들이기 위해 백방으로 찾아다니고 있었는데 지위도, 명예도 모두 거절하지 않았던가?"

그 물음에 카시카는 대답을 망설였다. 그런 그녀를 대신해 라휄이 입을 열었다.

"파드셀은 괴로움이 없는 세계를 만들고 싶대. 그건 노예도 평민도 귀족도 없는 세계래.”

엔라드가 허, 하고 탄성을 냈다.

“평등주의자들이었던가?”

“응? 그게 뭐야?”

“아, 라휄 군, 자네가 말한 그대로야. 노예도, 평민도, 귀족도 없는 평등한 세계를 꿈꾸는 사람들이지. 뭐, 몽상가들에 불과하지만…….”

“그건 나쁜 거야? 제라흐는 어린아이의 꿈 같은 거라 그랬어.”

엔라드는 고개를 끄덕였다.

“그 말이 그럴듯하군. 하지만 위험한 전설이랑 결합시켜놓고 보니 위험한 생각이군그래.”

“위험해? 그치만 나는 좋은 거 같은데…….”

라휄의 말에 엔라드는 곧바로 무슨 말을 하려 했다. 하지만 라휄의 좌우로 앉아 있는 두 노예를 보았다. 그리고 다시 가디언인 평민의 여인을 보았다. 이들은 노예, 평민, 귀족이 비록 서로의 위치를 지키고 있지만 근본적인 부분에서는 평등했다.

“흠흠, 물론 여기 있는 백묘나 흑묘처럼 현명한 노예들도 있어서 주인이 그들의 말을 경청하거나 하는 걸 나쁘다고 할 수는 없지만, 신분이란 게 그러니까…….”

카시카가 엔라드의 말을 끊었다.

"신분제에 대한 건 나중에 천천히 이야기해요. 지금은 짐
승의 병대를 막을 이유가 있다는 걸 알게 된 것만으로도 충분
하잖아요?"

"그건 그렇군."

"그럼 우선 짐승의 병대와 듀피셀론 공작가의 군대를 이간
질시키고, 그 혼란을 틈타 듀피셀론 공작가에 타격을 입히는
걸 첫 번째로 하기로 해요."

"알겠다. 근위대도 그 작전을 함께하기로 하지."

카문 성에 들어온 것은 라휄 일행뿐만이 아니었다.

라휄의 일행이 있던 동문 쪽과는 정반대, 카문의 서쪽에 있
는 낡은 집 안에 네 사람의 검사와 마법사, 회복술사가 머리
를 맞대고 앉아 있었다.

"그보다, 정말 놀랐습니다. 휘바드 씨가 튜데일 후작 각하
와 함께 나타나시다니."

라프델은 조금 전 휘바드와 제라흐를 만났던 때를 떠올렸
다. 후드를 뒤집어쓰고, 듀피셀론 소공자의 연설을 듣고 있
던 라프델과 아니에르의 뒤로 제라흐가 휘바드가 접근했다.
처음 보았을 때에는 두 사람이 같이 다니는 광경이 너무나
비현실적이기에 사람을 잘못 본 게 아닌가 하는 생각까지 들
었다.

"하하, 어떻게 하다 보니 그렇게 됐지."

휘바드는 멋쩍게 웃고는 아니에르에게 말했다.

"그래, 이 녀석과의 사이는 조금 진전이 있었나? 젊은 남녀가 단둘이 한 달 넘게 붙어 있었으면 무슨 일이 있었어도 있어야 정상 아닌가?"

아니에르의 얼굴이 새빨개졌다.

"휘바드님! 그게 무슨 말씀이세요?"

"쯧쯧, 나잇살이나 먹어 가지고 경망스럽게 붙어 있는 게 뭔가?"

제라흐도 아니에르를 거들고 나왔다. 짧았던 동맹의 결렬이다.

"나이는 무슨 나이? 한번 변해볼까, 10대의 나로?"

라프델이 웃으며 중재에 나섰다.

"자자, 다들 진정하십시오. 그보다 우선 지금 할 일에 대하여 이야기하죠."

"흠흠, 아무튼 정말 놀랐네. 듀피셀론 가문이 뒤에서 이런 일을 꾸몄다니……."

제라흐의 말에 라프델이 고개를 끄덕였다.

"예, 저희들도 폐하의 밀명으로 조사를 하다 알게 된 사실이지만 정말 의외였습니다. 그렇게나 왕국에 충성스러웠던 듀피셀론 공작가가 배신을 하다니. 하지만 대부분은 아까 두 분도 보셨던 헤크토라는 공작가의 제1작위 계승자가 꾸민 일입니다. 듀피셀론 가문 내부에서도 분명 알고는 있었겠지만 주도적으로 일을 진행시킨 것은 그자입니다."

"즉, 그 녀석만 해결하면 된다는 거구만?"

휘바드가 이렇게 말을 하며 엄지손가락을 세워 목을 슥 긋는 몸동작을 했다.

"그런다고 듀피셀론의 배신이 없었던 것으로 돌아가지는 않겠지만, 적어도 듀피셀론 공작가의 세력을 상당 부분 와해시킬 수는 있을 것 같습니다."

라프델의 대답에 휘바드가 고개를 끄덕였다.

"뭐, 그럼 간단하네. 가서 죽이자고."

"하지만 아까도 보셨듯이 병사만 3만 명가량에, 검사들도 200명이나 있습니다. 그리고 현재 어딘가에 숨어서 보이지는 않지만, 그림자 속에서 움직이는 이들도 100명가량 있습니다. 주로 첩보 활동을 하고 있지만 보통 병사들보다는 까다로운 자들이라 생각됩니다."

"흐음, 우선은 상황을 살펴보는 게 먼저겠군그래."

제라흐의 말에 휘바드가 동감을 표했다.

"그래야겠군. 좋아, 그럼 내 마법을 이용해 저들에게 접근해 보세."

다들 찬성하자 휘바드는 마법을 이용해 일행의 모습을 가렸다.

"다들 검사들 근처로는 접근하지 말게나. 이 마법은 고작 눈에 보이지 않게 하는 정도니까."

휘바드의 설명을 끝으로 그를 포함한 네 사람이 헤크토의 병사들이 있는 곳으로 접근해 갔다. 하지만 그들조차 라휄을 비롯한 100여 명의 사람이 똑같은 방법으로 듀피셀론의 군대에 접근하고 있다는 사실을 전혀 눈치 채지 못하고 있었다.

헤크토와 파드셀은 각기 자신의 병사들을 지휘해 카문 왕성으로 향했다. 부교는 이미 말끔히 수리가 되어 있었고, 3만이나 되는 대군과 수많은 검사, 마법사들이 카문 왕성이 있는 섬에 도착했다.

"왕실의 납골당이라……."

섬에 도착한 헤크토는 자신과 나란히 걷고 있는 파드셀에게 이렇게 운을 떼었다. 파드셀의 뒤로는 쿤과 엘드리히가 따르고 있었다. 그리고 헤크토의 바로 뒤에는 검사의 복장을 한 남자가 세 명 있었다. 그들 중 한 명의 반지는 흰색의 링에 붉은 글씨가 쓰여 있었다. 검의 숲 안쪽의 검사라는 증거였다.

"도대체 거기에 뭐가 있다는 거지?"

헤크토의 물음에 파드셀은 빙그레 미소를 지었다.

"그 물음에 답하는 것이 우리의 계약 내용 안에 있었나?"

"그건 아니지만, 호기심을 느끼는 게 오히려 자연스럽다고 생각되지 않나?"

"그걸 충족시켜 줄 이유가 내게는 없군."

파드셀은 여전히 미소를 띠고 있었다. 헤크토는 그런 파드셀의 미소가 기분 나빴지만 내색하지는 않았다. 헤크토는 우선 자기가 알고 있는 패를 꺼내보기로 마음을 먹었다.

"드래곤을 깨우고 다닌 것과 관계가 있나?"

파드셀은 그 물음에 긍정도, 부정도 하지 않았다. 하지만 무응답으로 긍정한 것이나 마찬가지 상황이었다.

"테일바함의 전설과는?"

"당신도 꽤 수다스러운 사람이로군."

파드셀은 헤크토의 거듭된 물음에 자르듯 답했다. 헤크토의 눈썹이 꿈틀거렸다.

"네 앞에 있는 사람이 누구인지 알고 있는 것이냐?"

헤크토가 파드셀의 앞을 막아서며 말했다.

"그야 당연하지. 아까 연설을 할 때 하도 시끄럽게 구는 사람들이 있어서 이름을 외우지 않을 수가 없었어."

"여전히 건방진 꼬마로구나. 마지막으로 묻겠다. 네가 왕실의 납골당에 가려는 진짜 이유가 무엇이냐?"

파드셀은 자신의 앞을 막아선 헤크토를 피해 앞으로 나아가며 말했다.

"나야말로 너와 주종의 관계가 아니니 충성을 바칠 필요가 없잖아?"

헤크토는 파드셀의 뒷모습을 무섭게 쏘아보다가 손을 들어 올렸다. 딱, 하고 손가락을 튕기자 그 순간 헤크토의 뒤에 있던 검사들이 검을 뽑아 들었다.

그들의 갑작스러운 행동에 쿤도 검을 뽑았다. 짐승의 병대원들도 긴장하며 무기를 뽑아 들었다.

하지만 헤크토의 군대라고 가만히 있지는 않았다. 곧바로 짐승의 병대를 공격하기 시작하자 왕궁의 섬은 올해 들어 벌써 두 번째로 외지인에 의한 전장으로 변하고 말았다.

"똑바로 답하라! 답하지 않는다면 이 섬에서 살아 돌아가지 못할 것이다."

헤크토의 말에 파드셀은 곤란하다는 듯한 미소를 지었다.

"이런이런, 벌써 시작하려 하지는 않았는데… 난처하네. 어쩌지, 엘드리히?"

엘드리히는 파드셀의 등에 숨어 헤크토를 쏘아보고 있었다.

"여유를 부릴 때가 아니에요, 파드셀님."

헤크토가 외쳤다.

"짐승의 병대원들을 모조리 죽여라!"

순간 그의 뒤에 있던 검사과 마법사들이 움직이기 시작했다. 파드셀은 묵묵히 자신의 검을 내려다보았다.

"할 수 없네. 시작해야겠다. 쿤, 시간을 벌어줘."

파드셀의 말에 짐승의 병대원들의 지휘관 급이 움직이기 시작했다. 아직 라휄 일행이 아무것도 하지 않았지만 이미 헤크토와 파드셀 간의 동맹은 완전히 금이 갔다.

4

　몸을 감춘 채 조용히 군대의 뒤를 쫓던 라휄 일행은 갑작스러운 전투에 깜짝 놀라 걸음을 멈추었다.

　처음에는 저들이 왜 저러나? 하는 마음이었는데, 양측의 병사들이 하나둘 죽어나가는 모습을 보며 적들이 자중지란에 빠졌다는 걸 눈치 챌 수 있었다.

　카시카는 가장 앞에서 전체적인 상황을 지켜보았다. 짐승의 병대는 이번 전쟁에서도 보여주었던 괴물의 가죽 등으로 만든 장비의 위력으로 헤크토의 병사들에 대하여 크게 우위를 점할 수 있었다. 하지만 검사와 마법사들이 개입하게 되면서 오히려 상황이 역전됐다.

　아무리 대단한 장비를 몸에 걸쳤다 하더라도 그들은 전투 노예나 용병에 불과해 검사들의 상대가 될 수는 없었다.

　이대로 시간을 보낸다면 짐승의 병대가 완패하게 될 듯했다. 쿤도 지금 헤크토의 뒤에 있던 세 검사에게 발목을 잡혀 다른 곳까지 신경 쓸 여유는 없었다.

　원했든 원하지 않았든 상황은 처음 일행들이 세웠던 계획과 비슷하게 흘러가고 있었다. 카시카는 조용한 목소리로 엔라드에게 말했다.

　"지금 공격을 하는 게 나을 것 같아요."

　엔라드 역시 같은 생각을 하고 있었기에 근위대에 명령을 내렸다.

"돌격하라! 목표는 듀피셀론 공작가의 병사다!"

투명 마법이 걸려 있는 상태에서 갑자기 기습을 당하자 듀피셀론의 병사들은 일순 혼란에 빠졌다. 비록 숫자가 100여 명에 불과했지만 현 카문 최고의 기사들로만 뽑은 근위기사단이었다. 순식간에 수십 명의 적병이 죽어 바닥에 나뒹굴었다.

백묘가 무녀의 춤을 추고, 흑묘가 그녀의 앞을 지켰다. 무녀의 춤은 라휄에게 이어졌다. 라휄의 검이 어두운 빛깔을 내뿜으며 그림자를 쫓아 지면으로 흘렀다.

카시카는 허공에 한 줌의 불꽃 이파리를 만들어냈다. 그것은 곧 십여 명의 얼굴을 타깃으로 잎들이 흩어져 날아갔다. 치명상을 입힐 정도의 마법은 아니었지만, 얼굴에 불똥이 튄 듯 병사들이 손을 휘저어 불꽃들을 털어냈다. 그리고 그 잠깐의 틈은 그들에게 죽음을 선사해 주었다.

라휄 일행이 적들에 공격을 가한 그 순간, 조금 떨어진 곳에서 대단위의 마법이 터져 나왔다. 바닥에 깔린 블록들을 뒤집어엎을 정도로 강력한 지면의 진동이 적병들 한가운데를 강타했다. 중심부에 있던 수십 명의 병사가 바닥에 그대로 주저앉았고, 수백에 이르는 병사들이 일순 균형을 잃었다.

"라휄, 나도 도우러 왔다!"

마법을 펼친 사람은 휘바드였고, 고함을 친 사람은 제라흐였다. 라프델과 아니에르의 모습도 보였다.

지금 이 한자리에 있는 듀피셀론 공작가의 병사들은 1위에서 4위, 그리고 6위의 검사에게 둘러싸인 셈이었다.

헤크토는 갑작스럽게 나타나 자신의 병사들을 공격하는 사람들의 면면을 살펴보았다. 라휄을 제외하고는 전부 처음 본 사람들이었다. 하지만 초상화 정도로는 한번쯤 보아둔 사람들로, 하나같이 이 대륙에서 모르고 지나칠 수 없는 인물들이었다.

검사와 마법사들은 공격의 타깃을 짐승의 병대에서 라휄과 라프델 일행으로 바꾸었다. 쿤을 상대하던 세 명의 검사만이 여전히 쿤에 대한 압박을 늦추지 않을 뿐이었다. 그러다 보니 자연 짐승의 병대는 일반 기사와 병사, 전투 노예들이 상대하게 되었다. 우세가 열세로 뒤바뀌는 순간이었다.

심지어는 헤크토가 서 있는 장소까지 위험에 노출되었다. 짐승의 병대 중 지휘관 급에 해당하는 사람들이 그의 목을 노리고 덤벼들기 시작한 것이다. 쥬켈론, 제로얀 같은 참모 격에 해당하는 이들뿐 아니라, 쿤의 열성적인 추종자인 용병대장들도 헤크토의 곁으로 모여들었다.

한 용병대장의 커다란 도끼가 헤크토의 어깨를 내리찍었다. 헤크토는 그 살기에 압도되어 몸을 뒤로 뺐다.

"겁쟁이처럼 도망치는 것이냐! 검을 뽑아 덤벼들어라!"

용병대장이 헤크토에게 소리쳤다. 그 순간, 갑작스럽게 공기가 일그러지며 허공에서 검이 불쑥 솟아났다.

용병대장은 갑자기 튀어나온 검에 놀라 도끼를 들어 막으려 했다. 하지만 그 검은 뱀처럼 휘어지며 용병대장의 목젖을 갈라놓았다. 피가 뿜어져 나오는 용병대장의 앞에 선 것은 한 여인이었다.

"헤르니아!"

헤크토는 그녀의 뒷모습을 보며 외쳤다.

"죄송합니다. 명령없이 모습을 드러낸 점, 나중에 사죄드리겠습니다."

그녀는 헤크토의 앞에 있는 짐승의 병대의 지휘관들을 상대로 검을 휘두르며 이렇게 말했다.

"흠, 사죄할 것 없다. 나의 기사들을 도와 적들을 주살하라!"

"명에 따르겠습니다."

헤르니아의 검은 종잇장처럼 하늘거리는 한 쌍의 연검이었다. 검사들에 비할 바는 아니었지만, 일반의 용병이나 짐승의 병대원을 상대하기에는 충분한 실력이었다. 그녀는 몇 명의 적병을 베어 넘기더니 삐익ー 하는 휘파람 소리를 냈다.

휘파람 소리에 맞춰 전장 곳곳에서 병사들이 모습을 드러냈다. 대부분 괴이한 질감의 망토를 머리까지 뒤집어쓰고 단검을 든 자들이었다. 바로 헤르니아에게 소속되어 있는 첩보 부대의 대원들이었다.

그들의 가세로 헤크토의 병사들은 한숨 돌리는 듯 보였다. 하지만 듀피셀론 검사진의 열세로 인해 전황은 조금 전과 거의 마찬가지였다.

헤크토는 헤르니아의 등 뒤 안전한 곳에서 전반적인 상황을 살펴보았다. 특히 라휄과 라프델을 중심으로 한 난입자들이 있는 곳의 상태가 심각했다. 검사들 200명에 마법사 중 절반인 50명이 그쪽의 싸움에 집중하고 있었지만, 조금도 유리한 모습을 보이지 못하고 있었다.

라휄 주위의 싸움에서 검은 반지의 검사들은 제대로 참전조차 못하고 있었다. 엔라드의 맹공에는 흰 반지의 검사들조차 균형을 잃고 뒤로 자빠질 정도였다. 제라흐도 비록 나이를 먹었다고는 하지만 100위권 밖의 검사들은 옷깃조차 건드리지 못했다.

검림의 왕은 이름만으로도 상대를 겁먹게 만들기 충분했다. 두 자릿수 초반의 검사 일곱 명이 한꺼번에 그와 검을 겨루고 있었지만 상대한다기보다는 그의 바짓가랑이를 붙잡고 늘어지는 꼴밖에는 되지 못했다.

라휄 앞에서는 검사라는 명함조차 무의미했다. 처음 만만하게 보고 덤빈 10여 명의 검은 반지 검사들은 지금 손목의 인대가 잘려 나갔다. 상처를 부여잡고 그들이 내지르는 비명에 듀피셀론의 검사들은 한층 더 혼란에 빠져들었다. 그나마 그중에 끼어 있던 흰 반지의 검사는 대응이 조금 빨라 손목이 잘려 나가는 것은 막을 수 있었지만, 자신의 소맷자락 아래에서 솟아난 검은색의 칼날이 무엇인지 고민하느라 몸을 사리고 있는 중이었다.

마법사들이라고 상황이 좋은 것은 아니었다. 이미 머리칼의 삼분지 일가량 색이 변한 레티아의 방어진은 그야말로 철벽이었다.

애초에 듀피셀론 측에 있던 마법사들의 수준은 그리 높지 않았다. 마법사라는 존재가 그리 흔하지도 않은데다가 비교적 자유로운 도제 제도하에서 성장하는 검사들에 비해 마법사는 대부분 국가가 운영하는 아카데미 출신이라 듀피셀론 가문 측에서 몰래 영입해 오기도 힘들었다.

두세 명씩 짝을 지어 날리는 공격 마법은 레티아가 만들어 낸 빛의 날개를 뚫지 못하고 공중에 흩어졌다. 반면, 이쪽의 마법사들은 도무지 인간 같지 않은 자들이었다. 복면을 한 카시카와 휘바드, 이 두 사제가 내뿜는 공격 마법은 위력은 둘째 치고 사람의 의표를 찔러대는 무언가가 있었다.

휘바드가 한 손을 슬쩍 공중에 긁어 빚어낸 수많은 빛이 가루들이 마법사들의 눈을 어지럽히는가 싶더니 카시카가 만들어낸 불꽃의 다람쥐라 부르는 조그마한 불덩이들이 마법사들의 다리를 기어올라 바지 속으로 파고들었다. 뜨거워 펄쩍뛰며 바지를 벗어젖혔지만 이미 불꽃의 다람쥐에 의해 종아리니 허벅지가 시뻘겋게 익은 후였다. 물의 마법을 시전하려 하면 어느샌가 땅의 마법이 그들을 강타하고, 20여 명이 진을 짜 고위 마법을 시전하려 들면 괴이한 주문 파괴 술법이 괴롭히고 나섰다.

라휄을 비롯한 검사와 마법사, 샤먼, 가디언이 든든한 방벽을 구축해 적을 압박하니 그들 휘하의 왕실 근위기사들도 전장을 제멋대로 쓸고 다닐 수 있었다.

큰 화재에 몸살을 앓았던 카문의 고색창연한 왕궁에는 벌써 천여 구에 이르는 시체들이 바닥을 뒹굴고 있었다.

상황이 급박해지자 헤크토는 파드셀을 향해 고개를 돌렸다. 여유로운 표정으로 서 있는 건방진 꼬맹이에게 고개를 숙이고 싶지는 않았다. 하지만 어쩔 수 없다는 생각에 헤크토는 파드셀에게 살짝 고개를 숙였다.

"알겠다. 내가 졌다. 더 이상 네가 무엇을 하려 하는지 궁금해하지 않겠다. 일단 휴전을 하도록 하자."

다시 고개를 들었을 때, 파드셀은 이미 그 앞에 있지 않았다. 헤크토가 두리번거리며 파드셀을 찾았다. 파드셀이 지금 있는 곳은 왕궁의 납골당 입구에 있는 커다란 바위 비석 앞이었다.

왕궁의 납골당은 그 이름이 가진 으스스한 느낌과는 전혀 다른 모습이었다. 심지어는 지상의 밝은 태양 아래에 위치했다.

높이 2미터에 폭 1미터가량의 조그마한 석재 건물 한 채를 중심으로 높이 4미터가량의 바위 비석이 팔방으로 배치되어 있었다. 지름 20미터가량의 공간은 온갖 꽃과 나무들로 장식이 되어 있어서 언뜻 보아서는 정원 정도로밖에는 보이지 않았다.

중앙에 있는 석축 건물은 흡사 신전을 축소시켜 놓은 듯한 모습이었다. 건물을 따라 기둥이 빙 둘러 서 있고, 지붕에는 손가락 크기의 화려한 조각들이 즐비해 있었다. 역대 황재의 영혼이 들어간다고 전해지는 작은 문은 반쯤 열려 있었다.

왕실의 납골당은 아무리 봐도 사람 한 명 들어갈 공간이 없었다. 게다가 외형이 조각상이 서 있는 정원과 비슷했기에 한 달 이상이나 야만인들의 병사가 주둔하고 있었음에도 무사할 수 있었다.

파드셀은 정남쪽에 있는 거대한 바위 비석 앞에 서서 손을 뻗었다. 거친 돌의 촉감이 손을 통해 전해져 왔다. 고대의 문자가 빽빽이 적혀 있는 그 바위는 파드셀이 손을 대자 은은한 청색 빛깔을 내며 빛을 내기 시작했다.

동시에 파드셀의 허리에 매여 있던 검에 물방울 모양의 정령이 나타나 파드셀의 주위를 맴돌았다. 파드셀은 이어 두 번째 바위로 걸음을 옮겼다.

헥크토는 지금 파드셀이 하는 행동을 살펴보고 있었다. 오싹한 기분이 들었다. 구체적으로 무어라 짚어 말할 수는 없었지만, 두 살짜리 꼬마 아이가 칼을 보관한 상자의 잠금쇠를 만지작거리는 모습을 보는 것 같았다.

"헤르니아! 저자를 막아라."

헥크토는 앞에서 자신을 지키던 헤르니아에게 명령을 내렸다. 그리고는 지금까지도 뽑지 않았던 검을 꺼내 들었다.

헤르니아는 헥크토의 명령에 곧바로 파드셀에게 달려갔다. 그녀 역시 오랫동안 정보를 다루어왔기에 위험을 감지하는 능력이 탁월했다. 헥크토의 명령이 아니라 하더라도 파드셀의 행동을 저지하기 위해 움직였을 것이다.

이쪽의 움직임을 눈치 챈 듯 파드셀의 곁에 있던 엘드리히가 소리쳤다.

"쿤님! 저들을 막아주세요!"

"걱정 마라!"

쿤을 비롯한 짐승의 병대가 공세를 높였다. 파드셀이 있는 납골당 앞으로 무리해 진격을 시도했다. 하나둘 파드셀과 헥크토 사이에 짐승의 병대원들로 이루어진 인간의 벽이 쌓이기 시작했다. 물론 그러는 사이에도 수많은 부대원들이 죽임을 당했지만, 그들은 하나같이 미소를 띠며 세상과의 손을 놓았다.

"파드셀님! 이 세계를 구원해 주십시오!"

"일그러진 세계에 저주를! 신세계에 영광을!"

노예도, 평민도, 심지어는 귀족조차도 짐승의 병대원들은 짐승의 가죽과 털, 발톱, 이빨에 둘러싸여 파드셀의 이름을 외치며 죽어나갔다.

그들의 희생 위에 파드셀의 손길에 깨어난 비석이 절반을 넘어섰다.

넘실대는 불꽃의 비석, 휘몰아치는 바람의 비석, 뿌연 흙먼지에 감싸인 비석, 넝쿨에 휘감긴 비석. 그리고 파드셀의 손길에 닿은 또 하나의 비석에서는 은색의 비늘이 돋아났다.

파드셀의 몸 주위를 공전하는 정령도 여섯으로 늘어났다. 이제 남은 것은 빛과 어둠뿐.

바로 그때, 한 사람이 짐승의 병대를 뛰어넘어 곧바로 파드셀의 몸에 일격을 꽂아 넣었다.

"멈춰!"

주변의 모든 어둠으로부터 솟아 나온 가느다란 칼날이 그의 검 앞에서 뒤엉켜 한 자루의 커다란 검은색 검날이 되었다. 2만여의 병사와 수천의 짐승의 병대를 뛰어넘어 나타난 것은 다름 아닌 라휄이었다.

라휄의 뒤로는 은은한 붉은빛의 비단이 저 먼 곳까지 이어져 있었다. 바로 백묘의 술법이었다. 술법의 도움을 받은 라휄의 암흑검은 그 어느 때보다도 위력적이었다.

하지만 파드셀은 여유로운 몸 동작으로 또 하나의 비석을 쓰다듬었다. 폭풍우와도 같은 기세로 밝은 빛이 쏟아져 나와 휘감아오자 라휄의 검과 그 빛은 서로 뒤엉켜 상쇄되며 거대한 폭발을 일으켰다. 소리 하나 없는 이 폭발은 주변의 병사들의 몸을 통과해 먼 곳까지 뻗어나갔다. 하지만 정작 공격을 했던 라휄을 제외하고는 머리카락 하나 휘날리지 않았다. 흡사 차원 축이 다른 공간에서 비춰진 환영과도 같은 폭발이었다.

라휄은 파드셀의 반격에 뒤로 10여 미터나 밀려 날아갔다. 다행히 다친 곳은 없었지만, 머릿속이 흔들려 착지하자마자 털썩 뒤로 주저앉고 말았다.

"라휄, 이제 시작이야!"

마지막 비석이 파드셀의 손끝에 닿았다. 순간 빛조차도 빨아들일 것 같은 어둠이 희미하게 비석에서 피어올랐다.

그 순간, 세계가 아주 잠깐 동안 정지했다.

새들은 지저귐을 그만두었다. 포효하던 늑대가 꼬리를 사타구니 사이에 말아 넣었다. 산짐승, 들짐승, 풀벌레들까지도 몸을 멈추고 주위를 두리번거렸다.

인간들도 손을 멈추었다. 불길하기 짝이 없는 감각이 온몸을 뒤흔들었고, 인간들은 일순 호흡하는 것조차 잊고 말았다. 젖을 보채며 울던 아기가, 그 아이를 달래던 어머니가, 밭일을 하던 아버지가 하던 일을 그만두고 몸을 굳혔다.

심지어는 바람도, 불꽃도, 흐르던 강물조차도 잠시 동안 본
분을 잊었다.
　불길하기 짝이 없는, 근거없는 불안이 살아 숨쉬는 모든 것
을 옥죄기 시작했다.

　카문 왕성에서 싸우던 자들, 그들 역시 조금 전까지 서로의
목숨을 탐하며 검을 휘둘렀지만 이 순간만큼은 시선을 빼앗
겼다. 그곳에는 그저 빛이 나는 여덟 개의 비석이 서 있을 뿐
이었지만, 그들은 그 방향을 향해 눈을 돌리지 않고는 참을
수가 없었다.
　"안 돼!"
　라휄의 외침이 모두의 가운데서 울렸다.
　이 원초적인 불길한 느낌. 사람들은 그것을 공포라 불렀
다.

Chapter 45

라헬과 파드셸

닭 았던 하늘이 거짓말처럼 어두워졌다. 구름이 낀 것도 아닌데, 검은 알갱이들이 하늘을 가득 채운 듯 카문 성에는 어둑어둑한 그림자가 드리워졌다.

그 한가운데에서 희미하게 어떤 영상이 떠올랐다. 긴 목과 꼬리, 날카로운 발톱과 이빨, 여덟 개의 뿔을 가진 드래곤이 짙고 어두운 단색의 스케치와도 같은 형태로 허공에 맺히기 시작했다.

그 아래에는 한 소년이 서 있었다. 그가 들고 있는 것은 여덟 개의 영혼이 공전하는 한 자루의 검이었다. 마지막 하나, 어둠의 구슬이 깜빡깜빡하니 흐릿했지만 그의 주위를 도는 것은 분명 여덟 영혼이었다.

케프―람, 여덟 영혼의 검이 완전히 깨어난 것이다. 그리고 그것은 마지막 봉인의 문, 카문 왕성의 납골당에서 전설 속의 주인공을 깨웠다.

마룡 테일바함이 부활한 것이다.

노예 소년 파드셀에 의해서.

모두가 멈춘 이 장소에서 또 한 명의 소년이 움직였다. 그가 들고 있는 것은 친구에게서 선물로 받은 한 자루의 장검이었다. 무슨 대단한 마력이 잠들어 있는 것은 아니었지만 인간 최고의 기술을 쏟아 부어 만든 한 자루의 명검이었다.

토가타에는 검은색의 힘이 어른거리고 있었다. 파드셀조차 완전하게 깨우지 못한 어둠의 힘이었다. 세상에 깃든 모든 어둠, 그림자를 조종할 수 있는 검은 마룡을 깨운 소년의 목젖을 노렸다.

"그것을 깨우면 안 돼!"

라휄이 외쳤다.

라휄의 검은 파드셀의 몸에서 불과 10여 센티미터쯤 떨어진 곳에서 멈추었다. 라휄의 의지가 아닌 파드셀의 힘에 의해서. 아니, 파드셀이 깨운 테일바함의 힘에 의해서.

흐릿하니 그 자신의 형체조차 확정 짓지 못하고 있는 테일바함은 고개를 내려 파드셀과 그 앞의 소년을 바라보았다. 표정 하나 없는 마룡의 눈동자 좌우에 두 소년의 모습이 비쳐졌다.

라휄은 자신의 일격이 실패로 돌아가자 몸을 빙글 돌려 다시 한 번 파드셀의 몸통을 찔렀다. 왼손이 잔영을 남기며 움직였고, 허리에 꽂혀 있던 검이 번쩍이며 파드셀의 목을 베었다. 하지만 파드셀의 몸에는 흡사 보이지 않는 갑옷이 둘러싸기라도 한 듯했다. 불꽃이 두 소년의 눈을 어지럽혔지만 라휄의 검은 파드셀의 한 겹 무명옷조차 베지 못했다.

"백묘야, 다시 한 번 나에게 힘을 줘!"

라휄의 외침이 이 고요한 공간에 울렸다. 그리고 그 목소리는 공포에 굳어 있던 한 소녀를 깨웠다.

"네, 네. 주인님!"

백묘의 춤사위가 거친 대기를 갈랐다. 그녀는 턱턱 숨이 막힐 듯 밀도 높은 바람을 휘저어 손을 꺾었다. 발을 딛고 몸을 회전시켰다. 옷자락이 나풀거리고, 붉은 비단의 빛이 허공에 너울거렸다.

"흑묘야! 백묘를 지켜줘! 카시카, 마법을 써! 레티아, 모두의 몸을 방어해 줘!"

라휄의 입에서 한 명 한 명의 이름이 튀어나왔다. 라휄은 파드셀을 감싸고 있는 무형의 막을 뚫을 수 없었다. 하늘에서 구현되고 있는 무지막지한 괴물을 상대할 힘은 더더욱 없었

다. 그렇지만 그는 할 수 있었다, 적어도 자신의 동료를 공포
라는 이름의 잠에서 깨우는 것을.

혹묘가 외쳤다.

"주인님, 맡겨주세요!"

카시카가 대꾸했다.

"낭군님, 걱정 마. 낭군님의 아내는 진홍의 카시카, 1억 카
타토의 마녀야!"

레티아가 응답했다.

"나를 더 괴롭혀 줄 거지?"

라휄을 중심으로 온화한 바람이 불기 시작했다. 그것은 너
무나도 미약했고, 온순하기까지 했지만 사람들은 기분 좋은
감각으로 잠에서 깨어날 수 있었다. 공포가 누그러지기 시작
했다.

카시카의 손에 강대한 마력이 모이기 시작했다. 레티아는
백 장이 넘는 빛의 날개를 빼곡이 펼쳐 앞을 막았다.

라휄의 공격이 다시 시작되었다. 백묘의 힘을 빌린 라휄은
끊임없이 검을 휘둘렀다. 오른손의 검이 찌른 점에 왼손의 검
이 틀어박혔다. 파드셀의 몸을 감싸고 있던 투명한 갑옷에 이
윽고 균열이 생겼다.

"으아앗!"

비명에 가까운 소리를 내지르며 라휄의 왼손이 앞으로 뻗
어졌다. 타앙— 청명한 소리가 울리며 사이클롭스의 뼈로 만

든 라휄의 검이 두 동강 나 땅에 떨어졌다. 다시 한 번 토가타가 나섰다. 왼손의 검이 만든 실낱같은 틈에 토가타가 파고들었다. 토가타의 끝이 파드셀의 심장, 그것을 감싸고 있는 피부에 닿았다. 실낱같은 핏줄기가 배어져 나온다.

자신의 가슴에 닿은 검을 보며 파드셀은 빙그레 미소를 지었다. 그 순간 그의 몸을 감싸고 있던 일곱 개의 선명한 영혼과 하나의 흐릿한 구슬이 라휄에게 덤벼들었다.

라휄은 검에 맺은 원소들은 순식간에 변환시키며 그 구슬들을 상대했다. 극성의 속성을 검에 맺어 휘두를 때마다 원소의 구슬들은 조각나 흩어졌다. 하지만 조각난 원소의 구슬은 금세 다시 형성되어 라휄에게 덤벼들었다.

그때, 한 남자가 외쳤다.

"뭘 하는 거냐, 이 머저리들아! 어서 란스카 후작을 도와라!"

목소리의 주인은 엔라드였다. 그의 명령에 근위대의 기사들이 라휄의 곁으로 달려들었다.

"막아라! 저들을 접근시키지 말아라!"

쿤도 공포에서 깨어나 짐승의 병대를 지휘하기 시작했다.

라프델과 아니에르, 제라흐와 휘바드, 이 네 사람도 몸을 움직였다. 휘바드와 아니에르는 카시카의 곁으로 달렸고, 라프델과 제라흐는 엔라드와 어깨를 나란히 해 짐승의 병대를 뚫기 위해 검을 휘둘렀다.

"막아라! 이제 곧 파드셀이 절대적인 힘을 얻게 될 것이다! 그의 의식이 실패하지 않도록 지켜야 한다!"

쿤은 다시 한 번 짐승의 병대를 독려했다. 하지만 짐승의 병대는 또 한 무리의 적을 맞아 싸워야 했다.

"저 검을, 노예가 들고 있는 검을 빼앗아라!"

헤크토의 외침에 그의 기사와 병사들이 짐승의 병대를 공격하기 시작했다. 헤르니아를 비롯한 첩보 대원들과 검사, 마법사 할 것 없이 짐승의 병대와 그 너머의 파드셀을 향해 진격했다.

파드셀은 원소의 구슬들로 라휄을 공격하며 납골당 가장 가운데에 있는 자그마한 신전으로 걸음을 옮겼다. 엘드리히가 조용히 그의 뒤를 쫓았다. 하지만 세상을 지배할 수도 있는 힘을 깨우려는 파드셀을 바라보는 그녀의 눈에서는 기쁨이라고는 찾아볼 수가 없었다. 살짝 내리깐 눈가에는 어느샌가 자그마한 이슬방울들이 맺혀 있었다.

신전 앞에 선 파드셀이 외쳤다.

"그의 머리, 오른, 왼 날개여! 꼬리여! 주인에게 돌아오라!"

그 외침에 호응하는 것은 적어도 이곳 카문 왕성 안에는 존재하지 않았다. 다만 먼 곳, 지평선 너머 아득한 장소로부터 빛의 줄기가 뻗어 올라 하늘을 가로질러 오는 모습을 제국 전체의 사람들이 볼 수 있었을 뿐.

알콘의 그레이트 홀, 모헬 영지 북쪽의 숲, 란스카 후작령의 숲, 그리고 멀리 남쪽 엔되거 반도의 밀림. 이 네 군데에서 뽑어져 나온 금빛 무리는 순식간에 카문에 이르렀고, 공중에 떠 있는 테일바함의 몸에 비쳐졌다.

"오오! 깨어난다!"

"절대적인 힘이 눈을 뜨기 시작했다!"

짐승의 병대가 웅성거렸다. 그들과 싸우던 듀피셀론의 병사들과 라휄 일행 모두가 눈부신 빛에 다시 한 번 손을 멈추고 허공을 바라보았다.

테일바함을 비추던 빛은 그의 머리, 날개, 꼬리로 스며들어 갔다. 뼈를 이루고, 근육을 만들어냈다. 피부가 되고, 날개의 피막이 되어 테일바함은 투명하던 환영에서 무게를 가진 실체가 되어갔다.

"카시카! 역위 마법을 준비하도록 하겠다!"

위험을 감지한 휘바드가 카시카에게 이렇게 외쳤다. 카시카는 대답조차 하지 않고 곧바로 그녀가 알고 있는 최고의 마법을 준비했다. 기나긴 영창과 그녀를 감싸는 수많은 마법의 도형들. 대륙에서 그 마법을 그릇에 담아낼 수 있는 마법사는 오직 한 명, 그녀뿐이었다.

휘바드의 마법도 점차 가속해 갔다. 일억 카타토 이상의 마력을 하나하나 역으로 뒤집는 그의 마법에 대한 이해도와 숙련도는 왜 사람들이 그를 최고의 마법사라 칭송하는지를 대변해 주었다.

“더 월드!”

카시카의 외침에 마력이 구현되고,

“리버스 메테리얼!”

휘바드의 외침에 그 마법 한 조각, 한 줄기가 모두 역위로 바뀌었다. 테일바함의 정면에 어둠이 맺히고, 카시카와 휘바드의 제어에 따라 그 어둠이 테일바함을 덮쳤다.

어둠은 모든 것을 삼켰다. 테일바함의 드래곤 하트를 잠식할 듯, 그것의 어깨를 휘감고 가슴을 감쌌다. 바로 그때, 라휄이 테일바함이 있는 곳으로 검끝을 돌렸다.

휘바드와 카시카가 만들어낸 어둠에서 라휄은 그 어느 때보다도 농도 짙은 어둠의 원소를 느꼈다. 지금이라면 그 어느 때보다도 강한 공격을 성공시킬 수 있을 것 같았다.

라휄은 오른손을 허리춤으로 끌어당겼다가 테일바함이 있는 방향으로 똑바로 찔러 넣었다. 테일바함과의 거리는 50여 미터, 검이 닿을 리 없는 거리였다. 하지만 라휄의 이 찌르기를 본 모든 사람들은 검이 테일바함의 몸에 관통되는 모습을 느꼈다. 착시라고밖에 할 수 없는 광경이었지만, 검림의 왕조차도 감탄성을 내뱉은 일격이었다.

카시카와 휘바드가 만들어낸 어둠 속에서 뾰족한 날이 솟아올랐다. 길이가 100여 미터에 이를 듯한 거대한 검이 테일바함의 심장을 찔러 들어갔다. 관통한 검날이 테일바함의 등 뒤로 하늘 높이 솟아올랐다.

사람들이 환호성을 내질렀다. 심지어는 일부지만 헤크토의 휘하에 있던 병사들도 그 외침에 합류했다. 테일바함이라는 절대적인 공포에서 해방될지도 모른다는 기대감이 그들을 들뜨게 만든 것이다.

테일바함은 고개를 돌려 라휄을 바라보았다. 그리고는 길게 포효했다.

그 울음소리는 이 세상의 어떤 소리와도 비교할 수 없었다. 들짐승도, 괴물들도 그런 기괴한 소리를 내는 생물은 없었다. 다른 드래곤들의 울음과도 근본적으로 달랐다.

그 울음을 들은 사람들은 자신도 모르게 비명을 질렀다. 그러지 않고는 견딜 수가 없었다. 머리를 쥐어뜯고 자신의 목을 옥죄었다. 가슴팍을 두드리며 주저앉았다. 휘바드와 카시카조차도 그 영향에서는 벗어날 수가 없었다. 갑작스레 마법이 역류를 일으켰고, 카시카와 휘바드, 둘 모두 피를 토하며 바닥에 쓰러지고 말았다.

레티아가 만들어낸 빛의 날개도 허공에서 제멋대로 뒤틀리고 꺾였다. 극심한 고통에 그녀는 희열에 찬 비명을 질렀다.

드래곤의 외침이 잦아들었다. 그것을 감싸고 있던 카시카들의 마법과 그것을 이용해 만들었던 거대한 검은 어느샌가 사라져 있었다. 가슴이 뻥 뚫린 관통상이 급속히 아물었다.

그것은 건재했고, 높은 곳에서 모든 것을 내려다보고 있었다.

그리고 그 앞에는 파드셀이 서 있었다.

"와아아아!"

짐승의 병대들이 소리쳤다. 그건 승리의 환호성이었다.

2

"우리는 승리했다!"

"파드셀님! 세계에 평등을 외치소서!"

"승리를 선언하소서! 우리를 지배하여 옳은 세계로 이끌어 주소서!"

짐승의 병대의 외침이 카문의 왕성에 울려 퍼졌다. 그들의 가장 앞에서 적들을 맞이하던 쿤도 미소를 띠었다. 저 테일바함이라는 고대의 마룡 앞에서는 그 어떤 힘도 소용없었다. 검사로서 전율할 수밖에 없던 라휄의 공격조차 무위로 돌아갔다.

"모두 자리를 지켜라! 조금 있으면 끝이 난다! 모두들 힘을 내라!"

쿤이 격려의 말을 외쳤다. 짐승의 병대의 사기는 그야말로 하늘 끝까지 치솟고 있었다.

짐승의 병대에 대한 공격이 점차로 잦아들기 시작했다. 라휄에 의해 간신히 되찾은 용기가 하나둘 꺾이기 시작했다. 오직 라휄만이 파드셀에게 맹공을 퍼붓고, 그의 일행이 죽을힘을 다해 도울 뿐, 보통의 인간들은 하나둘 손을 멈추고 하늘에 떠 있는 거대한 괴수를 바라만 보았다.

"히히히."

점차 조용해지는 카문 왕성에 웃음이 울리기 시작했다.

"하하하하!"

그 안에 깃들어 있는 것은 유쾌함이었다. 즐거움, 정복감, 승리의 환호. 온갖 성취감으로 도금된 경쾌한 웃음이었다.

그 웃음이 파드셀의 것이라는 것을 짐승의 병대는 알고 있었다. 지휘관이 웃는다. 그것만큼 마음 든든한 것이 또 어디 있을까.

공격을 멈추고 있는 적들을 향해 짐승의 병대가 진격했다. 적들은 물러나기 시작했다. 헤크토가 병사를 독려하고, 기사단장들이 진격을 명령했지만, 병사들은 계속해서 뒷걸음질을 쳤다.

"아하하하!"

파드셀의 웃음은 끊이질 않았다. 허리까지 꺾어가며 웃었다. 테일바함이라는 거대한 드래곤의 수호를 받으며 파드셀은 모두를 조롱하듯 웃었다.

라휄은 그런 파드셀을 멍하니 바라보았다. 어느샌가 그를 감싸고 있던 빛의 구슬들도 파드셀의 곁으로 돌아갔다. 모두가 그의 웃음에 기뻐하고, 또 두려워할 때 라휄은 고요히 파드셀을 지켜보았다. 그리고 파드셀의 뒤에서 눈물을 흘리고 있는 엘드리히를 보았다.

"파드셀."

라휄이 나지막이 그의 이름을 불렀다.

파드셀은 웃음을 멈추고 검을 들어 올려 외쳤다.

"나의 은혜로 깨어난 자여, 그대를 제압한 케프―람에 봉인된 짐승이여! 고대의 계약에 따라 나의 명을 받들라!"

그가 든 검이 빛을 내뿜었다. 주위를 돌던 여덟 영혼이 공전을 멈추고 검을 둥글게 감쌌다.

파드셀은 모두를 돌아보았다. 쿤을 비롯한 짐승의 병대를, 헤크토와 그의 부하들을 바라보았다. 그 눈에 담긴 경멸! 저주! 증오!

"이 세상, 땅 위에 숨쉬는 두 발 달린 것들 일체를 멸망시켜라!"

적을 향해 파드셀에게 등을 보이고 있던 짐승의 병대가 몸을 돌렸다. 쿤이 놀라며 라휄을 바라보았다. 사람들 모두가 그 작은 노예 소년에게 시선을 집중시켰다. 미지와 몰이해로 가득한 눈들이었다.

"마룡 테일바함! 모든 인간을 이 세상에서 지워라!"

파드셀은 거듭 테일바함에게 명령을 내렸다. 쿤이 검을 꼬나 쥐고 파드셀에게 달려들며 외쳤다.

"무슨 말을 하는 거냐!"

하지만 쿤은 파드셀에게 접근할 수 없었다. 갑자기 테일바함이 날뛰기 시작했다. 거대한 날개를 퍼덕이더니 땅에 내려서 사람들에게 달려들었다. 20미터는 족히 될 듯한 날개가 내뿜는 바람에 사람들이 이리저리 쏠려 넘어지고, 쿵쿵거리는 발걸음에 제자리에 서 있기조차 힘들었다.

가장 먼저 테일바함의 손에 희생된 것은 짐승의 병대였다. 테일바함의 꼬리가 바닥을 휩쓸었다. 40여 미터에 이르는 긴 꼬리가 휘감고 지난 곳에는 으깨어진 살점과 핏자국만이 남아 있을 뿐, 수백 명의 사람이 어떻게 죽었는지도 모르게 목숨을 잃었다.

짐승의 병대는 비명을 지르며 달아나기 시작했다. 가장 든든했던 아군이 갑자기 자신들을 공격하자 지금까지 느껴왔던 고양감들이 오히려 반대의 감정으로 변해 그들을 뒤흔들었다.

공황에 빠져 달아나는 짐승의 병대 한가운데 한 남자가 있었다. 제로얀 폰 라이페트, 듀피셀론의 귀족이자 파드셀을 섬기는 사제였다. 그는 파드셀의 외침에 미소를 띠었다. 두 손을 모아 기도를 올렸다.

"파드셀님이시여! 이것이 진정 당신이 원하는 길이였군요! 절 데려가소서! 그곳에 절 데려가소서!"

달아나는 사람들 한가운데서 그는 파드셀을 향해 무릎을 꿇고 엎드렸다. 누군가의 철갑 두른 신발이 그의 어깨를 짓밟았다. 또 다른 한 사람이 그에게 걸려 앞으로 뒹굴더니 방해가 된다며 그를 걷어찼다. 밟고 걸리고, 다시 걷어차였다. 하지만 제로얀은 그곳에서 파드셀에게 숙인 고개를 들지 않았다. 테일바함에 의해서가 아니라, 짐승의 병대 대원들의 발에 밟혀 숨이 끊어지는 그 순간까지.

패닉에 빠진 것은 짐승의 병대뿐만이 아니었다. 헤크토는 파드셀의 외침을 듣는 그 순간 몸 안에 전기가 흐르는 듯한 기분이 들었다.

죽는다.

지금까지 단 한 번도 떠올려 본 적 없는 감각이었다. 내일의 영광을 누릴 자신의 모습이 보이지 않았다. 카문과 동등한, 아니, 카문 왕조를 지배할 대륙 최초의 진정한 황제로서의 자신이 머릿속에 그려지지 않았다.

음식을 먹고 마시는 자신이라는 존재가 없다는 것, 지금까지 느껴온 모든 쾌락, 즐거움, 정복욕, 성취감 등 그 모든 것을 감각할 수 없게 된다.

그것은 죽음이었다.

"퇴, 퇴각하라!"

그는 외쳤다. 공작의 아들, 음모가, 뛰어난 지휘관, 코넬리아 공작가를 오직 지략만으로 삼키고, 카문을 궁지에 몰아붙여 듀피셀론을 최고의 나라로 키워낸 정략가. 지금의 헤크토는 그 어느 누구도 아니었다.

미력하기 짝이 없는, 겁에 질린 청년은 몸을 돌려 달아나기 시작했다. 구역질 나도록 자신이 혐오스러웠지만, 그는 도망칠 수밖에 없었다. 저 끔찍한 악몽으로부터 한 걸음이라도 더 먼 곳으로.

꾸물거리는 눈앞의 병사를 베고 앞길을 막고 있는 전투 노예의 목덜미에 들고 있던 칼을 꽂았다. 주검이 쓰러지면 짓밟고 달렸다.

"나는 살아야 한단 말이다!"

헤크토가 외쳤다. 이런 버러지들과는 다르다! 내일의 영광을, 오늘의 승리를 아직 제대로 음미하지도 못했다.

헤크토는 어느샌가 사람들의 가장 앞을 달리고 있었다. 살 수 있다. 여기까지 달아난다면 나는 살 수 있을 것이다! 헤크토는 살짝 고개를 돌려 뒤를 보았다. 테일바함이 저 먼 곳에서 있었다. 그 괴물의 어떠한 공격도 이곳까지 닿을 것 같지는 않았다.

그 순간, 헤크토는 발목에 무언가가 턱하니 걸리는 것을 느꼈다. 고개를 숙여 아래를 바라보았다. 듀피셀론 공작가 부대원의 옷을 입고 있었다. 무엇이 억울한지 눈조차 감지 못하고 죽어간 한 명의 전투 노예, 그가 꼭 안고 쓰러진 긴 창대.

헤크토는 그것에 발이 걸려 앞으로 고꾸라졌다.

"나, 나를 구하라! 헤르니아! 어디에 있느냐?!"

자신을 밟고 지나치는 병사들에게 외쳤다. 늘 그림자처럼

따르던 헤르니아의 이름을 불렀다. 하지만 어느 누구도 그의
말에 답하지 않았다.

　테일바함은 인간의 군상들을 오만한 눈으로 지켜보았다,
우르르 몰려 사방으로 흩어지는 벌레들을. 비늘을 열어 공기
를 느꼈다. 그리고 그곳에 충만한 이마그논을 빨아들였다. 온
몸에 따듯한 힘이 넘쳐흘렀다.
　전신의 피부로 흡수한 에너지를 폐에 모았다. 목줄기를 통
해 앞으로 쏟아냈다. 이마그논이 급속히 거대한 에너지로 변
했다. 불꽃이라기엔 푸르렀고, 물줄기라기에는 뜨거웠다. 빛
도, 어둠도, 이 세상의 어떠한 원소도 아닌 에너지의 덩어리
가 확산해 앞으로 뻗어나갔다. 테일바함의 브레스가 도망치
는 병사들을 덮친 것이다.
　흑묘는 주인의 어깨를 잡아 뒤로 당겼다. 달아나는 병사들
사이에서 레티아가 일행의 앞으로 달려나왔다. 백 장의 날개
가 하나의 방패를 이루었고, 그녀는 다시 백 장의 날개를 또
뽑아냈다. 그녀의 날개에서 빠져나온 깃털들로 주위가 온통
반짝였다. 함박눈이 내리는 새벽녘과도 같이, 온통 세상이 태
양빛을 반사시키는 눈부신 것들로 가득했다.
　몰려오는 에너지의 파도에 첫 번째 날개의 방패가 반으로
접힐 듯 휘어들었다. 보랏빛 머리칼의 레티아가 뺨을 붉히며
웃었다. 일부러 방패의 한쪽을 꺾어 기울이자 정면으로 다가

오던 한줄기의 브레스는 각도를 바꾸어 측면을 휘감았다. 두 번째 백 장의 날개가 그 불길을 막는 순간, 그녀의 몸에서 우지끈 하는 끔찍한 소리가 울렸다. 관절들이 제멋대로 꺾이고, 몸이 허물어졌다. 그녀를 감싸고 있던 빛의 갑옷은 산산이 부서져 그녀의 몸에 박혔다. 온몸에서 피가 흐르고, 입에서도 쉴 새 없이 피를 쏟아냈다.

회복술사 아니에르와 샤먼인 백묘가 레티아에게 달려들었다. 급한 상처를 백묘의 몸에 옮기고, 아니에르는 계속해 회복의 술법을 걸었다. 테일바함의 브레스, 그중 십분지 일도 안 되는 하나의 흐름을 막았을 뿐이었지만, 레티아는 결국 견뎌내지 못한 것이다.

라휄은 레티아의 바로 뒤에 서 있다가 브레스가 멈춘 후 주위를 돌아보았다. 비록 불타 버렸지만 왕궁이 있던 넓은 섬, 그 섬의 절반이 증발했다. 맑도록 반짝이던 호수도 모조리 사라졌다. 그 위에 있던 사람들은 고작 한 줌을 남기고 지워졌다.

테일바함의 숨결은 호수의 건너편에까지 이어졌다. 라휄의 시야가 닿는 곳, 그 끝까지 일직선으로는 아무것도 없었다. 카문 성을 남북으로 가로지르는 대로와 그 주변의 집들, 그리고 남문의 성벽, 성문들. 그것들이 있던 장소에는 이제 허무만이 남아 있을 뿐이었다.

살아남은 사람들은 그저 운이 좋았을 뿐이었다. 테일바함의 숨결, 그것이 미치지 않는 곳에 우연히 서 있었을 뿐이다. 그 안에는 쿤과 몇 명의 짐승의 병대 대원이 남아 있었고, 듀피셀론 공작가의 병사들도 몇 명쯤 되었다. 하지만 헤크토와 헤르니아는 그 안에 보이지 않았다.

레티아가 아니었더라면 라휄의 일행도 먼지로 화한 다른 인간들과 같은 운명을 맞이했을 것이다.

모두를 내려다보던 테일바함이 날갯짓을 했다. 그 괴수는 하늘로 날아오르기 시작했다. 살아남은 자들은 모두 눈을 들어 테일바함을 바라보았다.

테일바함은 똑바로 하늘을 향해 몸을 숫구쳐 올랐다. 이곳을 떠나려는 듯한 모습이었다. 바로 그때, 납골당을 둘러싸고 있던 바위의 비석이 빛을 내뿜었다. 그 빛은 흡사 그물처럼 꼬여 테일바함의 몸을 얽매었다. 날개를, 꼬리를, 다리를 묶어 다시 땅으로 끌어내렸다. 테일바함은 쿵! 하고 바닥에 내려서 파드셀을 노려보았다. 나를 해방시켜라! 그 눈은 이렇게 말하고 있었다.

그때, 살아남은 쿤이 파드셀에게 달려들었다. 하지만 파드셀을 감싸고 있던 여덟 영혼을 뚫을 수는 없었다.

"파드셀! 이게 도대체 무슨 짓이냐! 나의 형제들을! 나의 아이들을! 너의 친구들을!!"

파드셀은 무심한 눈으로 쿤을 바라보았다. 하지만 아무런 말도 없이 고개를 돌리고는 멍하니 서 있던 라휄에게로 걸음을 옮겼다.

“라휄, 이게 내가 얻은 힘이야. 아니, 너를 속이고 내가 가로챈 힘이야.”

파드셀은 라휄에게 미소를 지어 보였다.

“파드셀! 그만둬. 모든 인간을 죽이라니, 그건 나쁜 짓이잖아.”

라휄이 한 걸음 앞으로 내딛으며 파드셀에게 말했다. 두 사람의 거리는 2미터도 채 되지 않았다.

“그런가?”

“그래! 아벨루나가 가르쳐 주었잖아. 엘로한님의 계명을 파드셀도 알고 있잖아. 사람을 함부로 죽이면 안 돼. 게다가 짐승의 병대는… 파드셀 너와 함께 있던 동료들이잖아.”

라휄은 얼굴을 굳힌 채 파드셀에게 말했다. 하지만 파드셀은 여전히 입가의 미소를 지우지 않고 있었다.

“왜? 왜 죽여서는 안 되는 거지?”

“생명이니까!”

“생명?”

“그래! 나도 엘로한님의 말씀을 어기고 사람을 막 죽였던 적이 있어.”

라휄은 고개를 조금 아래로 떨어뜨렸다. 표정에는 회한이 담겨 있었다. 그는 다시 눈을 들어 파드셀을 보며 말했다.

“파드셀, 사람은 모두 아기였대. 사람한테는 아빠랑 엄마라는 또 다른 사람이 있어서 아기를 낳는 거래. 파드셀, 너는 아기를 본 적이 있어?"

파드셀은 조용히 라휄의 이야기를 듣고만 있었다. 응답은 없었지만 라휄은 이야기를 이어갔다.

"아기는 요만해. 그런데 살아 있어. 살아서 꿈지락거리고, 배가 고프다고 울기도 해. 제라흐는 얼마 전에 손자가 생겼어. 제라흐의 아들인 케트람이랑 세실리아가 낳은 아기야."

파드셀은 눈을 돌려 제라흐를 흘끗 바라보았다. 나이 든 검사의 잔뜩 굳은 얼굴이 보였다.

"살아 있잖아. 생명은 전부 다 소중한 거야. 파드셀, 그러니까……."

"생명이 소중하다고?"

파드셀이 라휄의 말을 끊었다.

"웅, 소중해."

"우리 지하에 있던 아이들도?"

라휄의 눈빛이 바뀌었다. 따듯하게, 그리운 것을 추억하며, 무엇보다도 슬프게.

"웅, 소중해. 소중했어. 나에게는 모두 다 소중했어. 아벨루나도, 그리고 파드셀, 너도."

"그럼 왜 나는 지하에 간 거지?"

파드셀이 물었다.

"응?"

"그 소중한 생명이라는 나는 왜 지하에 버려진 거지? 나의 부모가 낳은 소중한 생명이라는 나는 왜 그 죽음의 땅에 가야 했던 거지?"

라휄은 파드셀의 물음에 고개를 저었다.

"그건 나도 몰라."

파드셀의 질문이 이어졌다.

"너는? 너를 낳아준 부모는 어디에 있지? 기억이 나긴 하는 거야? 다섯 살이었잖아. 처음 지하에 갔던 날은 기억하고 있으면서 왜 라휄, 너는 너라는 소중한 생명을 탄생시켜 준 존재를 기억하지 못하는 거야?"

라휄은 파드셀의 말에 아무런 대답도 하지 못했다.

"그치만… 그래도……."

"나는 알아."

"응?"

"나는 알고 있다고. 왜 내가 그곳에 갔는지, 그리고 왜 너희들이 그곳에 있었는지."

파드셀의 말에 라휄은 고개를 갸웃했다. 지금까지 파드셀과 지내오면서 한 번도 들어본 적 없었다, 천 명의 아이들이 지하에 있던 이유를 알고 있다는 말을.

파드셀은 라휄을 보며 웃었다. 천진하기 짝이 없는 미소였다. 그 모습을 본 흑묘와 백묘는 파드셀의 미소가 라휄과 한

없이 닮아 있다고 느꼈다.

파드셀의 대답을 기다리기라도 하는 듯 모두의 시선이 그에게로 모였다. 이곳에 있는 사람들은 대부분 라휄의 과거에 대하여 적든 많든 알고 있는 사람들이었다. 라휄이라는, 지상에 나오자마자 세계 최고급의 검사가 된 신기한 꼬마에 대한 호기심이 큰 만큼 그의 과거에 대한 궁금증도 컸다.

파드셀은 천천히 입을 열었다.

"천 명의 아이들이 왜 그곳에 있었을 것 같아? 왜 내가 몇 년 후 그곳에 던져진 것 같아? 지하에 있다고 소문난 보물을 찾기 위해서였을까? 아니면 전설 속에나 있던 드래곤을 잡기 위해서? 이 검, 여덟 영혼의 검을 손에 넣기 위해서?"

파드셀은 라휄에게 연이어 질문을 던졌다. 하지만 라휄의 대답을 기다리지도 않고 곧바로 입을 열었다.

"라휄, 내가 옛날이야기를 하나 해줄게."

라휄을 제외한 사람들은 파드셀의 말을 기다리며 침을 꿀꺽 삼켰다. 천 명의 아이들에 대한 비밀이 풀리려는 순간이었다.

"9년 전, 아흐라마 산맥 너머의 네 백작은 알콘 백작의 생일을 맞이해 연회를 개최했지. 아아! 백작 나으리들의 연회니 얼마나 성대했을까? 아참, 이곳에는 후작들이 발에 차일 정도로 굴러다니고 있으니 오히려 우습게 보일까?"

파드셀은 말을 하며 라휄과 엔라드, 라프델, 제라흐를 차례로 돌아보았다.

"음악과 춤, 그리고 술! 나라의 미래에서 품에 안았던 계집에 대한 것까지. 그들은 이야기를 나누던 중에 그레이트 홀에 대하여 이야기를 꺼냈지. 그레이트 홀은 누구나 그 안에 무엇이 들어 있을까 궁금해하던… 그래, 그 4백국의 귀족들에게 있어서는 최고의 여흥 중 하나였지. 특히 그것이 위치한 알콘 백국은 매해 천문학적인 돈을 들여 그곳을 발굴하려고 애쓰고 있었는데 마침 그날의 연회가 있기 두 달 전에도 대규모의 탐험대를 보냈다가 단 한 명도 살아 돌아오지 못하는 실패를 맛보았었지. 그걸 주변의 백작들이 언급했을 때 알콘 백작은 어떤 기분이었을까?"

파드셀은 빙긋 웃었다. 비웃음이었다.

"한 백작이 말했어. 그곳을 발굴하고 싶다면 좀 더 돈을 써야 할 거라고. 그런 싸구려 발굴단으로는 평생 입구에서만 헤매다 말 것이라고. 솜씨 좋은 검사와 마법사를 고용하라고. 알콘 백작을 놀린 거지. 알콘 백작은 화를 냈고, 그러자 그가 재미있다는 듯 말을 보탰지."

라휄에게 한 걸음, 파드셀이 다가섰다. 그의 입가에서 미소가 사라졌다. 웃지 않았다. 어쩌면 웃을 수 없는 것일지도 몰랐다.

"돈을 쓰는 게 아깝다면 차라리 노예 아이를 한 천 명쯤 모아다가 집어넣지 그러십니까? 그리고 세상에 발표하면 될 것

아닙니까. 천 명의 모험가를 보냈지만 실패했다, 라고. 세상
은 알콘의 노력을 비웃을 수 없게 될 것입니다.”

　주위에 있던 사람들의 안색이 변했다. 파드셸의 말은 그대
로 들어 삼키기에 너무나도 무거웠다. 믿고자 하는 마음이 전
혀 일지 않았다. 술자리의 한마디, 귀족들 사이의 말다툼이
원인이 되어 천 명의 아이들이 지하로 들어가게 됐다니, 라휄
과 파드셸을 탄생시켰다니…….

　모두의 마음을 읽은 듯 파드셸은 뒤로 한 걸음 물러나며 라
휄에게 말했다.

　“그 한마디였던 거야, 라휄.”

　파드셸은 이렇게 말하며 몸을 돌렸다. 족쇄에 묶여 잡아먹
을 듯 자신을 노려보는 테일바함, 그리고 자신을 위해 울고
있는 한 소녀.

　“알콘의 백작은 소리쳤지. 내 노력을 폄하하다니, 천 명의
어린아이 따위는 하루도 채 지나기 전에 다 죽어버릴 거라고.
귀족들 사이의 말꼬리를 잡는 말싸움이 이어졌어. 한 달은 버
티지 않을까? 천 명 아닌가. 아냐, 1년을 버틸지도 몰라, 만약
에 그 아이들에게 무기와 먹을 것이 주어진다면. 마법과 회복
술까지 가르친다면? 한 300명 정도를 따로 뽑아 기본적인 마
법과 회복술을 가르치면 또 모르지. 정말로 그레이트 홀을 발
굴해 낼지도. 서로 자신의 생각이 맞을 것 같다며 그들은 다
투기 시작했고, 결국에는 한 사람이 이렇게 말했지.”

파드셸이 다시 라휄을 향해 몸을 돌렸다.

"자, 내기를 합시다. 금화 100닢을 걸어 그 아이들이 살아 남는 시간에 내기를 걸어봅시다."

라휄의 표정이 일그러졌다. 1천의 목숨, 아벨루나와 친구들이 죽어간 이유가 금화 100닢의 내기 때문이었다.

파드셸은 웃음을 터뜨렸다. 라휄의 그 표정이 재미있어 죽겠다는 듯 손가락질을 하며.

"응, 맞아. 생명은 소중한 거야. 그렇지만 천 명에 금화 100닢만큼만 소중하지. 알콘 백작에게는 너희가 한 달 만에 죽는 것에 금화 100닢의 가치가 있다고 했지. 이젝 백작은 반 년 동안만 너희의 생명이 소중하길 바랐지. 하나는 3년 동안, 또 하나는 5년 동안 너희가 살아 있을 거라 했어. 아아, 생명 은 이다지도 소중해. 하하!"

파드셸의 설명이 이어졌다.

"네 명의 백작은 돈을 모아 천 명의 노예를 사들였어. 그리 고 그 아이들을 지하에 처박기로 한 거지. 그런데 한 가지 문 제가 있었어. 아이들이 너무 심하게 겁을 내는 거야. 뭐, 그럴 수밖에 없지 않겠어? 그래서 그들은 한 가지 결정을 했지. 모 든 아이들의 기억을 마법으로 지우자고."

"그럴 수가!"

흑묘가 소리를 질렀다. 상상하면 할수록 끔찍한 일이었다. 파드셸은 눈을 돌려 흑묘를 바라보았다.

"흑묘라고 했던가? 네 주인이 왜 다섯 살 이전의 기억이 없는지 이제야 알 것 같아? 라휄은 나이가 열네 살, 그보다 적을지 많을지 어느 누구도 모르지만, 아무튼 열네 살이라 해도 실제로 기억하며 살아온 날은 9년에 불과해."

파드셀은 어깨를 으쓱하며 라휄에게 말했다.

"그 이후의 일은 라휄 네가 더 잘 알겠지. 마법을 가르치고, 회복술을 가르친 300명 정도의 아이들은 따로 감옥 같은 밀실에서 머물다가 후에 지하로 가게 됐지. 라휄, 다시 한 번 들려줘, 생명은 소중한 거라는 말을."

라휄은 파드셀의 말에 입을 꾹 닫고 있었다. 만약 1년 전에 이런 이야기를 들었다면 전혀 이해하지 못했을 것이다. 하지만 지금은 알 수 있었다. 알콘 백작과 다른 세 백국의 백작이 자신들에게 무엇을 한 것인지. 무엇 때문에 지하에 갇혔고, 그 많은 아이들이 죽어나갔는지를.

라휄은 자신의 두 손을 내려다보았다. 얼마나 많은 아이들이 이 손안에서 숨을 거두었을까. 백 명? 2백 명? 5백 명?

"파티에서 한 내기 때문이었던 거야? 우리들 천 명의 아이들이 지하에 버려진 게?"

라휄이 파드셀에게 물었다.

"응, 맞아."

라휄의 손이 바들바들 떨렸다. 흑묘와 백묘가 다가와 라휄의 소매를 잡았다. 카시카가 라휄의 뒤에 서 그의 어깨에 손을 잃었다. 카시카가 라휄을 내려다보다가 파드셀을 향해 물었다.

"그럼 너는 뭐지? 천 명의 아이들을 '너희'라고 부르는 것으로 보아 너는 그 천 명 안에 속하지 않는다는 거야?"

"나는 알콘의 노예였지."

파드셀이 답했다.

"매년, 그들은 모여서 내기가 어떻게 진행되는지에 대해 이야기를 나누었는데, 7년 전의 그날, 나는 그들의 시중을 들고 있었지. 내가 거기서 한 일이라고는 차를 쏟았던 것뿐이야. 그게 내가 지하로 가게 된 이유지. 벌을 주겠다며 기억조차 지우지 않았어."

파드셀은 그날이 눈에 선하다는 듯 조금 겁에 질린 표정을 지었다. 테일바함을 한 손으로 조종하며 수만 명을 단숨에 죽인 그가 일순간이었지만 두려움에 떨었다.

겁쟁이 파드셀.

일곱 살의, 평생 청소와 허드렛일밖에 해본 적이 없는 소년이 괴물들로 가득한 지하에 넣어졌다. 그가 과연 어떤 기분으로 하루 하루를 지냈을지, 왜 겁쟁이 파드셀이라 불리웠는지 그를 아는 모든 사람들은 수긍할 수밖에 없었다. 왜 지금 그가 지금 겁에 질린 표정을 짓는지를.

"놀랍더라. 절반이나 살아 있었다니. 그날 내가 차를 내갔을 때 알콘 백작은 투덜거리고 있었어. 왜 아직까지 살아 있느냐고. 내년이면 100골드를, 그리고 3년 후면 또 100골드를 내기 상대에게 지급해야 하는데, 왜 모두 죽지 않느냐고. 그럴 수밖에, 그들은 지하의 상황을 알지 못할 테니까.”

파드셀의 표정에 다시 미소가 돌아왔다. 그의 눈은 라휄을 보고 있었다. 그를 바라보는 것만으로도 조금 전 느꼈던 두려움을 모두 떨칠 수 있다는 듯, 파드셀은 라휄을 보고, 다시 또 보았다.

“네가 있었으니까.”

라휄도 파드셀을 바라보았다.

“라휄, 너는 모르겠지만 지하의 아이들은 모두 네가 있기 때문에 살아남을 수 있었던 거야.”

“내가 있어서?”

“응, 맞아. 우연이라고 해도 좋고, 운명이라고 해도 좋아. 그 안에 진짜로 있었던 거야. 수만, 수십만, 아니, 수천만 중에 한 명 태어날까 말까 한 천재가, 검술의 천재가. 그게 바로 라휄 너야. 다른 아이들이 그 안에서 다시 백 년을 지낸다 해도 전혀 깨달을 수 없는 기술들을 너는 너무나도 쉽게 생각해 냈어. 그리고 지하의 아이들에게 가르쳐 주었지. 네가 아니었다면 그 아이들이 살아남을 수 있었을까? 내가 지하에 갔을 무렵 이미 700명의 시체만이 썩어 먼지가 되어 있었을걸?”

파드셀의 말에 라프델과 제라흐 엔라드, 쿤 등의 검사들은 고개를 끄덕였다. 라휄은 환경과 재능, 거기다 어느 정도의 운이 어우러져 만들어진 특별한 존재였다. 그 점에 있어서는 이 자리에 있는 어느 누구도 부정할 수 없었다.

파드셀이 천천히 고개를 저었다.

"그런데 그게 어쨌다는 거야? 너희들은 한낱 내기거리였어. 나는 거기에 휘말려 든 노예에 불과하고."

라휄이 파드셀의 말을 반복했다.

"노예……."

"응, 맞아, 노예. 너도, 아벨루나도, 은화 몇 닢에 팔려온 아이들에 불과해. 그런데 더 놀라운 게 무엇인지 알아?"

파드셀이 잠시 말을 멈추어 모두를 둘러보았다.

"그 내기가 이 세상 어느 누구도 제지하지 않는, 아니, 제지할 이유가 없는 여흥이라는 점이야. 도덕적으로 비난할 수도, 법으로 문제가 되는 것도 아니야. 왜냐고? 노예니까. 라휄, 우리가 생명이었다고? 착각하지 마. 우린 살아 있는 게 아니야. 마차의 바큇살과 말의 여물통, 심지어는 더 하찮은 물건과도 같아. 귀족들의 재산일 뿐이야. 그 재산을 가지고 내기를 하든 죽음에 몰아넣든 아무런 문제도 없다고. 세상이 그것을 용납하고 있다는 말이야. 이 세상 모든 인간이!"

파드셀이 라휄에게 외치듯 말했다.

"이 세상이 존재해야 할 가치가 있다면 나에게 이야기해 봐! 나를 설득해 봐. 라휄, 내가 이 세상을 멸망시키지 말아야 할 이유가 있다면 이야기해 봐!"

파드셀의 시선이 라휄에 이어 카시카, 제라흐를 비롯한 사람들에게 차례차례 꽂혔다. 그의 눈이 쿤에게 닿았을 때 쿤이 입을 열었다.

"그래서 평등한 세상을 만들자는 거잖아! 우리는 그것을 위해 모인 사람들이잖아! 나의 꿈이고, 너의 꿈이었잖아!"

"평등? 그게 뭔데?"

파드셀이 되물었다.

"당신도 따지고 보면 축복받은 쪽 아닌가? 3위의 검사잖아? 검사의 반지조차 손에 넣지 못하고 죽어가는 검사 지망생들과 당신은 평등한 건가?"

쿤은 파드셀의 말에 말문이 막혔다.

"모두가 같은 재산을 가지고 동등하게 권력을 나누면 평등한 건가? 평민끼리는 평등한가? 노예끼리도 위와 아래가 있지 않던가?"

"그, 그건……."

"평등한 세계 따위는 없어. 오래잖아 일그러질 테고, 또 천 명의 아이나 나 같은 아이를 만들어내겠지. 인간 따위는 존재할 필요가 없어."

"노력하면 돼! 그런 세계가 되지 않도록 법을 정비하고, 제도를 정착시키면……."

파드셀은 입꼬리를 꼬았다.

"응, 만들어봐. 운 좋게 살아남으면."

3

　파드셀은 다시 여덟 영혼의 검을 들어 올렸다. 하지만 그 순간, 파드셀은 눈치 채지 못했다. 검을 돌던 영혼의 숫자가 여덟 개에서 일곱 개로 줄어 있다는 사실을, 희미하게 가물거리던 어둠의 구슬이 어느샌가 소멸해 버렸다는 것을.

　라휄과 이야기를 하면서 간신히 붙잡았던 어둠에 대한 깨달음을 다시 잊어버렸음을.

　투두둑—

　테일바함을 옥죄고 있던 사슬 중 하나가 끊어졌다. 늘어나는 듯, 테일바함의 목이 뻗어 나왔다. 벌렸던 입을 텁, 소리가 나도록 다물었다.

　"어?"

　파드셀은 자신의 어깨를 바라보았다. 몸통의 거의 사분지 일가량이 뜯겨져 나갔다. 테일바함의 먹이로 줘버린 것이다. 신경세포들이 미쳐 날뛰었다. 너무나도 엄청난 통증에 오히려 아무런 아픔도 느껴지지 않았다.

　파드셀은 라휄을 보며 웃음을 터뜨렸다.

　"하하하, 이게 뭐야."

　사람들은 갑작스럽게 벌어진 이 상황에 멍한 표정을 지으며 그저 지켜보기만 할 뿐이었다. 엘드리히, 파드셀의 샤먼인 그녀만이 파드셸의 이름을 비명 지르듯 부를 뿐이었다.

라휄은 더듬더듬 걸어 파드셸 곁으로 다가갔다. 손을 뻗어 그의 몸을 안았다. 사라진 어깨로 피가 끊임없이 흘러나와 라휄의 몸까지 흥건히 적셨다.

"파드셸!"

테일바함이 파드셸을 보며 그르릉, 낮은 목울음 소리를 냈다. 파드셸의 생명이 잦아들어 감에 그 괴물을 옭매던 쇠사슬도 희미해져 갔다. 그는 더 이상 날뛰지 않았다. 이제 곧 자신을 붙잡아두었던 모든 것이 사라질 테니.

라휄은 파드셸을 안은 손에 힘을 꽉 주었다. 그렇게 한다고 그의 생명이 그의 몸에 머물러 있을 리도 없건만…….

"라휄, 역시 나로는 안 되나 봐."

"파드셸……."

라휄은 파드셸의 꺼져 가는 목소리에 눈가가 뜨거워졌다.

"나는 결국 어둠을 완전히 깨닫지 못했어. 이게 다 너 때문이야, 라휄. 라휄, 아아! 저주받을 이름. 나의 유일한 사랑, 라휄!"

파드셸은 라휄에게 여덟 영혼의 검을 건네주었다. 라휄은 파드셸을 안았던 한 손을 풀어 검을 받아 들었다.

"라휄, 너는 너무나 빛이 났었어. 지하의 어둠 속, 빛 한 점 들어오지 않던 그곳에서… 너는 나의 빛이었어. 그래서 깨닫지 못한 거야, 어둠을……. 그 어둠 속에 그렇게 오래 있었으면서. 도무지 어둠을 모르겠더라, 나는.”

파드셸은 라휄에게 미소를 지어 보였다. 억지로 억지로 입 꼬리를 밀어 올려 입매를 동그랗게 만들었다. 하지만 그 이상 은 아무리 해도 힘이 나질 않았다. 몸이 무겁게 축 처져 갔다.

“라휄, 네 마음대로 해. 너도 지하의 아이잖아. 이 세상을 네 마음대로 해. 너에게는 그럴 권리가 있어.”

파드셸은 천천히 눈을 감았다.

라휄은 흐르는 눈물을 주체할 수가 없었다. 검을 든 손, 손 등으로 눈물을 닦고, 또 닦았다.

“아우, 왜 눈물이 멈추질 않는 거야. 싸워야 하는데…….”

파드셸의 몸에서 더 이상 생명의 기척이 느껴지지 않았다. 그 순간 라휄은 정체를 알 수 없는 고독감에 몸이 떨렸다.

아아!

이제 정말 혼자 살아남았구나…….

정말 혼자구나.

“주인님! 조심하세요!”

라휄은 갑자기 들려온 목소리에 정신이 퍼뜩 들었다.

“낭군님!”

한줄기 거대한 불꽃이 앞으로 날아갔다. 피로가 가득한 눈 매로, 어깨가 들썩일 정도로 숨을 거칠게 내쉬며 날린 카시카 의 마법이었다.

라휄의 앞에 레티아가 섰다. 그녀는 어느샌가 금발로 돌아와 있었다. 그녀는 날개를 펼쳐 라휄을 지키고 있었다. 겁에 질려 눈가에 눈물이 찔끔 고일 정도였지만, 그녀는 다리를 오들오들 떨면서도 라휄의 앞을 지켰다.

백묘가 무녀의 춤을 추고, 라프델과 엔라드, 두 사람이 앞으로 달려나갔다. 제라흐와 휘바드, 두 노인도 뒤에서 지켜보고만 있지는 않았다.

마룡 테일바함은 그를 봉인하던 사슬에서 완전히 벗어났다. 여유로운 눈빛으로 라휄을 노려보았다. 정확히는 라휄의 품에 있는 한 자루의 검을 쏘아보고 있었다.

"응, 파드셀. 맞아, 네 말 그대로야. 어쩌면 생명 같은 거 정말 아무 가치도 없는 건지도 몰라. 금화 100닢에 천 명이 버려지고……. 그거 알아? 나는 처음 이 세상에 나와서 금화 두 닢에 팔렸었어. 검술을 할 줄 안다고."

라휄은 천천히 파드셀을 땅에 내려놓았다. 그리고 여덟 영혼의 검을 오른손으로 옮겨 쥐었다.

"그치만… 자, 봐. 네가 죽었다고 울고 있는 엘드리히가 있잖아. 너만 믿었다며 소리치는 쿤이 있잖아. 정말로, 정말로 저 사람들도 너한테 아무런 가치가 없었던 거야?"

라휄은 테일바함을 올려다보았다. 대륙 최고의 검사들과 마법사가 모여 그것을 향해 공격을 퍼부었다. 이 정도의 사람들이 다시 한 번 한자리에 모일 일이 또 있을까?

"나는 저 사람들이 소중해. 저 사람들의 생명이 소중하고, 저 사람들이 살아 숨쉬는 이 세계가 좋아. 천사님을 만나고, 흑묘와 백묘를 만나고, 카시카를 만났어. 모두들 지하에 있던 아이들만큼이나 좋아해. 응, 맞아."

검을 움켜쥐었다.

그 순간, 라휄의 머릿속에 수많은 언어가 흘러들어 왔다. 테일바함의 전설에 대한 상세한 내용과 여덟 영혼의 검에 대한 지식들이었다. 노예로 태어나 지하에만 있던 파드셀이 이 세상 어느 누구보다도 테일바함의 전설에 대하여 소상히 알고 있는지 그 이유가 밝혀지는 순간이었지만, 라휄에게 그런 것은 아무래도 좋았다.

레티아는 테일바함의 공격을 꿋꿋이 버텨내고 있었다. 머리카락 한 올조차도 보라색으로 변하지 않았다. 그녀가 보랏빛 머리칼이 되든 아니든 깃들어 있는 신성력은 거짓이 아니었다. 전설에 등장하는 마룡의 공격이지만 실낱같은 틈을 만들어 모두의 목숨을 지키고 있었다.

카시카와 휘바드는 입가로 피를 줄줄 흘려가며 가지고 있는 마력을 바닥까지 긁어댔다. 더 이상 대단한 위력의 마법은 쓸 수 없었다. 다만 경험에서 오는 노련함으로 테일바함의 시선을 어지럽힐 수 있을 뿐이었다.

아니에르와 백묘는 모두의 회복을 전담했다. 검사들의 자신의 몸을 던진 공격은 크고 작은 부상으로 되갚음받았고, 둘은 정신없이 그들을 치료하기에 바빴다.

그들이 이렇게 치료에 전념할 수 있는 것은 흑묘의 덕분이었다. 그들의 눈이 되어 공격을 미리 피할 수 있게 해주고, 도저히 피할 수 없는 공격은 대신해 받았다.

라프델과 엔라드, 제라흐는 누가 뭐라 해도 이 시대 최고의 검사였다. 어느새 가세한 쿤까지 더해지자 아무리 테일바함이라도 온전히 무시할 수는 없었다. 그들의 예리한 공격이 아니었다면 테일바함은 훨씬 더 간단히 일행을 잠재울 수 있었을 것이다.

라휄은 모두를 돌아보았다. 그러다 눈앞의 인기척에 시선을 옮겼다.

"엘드리히……."

엘드리히는 한 장의 깃발로 파드셀의 주검을 덮었다. 짐승의 병대의 깃발이었다.

"어서 가세요."

라휄은 고개를 끄덕였다. 검을 들어 앞으로 달리기 시작했다. 등 뒤에서 오열하는 목소리가 바람을 타고 귓전에 울렸다. 가슴속 깊은 곳까지 쑤셔 울리는 그 울음에 라휄은 도저히 고개를 돌릴 용기가 나지 않았다.

"파드셀, 아직도 이 세상을 멸망시키고 싶어?"

라휄이 허공에 물음을 던졌다. 그 순간 여덟 영혼의 검에서 한 조각 영혼이 피어올랐다. 그건 바람의 정령이었다. 라휄이 가장 먼저 깨달은 속성의 힘.

불과 물, 나무와 흙, 그리고 금속의 원소령이 뒤이어 생겨났다. 갑자기 테일바함의 몸 주위에 사슬이 생겨나 그를 억누르기 시작했다. 아직 여섯 개뿐이었지만 힘이 눈에 띄게 제어되었다.

테일바함은 미친 듯이 몸을 흔들어 그 사슬로부터 벗어나려 했다. 집요하게 휘감기는 사슬과 그것을 피하려는 테일바함의 난동에 라휄의 일행은 잠시 공격을 멈추고 뒤로 물러나고 말았다.

그리고 다시 검에서 어둠의 정령이 피어났다. 파드셀이 완성시키지 못한 그것은 또렷한 검은색으로 라휄의 몸 주위를 돌았다.

마지막으로 빛.

"빛……."

라휄은 빛에 대하여 떠올려 보았다. 처음 빛의 검을 만들려고 했을 때 떠올렸던 것들을 차례차례 생각했다. 하지만 어느 것도 부족했다. 그때, 파드셀의 마지막 말이 생각났다.

"내가 빛이라고?"

지하의 생활, 그 끊임없을 것 같던 어둠이 생각났다. 그리고 아벨루나가, 아벨루나의 주위에 있던 많은 친구들이, 파드셀이……

아아! 그렇구나.

천사님, 흑묘, 백묘와 카시카, 레티아.

이곳의 친구들, 라프델과 제라흐.

아벨루나가 보고 싶어했던 푸른 하늘.

태양.

내가 세상에 처음 나와 아벨루나를 대신해 보았던 그 하늘.

살아 있는 모든 것.

생명…….

그리고 희망.

라휄의 검에서 마지막 정령이 태어났다. 그 순간 라휄은 정신이 아득해지며 이상한 느낌의 공간으로 빨려 들어갔다.

그곳은 흡사 넓은 황무지 같았다. 마른 흙이 너른 대지를 이루고, 숲의 나무는 흑색과 백색의 모자이크였다.

그리고 그곳은 벼랑의 끝이었다.

라휄은 벼랑의 끝에 서 있었다. 그리고 그 앞에 거대한 물체가 모습을 드러냈다. 그것은 커다란 눈이었다. 바로 테일바함의 눈이었다.

라휄은 테일바함의 눈앞에 서서 그 안을 들여다보았다.

"너는 무엇을 원하지?"

그 눈이 묻는다.

"응? 뭐를 원하냐고?"

“소원하는 모든 것을 들어줄 수 있다.”

“그렇지만 나는… 아무것도 필요 없어. 에필하임이 그랬는걸. 테일바함, 너 같은 힘은 필요가 없다고.”

“…….”

테일바함의 눈은 라휄을 바라보았다. 간절한 눈빛, 라휄은 갑자기 그 눈이 한없이 가엾게 느껴졌다.

“그렇다면 차라리 나를 죽여다오. 다시 이곳에 갇혀 수천 년을 사는 것은… 너무나도 괴롭다. 날개가 찢겨 나가고 머리가 뜯겨 나간 채 심장만이 살아남아 그 긴 시간을 다시 맛보고 싶지 않다.”

라휄은 한참 동안 테일바함의 눈을 바라보았다.

“그렇구나… 너도 생명이구나.”

라휄은 다시 세계로 돌아왔다. 현실로 돌아왔을 때, 그의 몸은 테일바함에게로 달려가고 있는 도중이었다. 테일바함의 몸은 여덟 개의 사슬로 옴짝달싹할 수 없게 고정되어 있었다.

테일바함에게 한 걸음 한 걸음 다가갈수록 라휄의 여덟 정령의 검은 엄청난 마력을 발하며 진동하기 시작했다. 라휄은 만약 지금 이 검을 휘두른다면 테일바함을 죽이는 것까지도 가능할 것 같았다. 언젠가 파드셀이 단 세 번 검을 휘둘러 드래곤을 죽였듯이. 이유는 모르겠지만 그것이 자신도 가능할 것만 같았다.

테일바함은 더 이상 날뛰지 못했다. 그 눈을 똑바로 떠 라휄을 지켜볼 뿐.

라휄은 검을 위로 들어 올렸다.

그러더니 갑자기 걸음을 멈추었다.

"테일바함! 너한테 소원을 말할게. 이 세계를 떠나. 네가 가고 싶은 곳으로 가. 대신에 사람들을 죽이면 안 돼! 알았지?"

테일바함을 묶고 있던 쇠사슬이 돌연 사라졌다. 그 마룡은 라휄을 내려다보았다.

날개를 휘저어 하늘로 솟아올랐고……

라휄의 손에 있던 여덟 영혼의 검은 돌이 되어 바스러져 이내 먼지가 되었다.

하늘을 짓누르던 어둑어둑한 그림자가 사라졌다. 조금 전까지의 상황이 거짓이라는 듯, 새파란 하늘이 모두의 머리 위에 펼쳐졌다.

"낭군님!"

카시카가 라휄에게 달려들어 품 안 가득 그를 안았다. 면사를 살짝 들어 올려 라휄의 입에 진한 키스를 퍼부었다. 흑묘와 백묘가 달려오다 그런 카시카의 몸을 잡아 라휄과 떼어놓으려 했고, 제라흐를 비롯한 사람들은 허허 웃음을 터뜨렸다.

"낭군님, 첫 키스의 맛이 어때?"

두 묘족 하녀들에게 끌려 라휄에게서 떨어지며 카시카가
물었다. 하지만 라휄은 얼굴을 붉히더니 카시카의 눈을 피했
다.

"그치만… 처음이 아닌걸."

Epilogue

5 년 후.

란스카 공작령의 한 저택은 아침부터 시끌벅적했다.

"낭군님! 커프스를 빼먹었잖아. 황제 폐하를 알현하러 가는 자리에 소매를 덜렁거리며 갈 생각이야?"

"아차차, 고마워."

"카시카님도… 그런 것은 제가 할 일이라니까요."

공작가의 현관은 지금 사람들로 북적거렸다. 공작이 등청하는 날이자 중대한 결정을 황제에게 이야기하기로 한 날이었다.

현관을 막 나서고 있는, 붉은색이 감도는 갈색 머리칼의 열

아홉 살 청년은 허리에 네 자루의 검을 차고 있었다. 곤색의 장교 복장을 하고 있었는데, 가슴에는 훈장이 한 가득이었다. 하긴, 카문 왕국에서 이 남자보다 공훈이 많은 사람이 또 누가 있을까?

"낭군님, 뭐 잊은 거 없어?"

그를 낭군이라 부르는 여인은 다름 아닌 카시카였다. 그녀의 나이 억제 정책은 지금까지도 잘 유지되고 있어, 지금은 아예 라휄보다 한두 살쯤 어려 보였다. 여전히 그녀의 제1취미는 수정 구슬 쇼핑이었다.

라휄은 허리를 살짝 굽혀 카시카의 뺨에 키스를 해주었다.

"흠흠, 아, 그럼 갔다 올게."

"주인님, 몸 조심히 다녀오세요."

흰 머리칼의 묘족 여인, 백묘가 라휄에게 공손히 인사를 해 배웅을 했다. 그녀는 더 이상 노예가 아니었다. 거무튀튀한 노예의 목걸이는 화사한 빛깔의 백금제 목걸이로 바뀌어 있었다. 붉은색의 남작풍 드레스를 입고 있는 그녀는 미모가 절정에 이르러 있었다.

흑묘가 한발 늦게 저택 안에서 걸어나왔다. 그녀 역시 노예의 목걸이를 풀고 있었다. 검은색의 몸에 잘 붙는 바지와 남작풍의 윗옷을 입고 있었는데, 날렵한 몸매가 한층 돋보였다.

그리고 흑묘의 손을 붙잡고 네 살쯤 되어 보이는 꼬마가 라휄 앞에 나타났다.

"이룬델 도련님, 주인님께 인사해야지요."

흑묘가 그 꼬마에게 인사를 시켰다. 붉은 머리칼의 소년은 라휄에게 다가가 덥석 안겼다.

"아빠, 잘 갔다 오세요."

라휄은 소년의 머리를 쓰다듬어 주며 말했다.

"응, 갔다 올 테니까 흑묘랑 백묘 누나들이랑, 엄마랑 잘 놀고 있어야 해."

"응, 알았어요."

라휄이 궁으로 떠난 후, 세 여자는 응접실로 향했다. 공작의 저택이라고는 하지만 워낙 궁핍한 공작령이었기에 호화로운 것과는 조금 거리가 있었다. 2층에, 방도 모두 합쳐 20개가 못 되었다.

이룬델을 무릎에 앉힌 채 흑묘가 운을 떼었다.

"그나저나 벌써 그 일이 있은 지도 5년이 흘렀네요. 레티아 님은 잘 지내고 계실까?"

카시카는 흑묘의 곁에 앉아 아이의 손을 마주 잡고 장난을 치며 흑묘의 말에 대꾸했다.

"나와 낭군님이 결혼을 한 지도 4년이 지났으니까… 레티아도 지금은 아인스할에서 사제 직을 받아 잘 지내고 있을 거 같은데."

"세상에, 남자가 여자를 임신시켜 결혼을 했다는 얘기는

들었어도, 여자가 남자를 덮쳐 임신하고는 결혼을 협박하는
건 처음 봤다니까요.”
“그렇지만 열 받았는걸! 뭐가 처음이 아니란 거야, 뭐가!”
“그건 저희들도 놀랐지만……."
백묘가 흑묘의 말을 받았다.
“그보다 카시카님은 반대하지 않는 거예요?”
“응? 뭐를?”
“이곳을 떠나는 거요.”
카시카는 백묘를 흘끗 쳐다보고는 아들 이룬델의 뺨에 자
신의 뺨을 비볐다.
“나야 낭군님과 함께라면 어디라도 괜찮아.”
그때, 한 여자가 바스 타월을 어깨에 걸친 채 벌거벗은 몸
으로 저벅저벅 저택의 거실을 걸어나왔다. 몸에서 물이 뚝뚝
떨어지는 것으로 보아 방금 목욕을 마친 모양이었다.
불꽃과도 같은 머리칼이 발목에까지 자라 있는 그 여인은
약간 마른 체형이었다. 나이는 스물이 조금 못 되었을까? 실
오라기 하나 걸치지 않고도 부끄럽지 않은 모양이었다.
“이 종복들이 신을 모실 생각은 않고 어디서 수다를 떨고
있는 것이냐?”
백묘가 깜짝 놀라 그녀 앞으로 다가갔다. 흑묘도 황송하다
는 듯 고개를 숙였다. 백묘는 허리를 굽혀 인사를 하고는 그
녀의 어깨에 있는 타월을 받아 몸을 닦아주었다. 저택의 다른

하녀들이 서둘러 백묘를 도와 그녀의 몸치장을 도왔다.

"에잇, 느려! 성가시다."

그녀는 이렇게 말하고는 갑자기 몸에 있는 모든 물기를 증발시켜 버렸다. 갑자기 저택에 하얀 김이 가득 찼다. 그러더니 그녀는 자신의 몸에 옷을 만들어내기 시작했다. 공기 중에서 실을 뽑아 천을 짜더니 그대로 몸에 걸칠 옷으로 변형시켰다.

붉은색의 화려한 그 옷은 흑묘, 백묘와 마찬가지로 남작의 복식이었다.

"먼 여행에 목욕을 하면 기분이 나아질 거라고 하더니 별로 다를 것도 없구나. 그나저나 라휄, 이 꼬맹이는 어디로 갔느냐?"

백묘가 고개를 숙이며 말했다.

"주작님의 말씀을 듣고 그대로 따르기 위해 이 나라의 황제 폐하를 만나러 갔습니다."

"아, 그런가? 그럼 나는 낮잠을 자고 있을 테니 그 꼬마가 오면 깨우도록 하라. 하여간 쪼그만 녀석이 아내도 아닌 여자에게 황태녀를 임신시켜 놓고는 지금은 어디에 있는지도 모른다고?"

"그치만 그건……."

카문 함락에 이어 테일바함의 부활에 이르기까지, 그 격변의 1년을 보낸 후, 왕국 카문은 아직까지도 과거의 힘을 되찾지 못했다. 덕분에 카문은 수도를 완전히 옮겨 란스카 공작령 안에 새로운 카문 성을 짓게 되었다.

여전히 구 카문 직할령의 북쪽 절반가량이 왕국에 속해 있었지만 잦은 전쟁으로 더 이상 평화로운 땅이 아니었기에 할 수 없이 후방이라 할 수 있는 란스카 영지에 왕궁을 짓게 된 것이다.

듀피셀론 공국도 지금은 칭왕을 하여 듀피셀론 왕국이 되었다. 그렇지만 한때 보였던 강대한 국력은 더 이상 남아 있지 않았다. 헤크토의 죽음과 그때 당시 그와 함께 증발한 병력, 그리고 검사들은 듀피셀론 왕국의 정예들에 해당했다. 그래서 그들을 한꺼번에 잃어버린 후로는 대륙 통일을 꿈꿀 만한 힘을 되찾지 못하고 있는 상태였다.

모헬과 아흐라마 산맥의 4백국은 이제 더 이상 카문 제국의 땅이 아니었다. 야만인들은 결국 노스루프를 넘는 데 성공해 그곳에 제후국을 세웠다. 듀피셀론 왕국과 국경을 마주한 채 지금까지도 지리한 전쟁을 이어오고 있었다.

레그니와 즈볼렌, 두 공국은 여전히 왕국에 충성을 바치고 있었다. 란스카와 로이아드, 두 공국을 합쳐 제국은 다시 네 개의 공작령을 가지게 되었다. 로이아드 공국은 란스카 공국의 서쪽에 있었는데, 한층 더 척박하고 적들과 국경까지 마주하고 있어 인구가 그리 많지 못했다. 하지만 구 로이아드 공작령도 남아 있고 해서 현재 왕국 안에서는 가장 군사력이 강한 나라였다.

라휄은 황제의 알현실로 걸음을 옮겼다. 황제 앞에서 무기를 풀지 않아도 되는 훈장까지 받은 후라 그는 위병들의 경례를 받으며 긴 회랑 안으로 들어섰다.

"폐하의 신실한 신하 라휄, 인사드립니다."

"라휄, 어서 와."

황제 에필하임은 옥좌에 책상다리를 하고 앉아 라휄을 맞이했다. 옆에 있는 서탁에 서류가 수북한 것이 집무를 보던 중인 듯했다.

에필하임은 올해로 18세가 되었다. 라휄보다 한 살 어린 그는, 훌륭한 청년으로 자랐다기보다는 아름다운 여인으로 자랐다고 하는 표현이 어울릴 정도로 외모가 화사하게 피었다.

"갑자기 나를 만나겠다고 하다니, 무슨 일 있는 거야?"

"폐하."

"둘만 있을 때는 이름을 불러. 그보다 이 편지를 봐."

에필하임이 종이를 한 장 라휄에게 넘겼다. 라휄은 편지를 쭉 읽어보았다.

"쿤 씨로부터 온 편지로군요. 아아, 엘드리히 양도 잘 지내고 있는 것 같고……."

"공화국이라고 했나? 뭐, 나름대로 잘 돌아가고 있는 것 같기는 한데. 매년 들어오는 공물도 다른 백작가 못지않고."

라휄은 에필하임의 말을 들으며 쿤을 떠올려 보았다. 라휄

의 중재로 쿤은 반경 10킬로미터 정도의 토지를 불하받을 수
있었다. 왕국과는 일종의 속국과도 같은 관계를 맺은 상태로,
모든 사람이 평등한 공화국이라는 새로운 정치제의 나라를
탄생시켰다.

그곳에서 쿤은 통령이라는 직책을 맡고 있었다. 일종의 군
주 비슷한 자리였다.

"그래서 나를 찾아온 이유는 뭐야?"

"아, 예. 에필하임님, 한 가지 부탁드릴 것이 있습니다."

에필하임은 책상다리를 풀어 반대로 얽으며 말했다.

"무슨 일인데 그래?"

"잠시 여행을 떠나겠습니다."

라휄의 말에 에필하임은 눈살을 찌푸렸다.

"그게 무슨 말이야?"

"실은, 제겐 에필하임님께 충성을 바치는 일 외에 해야 할 일
이 한 가지 더 있습니다. 제가 데리고 있는 두 하녀의 일이기도
한 그것은 사화국 중 남작의 독립에 관계가 있는 일입니다."

"사화의 나라 중에 남작이라면… 불사조를 섬긴다는 남쪽
의 나라가 아닌가?"

"말씀하신 대로입니다."

"으음, 남작의 독립이라……."

에필하임은 턱을 괴며 신음 소리를 냈다.

"그건 분명 우리나라에도 이익이 되겠군. 동룡의 세력을

약화시킬 수 있는 일이니까."

"맞는 말씀이십니다."

"그렇지만 검림의 왕을 떠나보내고 싶지는 않은걸."

에필하임은 이렇게 말하며 라휄의 오른손에 끼워져 있는 반지를 바라보았다. 라휄은 에필하임 앞에 한쪽 무릎을 꿇고 머리를 숙였다. 그 모습에 에필하임은 할 수 없다는 듯 고개를 끄덕였다.

"좋아. 그 대신 남작의 독립이 카문에 도움이 되도록 만들어야 한다."

"말씀 명심하겠습니다."

점심 무렵, 라휄의 마차가 공작 저택의 현관에서 떠날 준비를 마친 채 서 있었다. 벌써 6년이나 카시카의 옷가지를 실어 나른, 나름 유서 깊은 마차였다.

흑묘는 마부석에 앉았다. 노예는 아니었지만, 그녀와 백묘는 여전히 라휄을 섬기길 원했고, 라휄은 집사이자 하녀이자 비서로서 그녀들을 고용했다. 말이 좋아 고용이지 사실상 예전과 관계는 변한 것이 없었다.

백묘는 마차 안에서 이룬델을 돌보았다. 카시카는 라휄 곁에 앉았고, 주작, 그 붉은 머리칼의 신은 마차의 지붕에 주저앉아 있었다, 좁은 곳은 질색이라면서.

"천사님이라… 오래간만이네."

라휄은 마차가 출발하는 순간 이렇게 중얼거렸고, 카시카는 매섭게 라휄을 노려보며 그의 옆구리를 꼬집었다.

"낭군님! 아내와 아이 앞에서 다른 여자 생각을 하려는 거야?"

"그렇지만, 그녀도 내 아이를 낳았고……."

"그래서?"

"미안."

라휄은 고개를 푹 숙였고, 카시카는 볼을 불룩 내밀었다.

"그때 주인님이 뭘 알고나 계셨나요."

보다 못한 백묘가 한마디 했다. 마차를 몰던 흑묘도 마부석과 연결된 창문에 고개를 들이밀며 말했다.

"결혼까지 하고도 뭐가 그리 걱정인가요?"

카시카는 볼멘소리로 투덜거렸다.

"그렇지만 천사님, 천사님 하는 말은 정말 듣기 싫다고. 게다가 뭐가 천사야?"

라휄은 카시카의 말에 변명 한마디 못하고 고개를 푹 숙였다. 흑묘가 웃으며 말했다.

"하긴 차라리 천사라고 하면 주인님이 더 어울린다고 생각해요."

"맞아요. 5년 전의 주인님은 정말 세상의 일이라고는 하나도 모르는, 흡사 하늘에서 막 떨어진 순수함의 덩어리 자체였으니까요."

백묘는 이렇게 말하며 옆에 앉아 있는 이룬델을 꼭 안았다.

"이룬델 도련님처럼요."

"그런 주제에 온갖 일에는 다 말려들었지."

카시카도 기분이 풀렸는지 대화에 끼어들었다.

백묘가 이룬델의 뺨을 어루만지며 말했다.

"훗날 음유시인들이 주인님의 모험을 노래로 만들지도 몰라요."

"천사를 위한 노래라, 괜찮을 것 같은데요?"

흑묘의 말에 라휄은 얼굴을 살짝 붉혔다.

그때, 마차 지붕에 있던 주작이 투덜거리며 외쳤다.

"에잇! 인간 놈들, 마차를 더 빨리 몰지 못할까! 깜장 괭이도, 누가 운전하면서 뒤를 돌아보느냐? 황실의 사람들이란 게 법도가 이 모양이라니… 처음부터 다시 가르쳐 주어야겠구나."

흑묘는 혀를 낼름 하고는 말에 힘차게 채찍질을 가했다.

덜컹거리며, 마차는 서쪽으로 달려갔다.

The End.

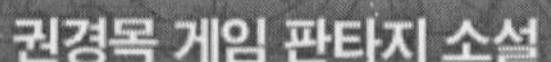

Golden Key

박이수 소설

황금열쇠

「달의 아이」, 「붉은 소금성」의 작가 박이수.
그가 또 하나의 기대작 「황금열쇠」로 나타났다.

우연한 만남이란 단어는 그들에겐 존재하지 않았다.
얽혀 있는 사람들… 그리고 피할 수 없는 운명의 굴레!

뒤틀려 버린 운명의 주인공 세이엔 가이스카 리베 폰 라시에…
한순간 인생이 뒤바뀐 불운의 주인공 듀이 델쾨
그리고… 유일하게 그녀를 기억하는 단 한 사람 이샤무딘!

이제 운명의 주사위는 던져졌다.
엇갈린 운명 속에 모든 사건은 하나로 연결된다!
황금열쇠를 차지하기 위한 그들의 위험한 모험이 지금 시작된다.

무사 곽우

『무정지로』,『십삼월무』,『화산진도』의
작가 참마도, 그가 돌아왔다!!

새롭게 시작되는 그의 네 번째 강호 이야기!!

"힘이 있는 자가 없는 자를 돕는 것입니다.
또한 힘이 없다면 돕기 위해 노력이라도 하는 것입니다.
그것이 진정한 협 아니겠습니까?"
"호오……."
송완은 다시 봤다는 듯 곽우를 바라보았고 담고위는
무슨 케케묵은 보물단지 보는 듯한 얼굴을 만들었다.
송완은 살짝 킥킥거리며 웃다가 이내 곽우에게 말했다.
"틀렸다. 협이란 무공이 높은 자의 중얼거림일 뿐이야.
무공이 낮은 자는 그저 그 협을 바라만 보고 있어야 하는 것이지.
그래서 세상은 협사가 널렸고 그 협사의 주변엔 구더기들이 들끓고 있는 거야."

강호라는 세상 속에서 지금 한 사람이 그 눈을 뜨려 한다.
한 자루의 부러진 검과 함께 곽우라는 이름을 가지고…….